뉴 라이프
New Life

2

뉴 라이프 2

송윤미 판타지 장편 소설

초판 1쇄 찍은 날 § 2002년 1월 15일
초판 1쇄 펴낸 날 § 2002년 1월 25일

지은이 § 송윤미
펴낸이 § 서경석

편집장 § 문혜영
편집책임 § 김희정
편집 § 장상수 · 박영주 · 권민정
마케팅 § 정필 · 강양원 · 김규진

펴낸곳 § 도서출판 청어람
등록번호 § 제1081-1-89호
등록일자 § 1999. 5. 31
어람번호 § 제1-0196호

주소 § 경기도 부천시 원미구 심곡1동 350-1 남성B/D 3F (우) 420-011
전화 § 032-656-4452 팩스 § 032-656-4453
http://www.chungeoram.com
E-mail § eoram99@chollian.net

ⓒ 송윤미, 2002

값 7,500원

ISBN 89-5505-263-4 (SET)
ISBN 89-5505-265-0 04810

송윤미 판타지 장편 소설

뉴 라이프

New Life

2 떠오르는 신성(新星)

도서출판

청어람

CONTENTS

제1장 누명

딩동댕동~ 딩그동 댕동~

맑은 아침. 오늘도 어김없이 새 아침이 밝아와 모든 이들이 일상으로 돌아갔다. 주말의 휴식은 달콤하지만 달콤한 만큼 월요일 아침은 고된 법. 아무리 한국 최고의 엘리트 학생들이라 하더라도 아직은 어린아이들. 당연히 힘든 오전 일과를 끝내고 찾아오는 점심 시간이 즐겁지 아니할 리가 없다.

종이 치자마자 웅성이며 뛰어다니는 학생들의 모습은 여느 학교와 다를 것이 없었다. 그리고 어느 곳이든 꼭 점심 시간을 장악하며 돌아다니는 왕단순무식 무대포 배짱 학생도 한두 명 있기 마련이다.

"푸하하하하~ 맞아맞아. 모두들 나한테 잘 보이라구. 매점 아줌마의 총애가 모두 나, 민제후에게로 쏟아지고 있으니 맘모스 빵은 전부 내 차지라구. 줄 서. 줄 서."

'으이구, 저 바보.'

예지는 뭉게구름이 한가롭게 떠가는 푸른 하늘을 멍하니 쳐다보다 푼수같이 웃어 젖히는 민제후의 목소리에 다시 한 번 주먹을 부르르 떨었다. 창밖에서 교실로 고개를 돌려보니 책상 위에 걸터앉아 의기양양하게 웃고 있는 민제후의 얼굴이 보였다.

핸섬하다기보다는 귀족적으로 단정한 외모.

아이들 어디에 섞여 있어도 눈에 확 뜨이는 자연적인 금빛 머리칼.

그리고 무엇보다도 한번 바라보면 뇌리에서 잊혀지지 않는 총기로 반짝이는 깊은 눈동자.

그러나 겉모습과 다른 그 소년의 행동들에 예지는 고개를 절레절레 흔들었다.

'저 모습 어디가… 그래. 내가 꿈을 꾼 거야. 그게 가장 상식적이야. 그렇지 않다면 어떻게 저 바보가 성전그룹 총수라는 말도 안 되는 꿈을……'

예지는 잠시 지난밤 성전 총수 사택에서 있었던 일을 생각해 내고 회상이라는 이름으로 불리우는 기억 속으로 빠져 들어갔다.

"…으응? 뭐?"

모두가 멍한 얼굴로 바보같이 되물었다.

"회장 손자가 아니라 회장이라구."

자신감에 차 있지만 담담한 표정으로 제후가 말하고 있었다. 뭔가를 설명하고 있다고 생각되고는 있지만 생각하는 데 전혀 도움이 안 되는 목소리. 그리고 아무 일도 일어나지 않는 고요함.

이 상황을 어떻게 받아들여야 할지 혼란스러운 아이들, 그들이 어떤 감정을 느껴야 하나 갈팡질팡하고 있자 제후가 깍지 낀 손을 테이블 위로 올리며 빙그레 웃었다.

"내가 성전그룹의 신임 총수, 민제후 회장이야."

이제는 쥐 죽은 듯 조용하다.

그 많은 사람들 중에 웃고 있는 사람은 제후 단 한 명뿐, 나머지는 다들 질린 표정들이었다. 잘해봐야 무표정에서 더 이상 발전하지 못한 얼굴들이다.

그 말도 안 되는 허무맹랑한 소리를 진실처럼 말하는 폼이라니. 성전그룹이라는 이름이 어느 작은 촌동네의 청년 조합 단체도 아니고. 예지는 어이가 없었다.

'농담이라 하더라도 하나도 우습지 않아!'

"아… 저… 호, 호호호~ 얘는 농담두."

예지는 곧 억지로 안면 근육을 움직여 떨리는 웃음으로 현실을 부정했다.

'말도 안 돼! 이건 현실이 아냐. 어느 곳에서도 고등학교 2학년생이 천문학적 규모의 기업을 이끄는 CEO가 됐다는 말 따윈, 들어본 적 없다구!'

"네, 네가 성전그룹 총수면 난 클린턴이다. 호호호~"

"맞아. 그럼 난 빌 게이츠로 할게."

예지가 떨리는 음성을 내어 웃어넘기자 옆에 있던 신동민도 가세하여 거들었다. 동민이도 상당히 당혹스러운 얼굴이다. 민제후와 관련된 사건이라면 평소 어느 정도 면역이 된 듯 평정을 유지하던 동민이지만 이번 폭탄선언만큼은 감당이 안 되는 모양이었다.

그러자 제후는 이게 아니라는 듯 얼굴이 약간 찌푸리는 것이 보였다.

그때, 아늑한 작은 응접실 문이 요란하게 열리며 하이 소프라노 목소리가 울려 퍼졌다.

"아들~! 친구들 왔다며? 어머나~! 그때 그 아이들이잖아?!"

멍한 정신에 갑자기 들이닥친 화려한 여인의 모습은 다시 아이들의 혼을 빼놓기 충분했다. 화려한 은빛 이브닝 드레스, 반짝이는 무대 화장, 씩씩하고 자신감에 넘치는 이 몸짓은.

"오호호호홋~! 정말 잘 왔어요. 저번에 경황이 없어서 인사도 잘 못했는데. 반가워요. 우리 제후가 학교 친구들을 집에 잘 안 데려와서 말이죠."

자, 장혜영 씨?!

"어머니, 나가 계세요. 이야기가 아직 안 끝났습니다."

어, 어머니?!

모두들 또다시 소스라치게 놀랐다. 이 화려한 아름다운 여인이 분명 세계적인 피아니스트인 장혜영 씨라면 '어머니'라고 부르는 저 목소리의 주인공은 그녀의 아들이 틀림없을진대, 그녀에게 차가운 목소리로 말한 주인공은 '민제후'였다.

"하지만 제후야, 엄마는 너무 슬펐단다. 제후가 집에 친구들도 데려오지 않는 것이 엄마한테 보여주기 싫어서인 것두 같구. 흑!"

"그, 그동안 바빴잖아요! 그 망할, 아니, 할아버지가 떠넘기고 도망간 일 때문에 업무 파악에 죽을 뻔했다구요! 말이 기본적인 분위기만 익혀라지, 그것만 해도 얼마나 중노동이었는 줄 아세요? 전 세계에 뿌리내리고 있는 계열사만 살펴도… 어휴!"

세상에!

"어… 어… 도, 동민아! 나 심장이 벌렁거려."

예지가 혼란스러운 마음으로 가슴을 세게 누르며 중얼거렸다.

정말 이제 어찌해야 할지 잘 모르겠다. 이 모든 게 진짜 현실이라면 이제 어떻게 되는 거지?

예지는 동민이가 어설픈 미소를 지으며 건네주는 물잔을 받아 목을 조금 축이고 나서야 좀 진정이 되는 것을 느꼈다. 바보 민제후 때문에 이제 웬만한 것에는 잘 놀라지도 않는다고 투덜거렸더니 그러자마자 이렇게 큰 건수를 터뜨릴 줄은 정말이지 몰랐다.

그러자 다시 장혜영 여사가 샐쭉한 얼굴로 재미없다며 말하는 소리가 들려왔다.

"우리 제후가 좀 무뚝뚝하고 재미없죠? 그래도 이 녀석이 친구들 생각은 얼마나 끔찍하게 생각하는지 몰라요."

무뚝뚝해요? 누가요?

"호호호, 그럼 일하는 사람들한테 잘 말해 둘 테니 맛있는 것도 좀 먹고 잘 놀다 가요. 김 비서, 얘기가 모두 끝나고 정리되면 모두 댁으로 잘 모셔다 드리세요. 귀한 손님들이니까."

"네, 아가씨."

장혜영 여사가 제후와 닮은 화사한 미소를 지으며 나가고 나자 딱딱한 표정을 하고 있던 제후가 아이들 쪽으로 고개를 돌렸다. 조금 전까지의 냉랭한 그의 분위기를 생각하자 모두들 그 소년이 어떤 말을 할지 두렵기도 하고 기대가 되기도 했다. 이 세상에 아무 걱정 없이 사는 철없는 평범한 소년인 줄 알았더니 지금 그의 모습이 태산처럼 크게 보여지는 것만 같았다.

그러나 그가 곧 서늘한 표정에서 순식간에 얼굴을 바꿔 방실방실 웃으며 말했다.

"밥 먹고 가."

"나하하하하~! 밥 먹자, 밥 먹자!"

그때 예지를 다시 현실로 끌어오는 경망스러운 목소리가 들려왔다.

그녀가 조금이라도 심각하고 진지한 생각에 빠지려고만 하면 일부러 방해하려는 듯 들려오는 시끄럽고도 요란한 목소리.

어느 한 소녀가 생각하기에 절대 품위나 배려, 세련된 교양 따윈 약에 쓸려고 해도 찾아볼 수 없는 소음 공해.

일부러 마음먹고 골라서 방해한다 싶어도 이처럼 항상 굿 타이밍을 잡을 순 없을 터였다.

"이… 이익!"

일부러 제후 쪽을 보지 않으려고 돌아서 있던 예지가 결국 인내심이 바닥을 드러내는 걸 느끼자 이마에 열십 자 여러 개가 새겨졌다. 그리고 곧 부르르 떨던 그녀, 코리안 특급 박찬호처럼 번개같이 휘두르는 팔과 함께 돌아서자 매서운 바람 소리가 울려 퍼졌다.

"넌 먹는 것밖에 모르냐, 이 바.보.야!"

빠악!

"으악!"

멀리 제후의 머리에 맞고 날아가는 딱딱한 하드커버 노트가 보였다.

"흥!"

반 아이들에게 둘러싸여 시시덕거리던 제후가 바닥에 엎어지자 예지는 그제야 후련한 가슴으로 두 손을 탁탁 털며 출석부와 일지를 들고 교실을 나섰다. 문이 닫히자마자 그 안쪽은 아이스 프린세스의 처음 보는 과격한 행동으로 순식간에 시끄러워졌지만 예지는 오히려 속이 다 시원했다. 어차피 우아하고 고상한 공주님 이미지를 만들어놓은 건 예지가 아닌 동경하기 좋아하는 주변 아이들이니 그녀로서는 별로 거리낄 것이 없었다.

'도대체 뭐가 그렇게 신나는 거야!'

바보! 멍청이! 멍게 해삼 말미잘!

예지는 자신들을 완전히 바보로 만들어놓고 혼자 아무 일 없다는 듯이 무사태평한 얼굴로 웃고 있는 제후를 보자 열이 뻗쳐서 견딜 수가 없었다.

'뭐? 자기가 성전그룹의 총수라고? 그러면서 잘도 불쌍한 소년 가장 연기를 했겠다. 흥! 그런다구 달라질 게 있을 줄 알아? 없어, 없어, 없다구! 넌 그래도 여전히 바보 민제후고, 난 클래스S의 반장 한예지야. 그러니 앞으로 계속 반 평균 깎아먹거나 바보 짓 하면 그땐……!'

예지가 평소와는 비교도 안 될 정도로 냉기를 펄펄 날리며 씩씩하게 교무실을 향해 걸어가자 복도를 지나던 학생들이 한예지의 박력에 밀려 슬금슬금 길을 터주었다. 교무실로 일지 검사를 받으러 가는 그 걸음이 마치 전쟁에라도 나가는 듯 무섭기 그지없었다. 그리고 막 예지가 교무실 앞에 다다랐을 때였다.

"오뉴월 서리의 쓴맛을… 어?"

눈앞에 어디선가 많이 본 듯한 어리숙한 인물 하나를 발견했다.

짧은 스포츠 형 머리의 그냥 보통 남자의 각진 얼굴. 한예지 주변 인물들과 비교하자면 평범의 극치를 달린다고밖에 할 수 없는 저 청년의 얼굴은.

"아앗! 어설픈 정우성?!"

예지가 손가락으로 가리키며 터뜨린 짧은 외침에 교무실에서 막 나온 그 청년과 그의 옆에서 웃으며 이야기를 나누던 한 여성도 그녀 쪽으로 고개를 돌렸다.

게다가 저 여선생님은.

'우리 반 담임이잖아?!'

"아앗! 너는."

"여기에는 어떻게 오셨어요?"

"오~ 너 성전특고에 다니니? 정말 굉장하구나!"

예지가 빠르게 냉정을 회복하고 건조하게 묻자 정우성이라는 안 어울리는 이름의 청년이 반가운 얼굴로 인사를 하며 놀라워했다.

그 놀란 표정이라니. 그로서는 귀엽고 여리게만 보이는 소녀가 엘리트 집단으로 명성이 자자한 성전특고에 다닌다는 사실이 의외였던 모양이다.

그런 그의 모습에 정말 오래간만에 자신이 보통 아이들과 다르다는 것을 느끼게 되어 조금 감동스러운 한예지였다. 정말로 오래간만이었다.

아무리 성전특고라 하지만 클래스S의 아이들은 둘째로 하더라도 전국 0.1% 수준의 초특급 수재인 신동민이나 신비스러움으로 무장한 정보 전문가 유세진, 바보 같을 때는 한없이 어리버리하고 자신에게 맞고 살지만 때때로 깜짝깜짝 놀라게 만드는 능력을 보여주며 이미 18살의 나이에 한국에서 손꼽히는 기업체의 수장인 민제후.

그 아이들 사이에서는 누구보다 자신이 평범하다고 느끼게 되어 별 의식 없이 생활해 왔던 예지였기에 정우성 선생의 감탄은 좀 낯선 감동이었다. 특별하다는 느낌은 별로 나쁜 기분은 아니었다.

"뭐예요? 정 선생님, 우리 반 반장하고 벌써 아시는 사이인가요?"

그때 담임 선생님의 목소리가 다시 관심의 초점을 서글서글한 인상의 평범한 청년에게로 돌려놨다.

"아, 저 선생님. 그런데 이 남자 분이 어떻게……?"

"아, 반장, 이번에 우리 반 부담임으로 오시게 된 정우성 선생님이야. 우리 학교가 다른 일반 사립고와 교류를 추진 중이었던 건 알고 있지? 그중 명문이라고 꼽히는 백성고와 여러 가지 일이 긍정적으로 추진되고 있어서 먼저 선생님들이 상대 학교로 연수를 오게 되었거든."

"네엣?!"

'저 어설픈 정우성이 우리 반 부담임을 맡게 되었다구?!'

예지는 정신이 하나도 없었다. 지금 민제후만으로도 혼이 다 나갈 정도로 복잡한데 또 다른 골칫거리를 떠맡는 것이 아닌가 불안한 그녀였다.

앞으로 해야 할 일이 태산이었다. 반장으로서 해야 하는 보편적인 업무 이외에 이미 떠맡고 있는 골치 덩어리 때문에 얻게 된 추가적인 업무 사항, 즉 클래스의 명예를 떨어뜨리지 못하게 하기 위해서 기초부터 시작되어야 하는 민제후의 학업 감독부터 「초전박살」이라는 특이한 이름의 스터디 그룹 활동 사항도 병행해야 하고, 학생회 임원으로서 하루하루 다가오는 피아노 전공 연구 발표회 준비도 도와야 했다.

그런데 학교 사정도 잘 모르는 초보 선생님까지 돌보게 되는 건 아닌가 불안해지는 거야 당연한 사항! 그녀의 담임 선생님도 물론 경험이 적은 거의 초짜 선생님이었지만, 담임이야 이 학교 선배님으로 동문이기도 하고 외국 유학파 출신으로 실력만큼은 짱짱하기 때문에 별다른 어려움은 없었던 것이다. 그렇지 않았다면 젊은 여선생님이 특급 클래스의 담임을 맡기도 어려웠을 터였다.

'그렇지만 정우성 선생님이라면……?'

예지가 침착하고 예의 바르게 웃으며 담임 선생님에게 물었다.

"아, 네, 그렇군요. 정 선생님은 어떤 수업을 맡게 되시는데요?"

"저번에 체육 선생님께서 건강상의 문제로 갑자기 퇴직하시고 자리가 비었잖아. 그래서 그 자리로 오신 거예요. 그런데 정말 이상하지? 전에 있던 체육 선생님은 특별히 어디 안 좋아 보이진 않으셨는데. 음."

개차반 선생님은 아마 심장이 안 좋아지셨을걸요? 성전재단의 갑작스런 특별 감사에 많이 놀랐을 테니까. 그나저나 체육 전공이면 다른 과목보다 특별한 충돌은 없지 않을까?

"그런데 반장은 이미 정 선생님을 알고 있는 눈치던데. 아닌가? 예지가 어떻게 정 선생님을 알고 있지?"

"아, 저 그게요."

"아하하하하~! 그럴 일이 좀 있었죠. 그냥 우연히 길을 가다가 알게 됐을 뿐입니다. 별일 아닙니다. 별일 아녀요."

설명을 하려는 예지의 말을 정 선생님이 중간에 가로채고 어설프게 웃어댔다. 왜 그러는 거지?

그러나 그런 의아함은 곧 들려오는 속닥거림에 순식간에 풀려 버렸다.

"학생, 저번에 내가 한 일은 비밀로 해줘. 학교에서 내가 잘났다고 소문이 나면 좀 피곤해질 것 같아서 말이야."

"네에?"

"17대 1 말이야."

"둘이 무슨 말을 그렇게 재미있게 하는 거예요? 제가 알면 안 되나요?"

잔뜩 낮춰 말하는 정 선생님의 소곤거림에 예지의 담임 선생님이 방긋 웃으며 호기심에 가득 차 물어보자 정 선생님이 쑥스러운 얼굴로 과장되게 웃으며 별일 아니라는 말만 되풀이했다. 그렇지만 그의 어깨에 한껏 담긴 자신만만한 당당함은 무엇인가 모르겠다.

'뭐야, 저 선생님은?'

예지의 어이없는 눈동자가 다시 만난 어설픈 정우성에게서 헤매었다.

"아구구구~ 나 죽는다."

민제후의 어거지 사기 수법에 넘어가 자신이 굉장히 센 줄 착각하는 불쌍한 영혼이 있는 줄도 모르고 그때 그 본인은 교실에서 머리통을 붙잡고 신음하고 있었다. 동물은 같은 방법에 두 번 다시 당하지 않는다고 하는데, 그렇게 보면 인간은 동물보다 떨어지는지도 모르겠다. 아님, 민제후만 특별 케이스이던가, 그것도 아니면 일부러 맞아주는지도 모를 일이다.

"제후야, 괜찮니?"

꽤 요란하게 울려 퍼진 타격음이라 반 아이들이 눈을 동그랗게 뜨고 다가와 물었다. 그 물음에 제후가 머쓱한 웃음을 지으며 일어났다.

하, 이것 참.

"으… 괜찮아, 괜찮아. 이젠 하두 맞아서 웬만해선 까딱두 없어. 아하하하~"

민제후는 환하게 웃으며 흐트러진 머리칼을 손가락으로 쓸어 올리며 방금 전 한예지의 모습을 생각하고 아무도 모르게 안도의 한숨을 내쉬었다.

그래, 이제 정말 괜찮은 것 같군. 우리 집에 왔다 간 이후로 저 녀석 좀 의기소침해 있는 것 같아서 걱정했었는데. 이제야 예지 마녀답잖겠어. 훗!

'넌 여전히 한예지고, 나도 여전히 민제후야. 그것이 가장 중요한 거지. 아무것도 달라지지 않았어.'

쾅! 소리가 나게 예지가 닫고 나간 교실 문을 향해 있는 제후의 눈은 유쾌함과 장난기가 가득했다. 앞뒤를 너무 딱딱하게 분명하게 재는 한 소녀가 풀리지 않는 고민 속에 빠져드는 것을 성공적으로 방해한 어느 소년의 유치한 승리감이었다. 그래서였을까? 제후는 그때 한쪽 구석에서 별로 호의적이지 못한 시선을 보내던 한 무리의 의미심장한 끄덕임을 보지 못했다.

탁!

"앗! 뭐야?"

제후는 교복을 털고 일어나자 누군가 또 부딪쳐 오는 것을 미처 피하지 못하고 살짝 부딪혔다. 그리고 제후가 보지 못하는 사이 뒤쪽의 다른 그 일행이 우연인 것처럼 자연스럽게 지나치며 민제후의 자리에 무언가를 살짝 넣어놓는 것이 보였다.

'저건?'

북적거리는 아이들 일에 상관없이 초월한 듯 책을 보고 있던 세진의 눈에 특급 클래스의 불량아들이 벌이는 수상한 행동이 잡혔다. 예리한 눈썰미가 아니면 전혀 눈치 채지 못할 정도의 기술적인 손놀림.

"쿡."

우연히 그것을 본 세진이었으나 그는 안경을 고쳐 쓰고 보던 책으로 조용히 고개를 돌렸다. 책으로 고개를 숙이자 흘러내린 푸른빛 검은 머리칼 사이로 슬쩍 위로 치켜 올라간 입꼬리가 보였다.

'점점 더 재미있어지는데?'

         *   *   *

"그럼 저번에 만났던 그 아이들도 전부 성전특고 학생들이란 말이니? 그것도 전부 특급 클래스? 히, 히햐~ 정말 대단하구나!"

예지는 옆에서 감탄에 감탄을 금치 못하는 정우성 선생을 바라보았다. 말 그대로 바라만 보았다. 이럴 땐 별로 생각할 것도 없었다. 그것이 그렇게 놀라운 것인가라는 생각 아닌 의식뿐.

'이제 재미없어. 지겨워.'

처음에는 작은 것 하나하나에도 놀라고 감탄하는 반응이 재미있었는데 이젠 지겨워진 예지였다.

정우성 선생님은 처음에는 망연자실 멍하더니 깨어나자마자 얼굴이 빨갛게 상기되어 말까지 더듬으며 흥분하고 있었다. 갑작스레 성전특고로 발령이 난 것에 어리벙벙했는데 문득 정신이 들어보니 최고 엘리트 고교의 특급 클래스 부담임까지 맡게 됐다는 것에 감격했다는 것이다. 동경의 대상이었던 곳에서 일을 할 수 있다는 것과 엄청난 기회가 굴러 들어왔다는 것에 정말 믿을 수 없었다는 말들의 주절거림. 그 정신없는 모습을 보면 정말 엄청나게 감격하고 있는 건 사실인 듯하다. 그런데 정 선생의 누나란 사람이 미소년 사진과 사인을 부탁한다는 말에도 그 감동이 줄지 않았다는, 예지로서는 알 수 없는 소리까지 중얼거리니.

'정말 이상한 사람이야.'

평범한 사람의 반응을 이상하다고 느끼는 예지였다.

지금 그녀는 보시다시피 담임 선생님의 부탁으로 정우성 선생님을 데리고 다니며 성전특고를 구경시켜 주고 있는 중이었다. 점심 시간이 거의 끝나가고 있었다. 그러나 점심 시간이라고 해봤자 30~40분의 짧은 시간.

그렇기에 아직 본관 건물의 학생 회의실과 모든 클래스에서 공동으로 사용하는 컴퓨터실과 기물들, 그리고 교직원들을 위해 설비된 편의 시설, 식당 등을 단순하게 보았을 뿐이었다. 성전특고에 부속으로 딸

린 5개의 건물들과 기타 시설은 시간상 살펴볼 수 없었다. 정 선생으로
서는 아쉬웠겠지만 대학 캠퍼스를 훨씬 능가하는 규모를 가진 그 유명
한 명문 성전특고이기에 오히려 그것이 당연한 것! 그러나 그것들로도
충분히 보여진 성전(聖殿)의 그 웅장하고 화려함, 최첨단 설비에 감격,
감동, 놀람을 느끼지 않는 일반인은 없을 터였다.

"전부는 아니에요. 그때 저하고 까만 머리의 남자애, 그리고 선생님
하고 죽이 착착 맞았던 노랑머리 바.보.애만 클래스S입니다. 키 큰 잘
생긴 남자애는 신동민이라고 하는데, 그 애는 우리 반이 아니고 클래스
A구요."

새로 온 부담임의 감탄에 예지가 약간 어색함이 묻어나는 예의 바른
미소를 지으며 말했다.

"아! 클래스A라면 그나마 평범하게 공부하는 학생들이지? …다행이
다. 다들 굉장한 아이들뿐인 것 같아서 놀랐는데. 하하하~ 아, 그건
아까 진 선생님한테 대충 설명을 들었기 때문에 아는 거야. 그런데 그
동민이라는 학생의 레벨은 어떻게 되니? 클래스S만 단독으로 있고 나
머지 클래스는 레벨이 나눠져 있다고 들었는데."

'진 선생님? 아, '진수야' … 우리 담임 선생님을 말하는 것이로구나.'

예지는 어린아이처럼 호기심에 가득 차서 이것저것 물어보는 정우
성 선생님을 바라보며 하나씩 차분히 설명해 나갔다.

"저희 학교의 독특한 전공 체계는 알고 계시죠? 성전고는 전공에 따
라 클래스가 A, B, C, D로 나눠져 있는데 A는 일반 학생들처럼 평범
하게 공부하는 반이구요, B는 음악이나 미술 계통의 예능계 반입니다.
그리고 C는 컴퓨터나 자동차 등 첨단 공학 관련 전공, D는 운동이나
그 밖의 특기를 가진 특기생반이에요."

"그건 나도 주임 선생님께 대충 들어서 알고 있어. 또 내가 명색이

연수를 겸해서 부임해 왔는데, 나도 기본적인 것은 알아봤단다. 하하하."

"동민이는 그중 클래스A I 예요."

"그래, 클래스A의……? 헙! 뭐, 뭣? 크, 클래스A I ?"

왜 그러지?

"그럼 호, 혹시 '천재 집단'이라고 불리는 그……?"

아~ 그렇게 되나? 하긴, 특급 클래스의 아이들도 뛰어난 수재들이지만 그들은 모두 집안 배경과 재력, 권력까지 갖추고 있는 경우지. 이들이 그들 집안의 뒤를 이어 정 · 재계를 이끌고 나가야 할 아이들이라면 A I 의 아이들은 무섭도록 뛰어난 두뇌의 천재 집단이다.

천재 집단(Genius Group).

그것이 현재 클래스A I 의 또 다른 이름으로 되어 있다. 누군가 특별히 그렇게 붙인 것도 아닌데 저절로 붙어버린 이름. 특별한 재주나 전공이 아닌 평범한 학생들처럼 공부만 한다고 우습게 보일진 모르지만 그 최고 레벨인 A I 은 전혀 그 수준이 다르다고 할 수 있다.

클래스의 평균 아이큐가 160!

세계적인 천재들의 모임인 멘사(Mensa)에 가입되어 있는 소년 소녀들. 멘사의 회원 자격이 I.Q 148 이상이며 I.Q 172가 그곳의 측정 가능한 한계치임을 생각한다면 이것은 경이적인 숫자가 아닐 수 없다. 또 그중 전세계적으로 Mensa에서도 상위 1%에 드는 천재가 십여 명이나 존재하는 괴물 같은 반이기도 하다.

모두 미래 한국 사회를 주도해 나가게 될 보석 같은 인재들.

이 모든 것은 성전재단 스카우트 진들의 땀의 결실이라 할 수 있을 것이다.

'음, 동민이가 A I 의 수석임은 말하지 않는 게 좋겠다.'

예지는 놀라서 혼란을 느끼는 듯 멍해진 정 선생님을 반으로 이끌면서 생각했다.

아무리 성전특고라 하더라도 대부분의 학생들은 정 선생님이 상상하고 기대했던 보통 아이들보다 조금 더 우수한 아이들이다. 물론 '조금'이라는 한계가 어디까지인지를 배제하고, 또 적어도 한예지의 기준으로 봤을 때는 말이다.

그런데 우연인지 운명인지, 필연인지 인연인지 이 평범하기 그지없는 새로 부임한 체육 선생님은 성전특고 내에서도 아주 특별한 아이들만 골라서 만난 것이다. 그러니 그들에 대해 알게 될수록 충격을 받을 수밖에. 한예지, 그녀 자신도 그 소년들과 함께 있을 때면 스스로가 위축되지 않았던가.

"너희들… 대, 대단하구나. 정말 보통 서민들하고는 다른 세계에 사는 사람들 같다. 하, 하하."

정신을 수습한 청년이 머리를 쓸면서 어색하게 웃었다. 그 정도에 이렇게까지 충격을 받다니.

'무엇보다 민제후에 관해서는 절.대. 말하지 않는 게 좋겠어!'

라고 예지를 다짐하게 만드는 모습이었다.

그리고 긴 복도를 지나쳐 드디어 클래스S의 교실 앞에 도착한 예지는 마음속으로 한숨을 내쉬며 문을 열면서 말했다. 그런데 마침 그때.

"여기가 선생님이 부담임으로 맡게 되신 특급 클래스… 까악!"

꽈꽝!

"냄새나는 거렁뱅이 자식, 이제 자백해 보시지."

예지가 여는 문에 누군가 날아와 세게 부딪쳐 뒹굴었다. 그리고 그 아이를 친 것은 같은 반 불량한 무리들 중 한 명. 예지로서는 이름도 입에 담기 싫어하는 부류였다.

아버지 빽을 믿고 설치는 힘만 남아도는 녀석들. 한동안 잠잠하다 싶었더니! 그런데 오늘은 도대체 누가 저 녀석들 심기를 거스른 거야?

'어? 저 뒷모습은?!'

"윽. 애들아, 무슨 오해가 있나 본데……."

"뭐어? 오. 해? 이 시끼가!"

무리 중의 한 명이 바닥에 쓰러져 있는 소년에게로 다가가 멱살을 잡고 끌어 올렸다. 멱살을 잡은 소년은 운동을 한 덕인지 커다란 다부진 체격이어서 잡아 올린 소년의 몸이 쉽게 공중으로 떠올랐다. 잡혀 있는 소년은 예지 일행에게 뒷모습만 보여주고 있었으나 그녀는 그 소년이 누군지 쉽게 짐작할 수 있었다. 교실 조명에 부딪혀 금빛으로 빛나는 저 특이한 머리 색은 특급 클래스에서, 아니, 성전특고에서 단 한 명밖에 없다.

"미, 민제후?!"

이번엔 또 무슨 일이야!

"오해 좋아하시네. 불어, 새끼야! 너밖에 없잖아. 우리 클래스에서 제일 어쭙잖은 놈이 너 말고 또 있냐? 엉?"

"이게 무슨 짓이야!"

점점 험악해져 가는 분위기에 예지가 뛰어들어 소리쳤다. 잠시 자리에 없는 틈에 이게 무슨 일인가 싶어 너무 화가 났다. 아무리 불량한 녀석들이래도 전에는 교실에서 대놓고 폭력을 휘두른 적은 없었는데. 새로 오신 부담임 선생님이 이 모습을 보시고 어떻게 생각할지 반장으로서 걱정이 되었다.

부반장은 이렇게 될 때까지 뭘 하고 있었던 거야!

'세진이는……?'

예지가 부반장인 유세진을 찾기 위해 고개를 들어 교실 여기저기를 훑었다. 그러나 세진을 찾기 전에 사방에서 터져 나온 여자애들의 비명 소리! 예지가 그 다급한 비명 소리에 다시 급하게 시선을 돌리자 그녀의 눈에 민제후를 잡고 있던 덩치가 목이 졸릴 정도로 손에 힘을 주면서 막 주먹을 제후에게로 날리려는 모습이 보였다.

잘못하면 제후가 크게 다칠 수도 있는 상황!

한예지의 목소리가 서늘한 표정만큼 날카롭게 터져 나왔다.

"우선 그 손부터 놓지 못해!"

한예지의 목소리에 실린 카리스마 때문인지 건들거리던 무리들이 순간 몸을 움찔하며 예지를 띠껍게 쳐다보았다.

긴장된 분위기.

그 분위기에 클래스의 아이들이 뒷걸음질치며 그 주변을 둥글게 비워주었다. 하지만 뒷걸음질치며 자리를 비워줬다고 해서 아이들이 겁을 먹고 물러선 것은 아니었다. 그것은 겁을 먹었다기보다는 자신들과 상관없는 일에는 귀찮게 말려들고 싶지 않다는 거만한 제스처.

그리고 그 무리들 앞에서 절대 꿀리지 않는 당당한 자세로 싸늘하게 노려보는 한예지의 고요한 눈빛. 그것에 녀석들이 투덜거리며 마침내 제후를 팽개치듯 놓아주었다. 어쨌든 대강 소란이 진정되는 순간이었다.

"쳇! 너, 오늘 운 좋은 줄 알아. 냄새나는 자식!"

"제후야, 괜찮아?"

예지가 제후 쪽을 쳐다보지도 않고 여전히 그 패거리들을 싸늘하게 노려보면서 말했다.

차가운 목소리. 그러나 그 싸늘함과는 달리 예지의 속마음은 속상하기 그지없었다. 평소에는 여기저기 잘도 쑤시고 다니면서 휘젓고 다니더니 오늘따라 왜 아버지 뒷배경밖에 믿는 게 없는 저런 형편없는 속물들에게 얌전히 맞아주고 뒹구는지 화가 났다. 그리고 무엇보다 더 화나는 건.

'그 딴 걸 왜 내가 걱정해야 하느냔 말이야!'

이래저래 정말 화가 나는 한예지 양이었다.

"콜록콜록, 요즘 애들은 정말 힘이 좋다니까. 역시 성장기에 잘 먹어서 그런가?"

교복을 털며 일어서는 폼을 보아하니 그리 크게 다친 곳은 없는 듯한 제후였다.

흐트러져 눈매를 가린 금갈색 머리칼, 느슨해져 목에 대강 걸린 넥타이와 단추 몇 개가 날아가 흰 목덜미를 드러낸 교복 셔츠, 그리고 바닥을 뒹굴 때 묻어난 듯한 먼지.

예지가 그제야 제후의 무사한 모습을 확인하고 안도의 한숨을 내쉬었다.

'안도의 한숨? …왜?'

예지가 자신의 눈앞에서 먼지를 털고 있는 어떤 형상을 바라보며 멍하니 생각에 잠긴다.

'왜 내가 저 녀석이 무사하다는 것에 안심하는 거지? 저 녀석이 뭐길래 위험했다는 것에 화를 내고 안심하고… 어째서? …그건… 그건… 그, 그래! 폭력은 좋지 않은 거니까! 만약 교내에서 폭력 사건으로 인해 누군가 다쳤다면 별로 뒤끝이 좋지 않았을 것이니까! 그렇다! 맞다. 그거다. 학원 내 폭력이라니! 큰일 날 소리다. 특히 그 상대가 민제후라는 녀석이라면 더 더욱!'

예지의 눈에 흐트러진 모습일지언정 이젠 똑바로 서서 불량 패거리들을 바라보는 민제후라는 소년의 모습이 들어왔다.

'저 녀석이 이곳 성전(聖殿)의 수장이니까. 그래서일 거야.'

"이래도 자백을 안 할 거냐, 새꺄! 구린내 나는 가난뱅이 자식 같으니."

"난 정말 아무것도 몰라. 오해야. 그리고 이봐. 누가 냄새가 난다는 거야? 나 매일매일 샤워한다구."

"킥, 웃기는군. 천한 가난뱅이 냄새가 물로 씻는다고 없어진다냐? 저거 진짜 웃기는 새끼네?"

"킥킥킥."

잠시 틈이 생긴 사이 녀석들이 다시 제후에게 험한 말을 내뱉고 있었다. 그 대화에서 이제 대충 정황을 짐작한 예지였다. 어떤 일인가 안 좋은 사건이 있었고 그 사건의 범인으로 제후가 지목된 듯하다. 그런데 도대체 무슨 오해라는 것인지. 그리고 평소 자기들 멋대로 다니던 저 녀석들이 왜 나서서 저러는지 알 수가 없다.

그러나 침착해져 가는 예지와 달리 제후의 얼굴은 녀석들이 내뱉는 말에 점차 굳어져 가는 것이 보였다.

"내 결백은 곧 밝혀지겠지. 난 정말 아무 짓도 하지 않았으니. 그런데 니들……."

민제후의 눈이 좀 전과 다르게 아무 감정의 동요 없이 가라앉아 있었다. 맑은 호수 같은 눈동자. 그것은 이미 알고 있는 사실을 되묻는 얼굴이었다.

"누.가. 더럽고 냄새나는 가난뱅이라고?"

제후가 두 손을 바지 주머니에 넣고 상체를 그들 쪽으로 약간 기울이며 살짝 미소 지었다.

"늬들은 정말 개코구나. 가난과 부유함을 냄새로 알아맞추고. 난 내가 가난뱅이라고 말한 적 없었는데 말이야."

약간 등골이 서늘해지는 미소.

이젠 예지뿐 아니라 아이들도 어떻게 수습해야 할지 몰라 멍해져서 갈팡질팡하게 되었다. 한 번도 제후가 반 아이들에게 저런 모습을 보여준 적이 없어 더 당황하는지도 몰랐지만, 이제 두 쪽 다 감정이 험악해진 듯.

상황이 다시 점차 안 좋아지자 클래스 아이들 틈에서 어쩔 줄 몰라 하던 남자 아이 하나가 말리는 투로 앞에 나섰다.

'어? 저 애는 우리 클래스의 총무잖아?!'

"돼, 됐어. 그만 해. 아마 내가 어디 딴 데다 잘 두고 못 찾는 것이겠지. 게다가 증거도 없이 무작정 제후를 의심하는 것도……."

"시끄러! 넌 빠져."

버럭 화를 내는 녀석들. 붉어진 얼굴을 보니 순간이나마 제후의 그 눈빛에 쫄았던 것이 부끄럽고 분통이 터지는 모양이었다.

"학급을 위해서 우리들이 손수 나서주겠다는데 왜 방해하고 지랄이야. 저 자식 말고 그 돈을 훔칠 놈이 있으면 말해 보시지. 오늘 아침까지 분명히 가지고 있었다며? 그럼 분명 범인은 우리 클래스 안에 있을 터인데 어디 우리 중에 그럴 애가 있어? 우리 같은 유명 집안 자제들이 뭐가 부족해서. 엉?"

"하, 하지만……."

"하지만이고 저지만이고! 돈 액수가 중요한 것이 아니잖아. 공금이야! 저 자식밖에 없다고!"

다들 들으라는 듯 소리소리 지르며 말하는 양아치 패거리들을 보며 예지는 이제 완벽히 사건의 앞뒤 정황을 알 수 있었다.

'그러니까 지금 총무가 가지고 있던 학급 공금이 없어졌는데 평소 제후를 곱게 보지 않던 저 녀석들이 이걸 기회로 물고 늘어지는 것이군. 반 아이들도 제후의 정체를 모르니 당연히 먼저 의심했을 것이고. 그런데 누가 보면 저것들 진짜 반을 위하는 줄 알겠네. 하아~ 난 또 뭐라고.'

예지는 정확한 내용을 알게 되자 다시 한 번 안도의 한숨을 내쉬었다.

총무가 돈을 둔 장소를 잘못 알았거나 착각을 했을 터였다. 그렇지 않고 정말 도난당한 거라면 우리 반 아이들 전부를 의심해 봐야 하는데 돈을 훔칠 만한 아이는 없다. 다른 반은 몰라도 클래스S의 멤버라면 어느 것 하나 부족한 것이 없는 아이들. 특히 의심의 발단이 돈이라면 더욱더 그렇다.

그리고 무엇보다 마음만 먹으면 한 나라의 경제도 쥐고 흔들 수도 있는 '민제후'라는 소년은 더욱 빼줘야 할 것이다.

예지가 여유로운 미소를 지으며 건들거리는 패거리들을 비웃었다.

'확실히 흔해 빠진 이야기지만 이것만큼 확실한 누명도 없을 테지. 게다가 학교에서 제후는 일반 전형 합격자인데다 집안이나 가정 형편 등도 이상하게 소문이 나 있으니. 호호호호~ 일부러 민제후에게 덮어 씌우려고 꾸민 계획이 아니라면 별일없잖겠어. 어? 아, 아니라면? 아 앗!'

"그럼 소지품 검사를 하죠."

그런데 그때 들려오는 맑은 미성.

예지가 순간 아차 싶은 마음에 뭔가 말을 꺼내려 할 때 교실의 문 앞에서 익숙한 목소리가 단정하게 들려왔다. 그곳엔 아까 예지가 급하게 찾아도 보이지 않던 유세진이 처음부터 그곳에 있었던 것처럼 서 있었다. 그리고 그 작은 소년이 고개를 살짝 움직이자 한순간 번쩍 빛을 반사하는 두터운 뿔테 안경. 입꼬리는 올라가 있지만 빛에 반사된 안경

덕에 눈의 표정이 보이지 않았다.

가면 같은 미소. 정말 웃고 있는 걸까?

그리고 예지가 막고 싶었던 한마디를 그 소년이 내뱉는다.

"소지품 검사를 하면 누가 범인인지 밝혀지지 않겠습니까? 그렇죠?"

세진이 고개를 기울이며 생긋 웃었다.

"좋아."

그 순간, 예지는 세진의 진짜 미소를 본 듯했다.

*　　　*　　　*

"그럼 소지품 검사를 하죠."

들으라는 듯 소리소리 지르는 녀석들. 자신을 도둑으로 몰아세우는 그 불량아들에게서 점차 골이 지끈거림을 느끼던 민제후의 귀에 뜻하지 않은 시원한 음성이 들려왔다. 그러나 그건 그 말의 뜻이 시원하기보다 시원한 어감의 목소리라는 의미다.

'유세진.'

고개를 돌리니 교실 문 앞에 좀 전의 소란통에는 보이지 않던 세진이 빈틈없는 모습으로 그림처럼 서 있는 것이 보였다. 언제나처럼 범생이로 보이게 하는 두터운 뿔테 안경을 쓰고 표정을 알 수 없는 미소.

'그런데 소지품 검사라…….'

그럼 70년대 유치 뽕짝 학원물 영화처럼 다들 책상 위에 올라가 손을 들고 불독을 닮은 근육 선생이 지휘봉을 들고 다니며 가방을 뒤져야 한단 말인가? 그건 별로 찬성하고 싶지 않은데. 왜냐구? 그야… 스타일 구겨지잖아. 쩝!

"소지품 검사를 하면 누가 범인인지 밝혀지지 않겠습니까? 그렇죠?"

제후가 좀 다른 방향으로의 고민이지만 어쨌든, 마음속에 밀려드는 갈등을 드러내지 않고 고요히 서서 바라만 보고 있자 세진이 고개를 살짝 기울이며 생긋 웃었다.

두터운 안경이 가리고 있지만 천진난만해 보이기까지한 웃음. 아니, 오히려 그 뿔테 안경이 세진의 예리한 눈매를 가리기 때문에 더욱 그런 순수한 느낌을 주는지도 몰랐다.

"좋아."

제후가 세진의 제안을 거절하지 못하고 받아들이며 찡그렸다.

저 녀석… 날 가지고 노는 것 같아. 그래. 뭐, 놀다가 제자리에만 가져다 놔라.

"그런데 도대체 학급 공금으로 얼마가 없어졌다는 거야?"

"많진 않습니다만, 우선 공금이니까요."

민제후의 씁쓸한 기분을 아는 것인지 세진이 그가 있는 쪽으로 걸어오며 고개를 공손히 끄덕였다. 그리고 소란스럽던 반 분위기도 어느 사이엔가 조용히 진정되어 있었다. 클래스의 아이들에게서 예지와 세진의 입지가 큰 것인지 유세진까지 사태 해결에 나서자 아무도 섣불리 앞에 나서서 큰 소리를 내지 못하고 있는 듯했다. 일부러 요란하게 사건을 벌이던 패거리들까지도 그 순간에는 조용히 침묵을 지키고 있다.

"얼만데?"

아이들 반응에 세진과 예지를 다시 보게 된 소년이 돈에 대한 이야기가 나오자 심드렁하게 물었다.

'학교 학급비로 관리되고 있던 돈이면 별로 그렇게 큰 액수는 아니겠지. 학급비라고 해봤자 별로 그리 크게 쓰일 데도 없으니 뭐.'

제후는 도난당했다는 돈이 별로 큰 액수가 아니라고 생각되자 그럭저럭 마음이 좀 놓이기 시작했다. 아이들도 돈 액수는 그리 크지 않다고 하지 않는가. 그가 손대지 않은 돈이 분명하고 이번 사건은 제후가 전혀 관련이 없는 것도 분명했지만, 그래도 사람 마음인지라 안심이 되는 것도 사실이었다. 양아치 녀석들의 시비에 욱하지 않고 참길 잘했다는 생각이 들었다.

뭐, 몇만 원 정도의 공금이라면 사건이 크게 번지지 않을 터이고.

"300만 원입니다."

그래. 적은 액수로 삼백, 삼……?

"뭐, 뭐얏?!"

"대충 그 정도라고 생각되는군요. 자세히는 제 소관이 아니라서요."

세진이 그렇게 말하고 총무라는 아이에게 눈짓을 보내자 그 소년이 재빠르게 수첩을 꺼내 살피면서 말했다.

"아! 응. 지금까지 여러 지출과 행사 보조 지원하고 남은 액수가··· 대략 3백 9만 1천 2백 3십 원이야."

평이한 목소리로 말하는 이 아이들을 어쩌면 좋단 말인가.

제후가 약간 넋이 나가서 그들을 바라보았다. 몇백만 원을 크지 않은 액수라고 말하는 이 아이들은 도대체 어떤 가치관을 가지고 사는 것인지. 물론 큰 집안의 자제들이고 큰일 앞에서는 대담해지는 것도 좋지만 아무리 그래도 이건…….

혼란스러움 속에서 제후가 삼백만 원이면 신라면이 몇 개인지를 헤아리는 사이 그의 의식 밖의 세상은 그 순간에도 빠르게 돌아갔다.

"그럼 학생들은 모두 자리에서 물러나 뒤로 나가 서 있고 학급 위원 몇몇은 소지품들을 살펴보도록 하죠. 그리고 정 선생님."

"아! 으, 으응. 그래, 무슨 일이지?"

세진이 제후와 비슷하게 넋이 나가 멍하니 지켜보던 청년을 불러 깨웠다. 이제 특급 클래스를 책임지게 될 부담임 정우성 선생이 유세진의 음성에 퍼득 정신을 차리며 얼굴을 붉히자 세진이 귀염성있게 웃어 보였다. 그 모습은 선생님들이 딱 좋아할 만한 모범생.

'어? 저 형은?!'

이미 교실은 반장, 부반장 밑으로 있는 몇몇 학급 위원들에 의해 소지품 검사가 부산스럽게 이루어지는 가운데 제후는 아이들 속에 묻혀 있는 낯익은 청년의 얼굴을 발견할 수 있었다.

잘됐나 보군. 지금 사건은 계획에 없던 일이지만 멍하게 서 있는 저 평범한 청년의 얼굴이 이곳에 있는 걸 보아하니 다른 것은 제대로 된 모양이야.

"아까 교실로 돌아오다가 들었습니다. 이번에 우리 클래스를 맡게 된 부담임 선생님이시라구요. 안녕하세요? 전 클래스S의 부반장 유세진이라고 합니다. 멋진 환영 인사를 해야 하는 건데… 오늘은 보시다시피 사정이 별로 좋지가 않네요."

야, 아무 일도 없는 듯 생글거리는 네 얼굴을 보면 전혀 모르겠다, 임마!

제후가 그만의 '되는대로' 라는 신조의 낙천성으로 빠르게 패닉 상태에서 회복해 세진을 향해 투덜댔다. 순진하고 아무것도 모르는 범생이 같은 녀석. 이것이 유세진에 대해 내렸던 평가였는데 어느새 '알 수 없음. 보류' 라는 도장을 찍어버린 녀석. 파악도 안 되는 저런 녀석들에게 이리저리 휘둘리는 건 정말이지 딱 질색이다.

"아! 아니다. 괜찮아. 그런데 어떻게 하려고 하는 거니?"

정 선생님도 유세진의 기에 눌린 것인지 학생에게 한 수 접어주는 분위기가 되었다.

'저런! 저 형도 맨날 휘둘리겠구만. 그나저나 정말 김 비서는 일 한 번 끝내주게 잘한다니까. 성전고로 데려오라고 하긴 했지만 설마 하니 우리 반 부담임으로 배정할 줄이야. 쿡쿡.'

아직까지 여유로운 제후가 빨리 이런 거지 같은 누명에서 벗어나야 할 텐데라고 중얼거리며 벽에 기대자 세진이 빙긋 웃으며 아이들에게 이것저것 지시하고 다시 정 선생님을 향해 말했다. 그것은 마치 선생과 학생이 바뀐 듯한 모습이다.

"선생님께서는 아이들을 통솔해 주셨으면 좋겠습니다. 오늘 부임 첫날이시겠지만, 아무래도 모든 사실이 밝혀지고 나서 더 소란스럽지 않도록 말이죠. 하실 수 있으시겠죠?"

그때였다. 소지품 검사를 하던 학급 위원 중 한 명의 아이에게서 시작된 웅성거림이 일파만파로 퍼져 나간 건.

"찾은 것 같군요."

유세진의 안경이 기분 나쁘게 번쩍이자 학급 위원 중 한 명으로 보이는 아이 하나가 그들에게로 다가오는 것이 보였다.

시중에서 흔하게 구할 수 있는 두툼한 누런 봉투 하나.

그들 쪽으로 다가온 학생이 내미는 그 물건에 여러 명이 긴장했다. 이런 것을 희비가 교차한다고 해야 하는 것인지. 아직 어떤 말도 오가지 않았지만 불량 패거리들은 희희낙락해서 건들거리고 있었고, 반장인 예지는 얼굴이 하얗게 되어 날카로운 눈으로 그 봉투를 노려보았다. 평정을 유지하고 있는 것은 클래스 분위기를 주도하고 있는 유세진과 학급 위원들뿐. 제후는 이상하게도 스멀스멀 밀려드는 불안감을 억지로 쫓으며 사태를 지켜볼 뿐이었다.

"여기."

침착한 얼굴의 학급 위원 중의 하나인 한 학생이 세진을 향해 봉투

를 내밀었다. 특별히 이런저런 말을 붙이지 않아도 모두들 그것이 뭔
지 쉽게 알 수 있었다.

없어졌다던 공금 300만 원!

도난당했다고 시끄러워진 것이 두어 시간이 채 되지도 않았는데 이
렇게 쉽게 발견될 줄이야. 소지품 검사를 하자고 했지만 설마 그 돈을
진짜 찾게 되리라곤 아무도 생각하지 못했던 듯 많은 얼굴들이 딱딱하
게 경직된 것이 보였다. 어쩌면 모두가 바라던 결론은 그냥 작은 소란
후 흐지부지되는 것이었을지도 모른다.

"액수는 어떻습니까?"

"정확해."

봉투를 받아 들며 세진이 말하자 역시 감정이 서리지 않은 목소리가
울렸다. 정확히 없어졌던 금액. 그렇다면 더 이상 빠져나갈 수 없는 확
실한 증거가 될 테다.

세진이 조용히 눈을 들어 그에게 돈을 건네준 아이를 바라보았다.
그것은 무언의 질문. 어느 자리냐고 묻는 질책이 담긴 그 시선에 그 학
생이 약간 망설이다가 입을 열었다.

"…민제후의 자리에서 나왔어."

그 말이 떨어지자 여기저기에서 짧은 외침이 터져 나왔다.

클래스를 휩쓸고 지나가는 적지 않은 충격. 이건 일반 사립고에서
일어났다고 해도 보통 사건이 아닐진대 성전특고에서 일어난 도난 사
건이라니! 게다가 그 돈이 공금이었고 액수 또한 적지가 않다. 그리고
가장 큰 문제는 일반 전형 합격자인 민제후가 범인으로 지목된 이상
일이 어떻게 진행될지 너무나 미지수라는 점이었다. 일반 학생은 바람
막이가 없다!

"내 그럴 줄 알았어! 푸헤헤헤헤!"

그리고 그것과 같이해서 한동안 얌전히 있던 양아치 패거리들이 배를 잡고 웃으며 통쾌해하는 것이 보였다. 순식간에 궁지에 몰린 제후가 그들 쪽으로 잠시 시선을 두었다. 돌처럼 딱딱한 표정에 속을 들여다볼 수 없는 눈동자. 그 눈에 담기는 그 패거리들의 모습은 다른 아이들이 보기에도 저절로 눈살이 찌푸려졌지만 그들이 표적으로 삼고 있는 제후 그 본인은 점점 무표정해져 갈 뿐이었다.

"역시 저 가난뱅이밖에 없을 줄 알았다니까! 저 자식, 맨날 밑바닥에서 빌빌대다가 뒈진 줄 알았더니 질긴 바퀴벌레처럼 다시 기어 들어와 가지고선 이렇게 물을 다 흐려놨어. 퉤! 병신 같은 새끼. 기집애 같은 상판때기밖에 내세울 것도 없는 새끼가."

비웃음과 경멸.

뭐야. 쿡! 이거 설마 계획적이었던 거야?

"제후야."

예지가 인형처럼 싸늘히 식어가는 제후의 얼굴에 떨리는 목소리로 다가가며 불렀지만, 대답이 없다. 아니, 오히려 다가오려는 예지를 손을 들어 막고 천천히 자신의 자리로 가까이 다가서며 책상 위에 흩어져 있는 물건들을 하나씩 집어 올리며 살핀다. 자기가 한 일이 아니라고 화를 내거나, 억울하다고 호소하거나, 그 어떤 반응도 없이 일상처럼 여유롭게, 돈이 나왔다는 그의 자리에서 물건들을 구경하는 자세.

"야, 이 바보야. 무슨 말 좀 해봐."

예지가 평소의 장난기가 사라진 채 초연한 얼굴로 뒤돌아서 있는 제후를 바라보며 물기 어린 목소리로 화를 내고 있었다. 그녀도 앞뒤 사정을 이미 짐작할 만큼 총명할진대 이해할 수 없는 행동이다. 그것에 제후는 속으로 피식 웃고 말았다.

아, 됐어. 여기서 무슨 말을 하겠어. 어떻게 된 일인지 감 잡았다구. 여기에서 내가 억울하다고 난리치는 것이 바로 저 녀석들이 보고 싶어 하는 모습일 테지. 그리고 아마도 원판이었으면 충분히 그랬을 테고 말이야. 하지만 난 원판이 아니니까.

제후가 이것저것 만지작거리며 책상 위를 둘러보자 자신의 옆의 책상 위의 물건들도 곧 눈에 들어왔다.

'이 자리는 저 녀석들 자리인데… 허~ 별게 다 있군. 책은 없고 각종 쓸데없는 잡동사니만 늘어져 있잖아?

학교 온 첫날 배정받은 자리. 그 옆은 바로 지금 제후를 괄시하고 비웃는 버릇없는 녀석들의 위치였다. 어떤 사고방식을 가지고 어떻게 자랐는지 온통 배배 꼬인 성격의 녀석들 같으니라구. 그 위에 놓인 각종 잡동사니도 녀석들만큼이나 참으로 너저분하다. 여러 가지 종류의 잡지류와 카드도 있고, 이상한 구슬과 동전 등도 있고, 고급스런 잭나이프와 만화책 따위도 보인다.

애들은 뭘로 공부하나 몰라?

"너희들은 좀 조용히 하지 못해!"

한예지 반장의 높은 톤의 목소리.

그 소리를 들어보니 그 순간에도 아직까지 그 패거리들은 제후를 헐뜯고 있었나 보다. 예지의 펄펄 뛰는 모습을 보자니 제후는 미소가 떠오르며 심각함 따위는 멀리멀리 날아가는 것만 같았다. 그러나 아무리 그렇다 하더라도 다음 순간 들려온 언사는 너무나 모욕적이고 진짜 양아치답기 그지없었다.

"아! 그래, 맞다! 저 자식 특급 클래스로 편입도 그 잘난 상팔으로 했을지도 모르겠는걸? 케헤헤~ 가진 거라곤 저 가냘픈 몸매와 반반한 얼굴밖에 없을 테니, 어디 웃기는 윗전 구렁이 중 하나한테 후장이라도

대준 거……."

핑—

"컥!"

언제 집어 들었는지 제후 옆 자리에서 나온 그 녀석들 소지품 중의 하나인 작은 잭나이프. 그것이 제후의 손에 의해 그 불량 청소년의 목에 거누어져 있었다. 가벼운 바람 소리와 함께 정확하게 날아든 나이프가 예리한 예기를 뿜으며 차가운 빛을 반사한다.

그리고 푸른 살기가 뻗어 나오는 민제후의 두 눈.

소년의 목에 살짝 닿은 나이프에서 어느덧 가느다란 핏자국이 실을 이루며 흘러 흰 셔츠를 붉게 물들었다.

"으… 이거… 왜 이래."

"더 떠들어봐."

검은 전갈이 새겨진 잭나이프. 스콜피온인가?

칼에 새겨져 있던 문양을 기억해 낸 제후가 입가에 잔인하지만 아름다운 미소를 띠었다.

"칼이 참 좋네. 날이 아주 잘 들겠어. 이대로 포를 떠버릴 수도 있어."

난 원판이 아니야.

"언젠가 예전에 많은 것을 이뤘다고 생각한 적이 있었지. 아주 예전……. 홋, 그래. 좀 됐네. 아주 오래전에 이런 비슷한 일들로 그 모든 걸 한꺼번에 잃었었어. 모두 다. 그래서 그런가? 그 한 번 경험이 있어서 그런지 이번 사건이 별로 신선하지가 않아."

이제부터 너희도 지금의 내가 '민제후' 라는 걸 알아야 해. 잘 봐둬!

"이왕 계획을 짜려면 당하는 나도 즐겁게 멋진 시나리오로 짜지 이건 너무 싱겁잖아. 귀엽긴 하지만 이런 어린애들 장난, 너무 유치해."

말로는 그렇게 주절거렸으나 심각한 상황이긴 했다. 흔한 스토리에 유치하긴 하지만 학교라는 단체에서 이것만큼 크게 번질 수 있는 사건이 또 있을까? 단순하기에 가장 확실한 방법이기도 했다.

하지만 그렇다고 겁나진 않다. 난 '살아가는 것' 그 자체에 대한 욕심만 있을 뿐이니.

"나는 더 이상 잃을 게 없어. 그래서 난 지금……."

제후의 눈동자가 파랗게 반짝였다.

"무서울 것이 없어."

*   *   *

그 시각, 누군가의 눈에서 확장된 그 푸른 기운이 어느 곳에선 다른 의미로 드넓게 펼쳐져 있었다. 하늘의 색과 하늘의 소리.

하늘이란 올려다볼 때는 파랗기 그지없지만 원래는 아무 색도 담고 있지 않은 공간일지다. 끝임없이 이어져 지금 이 순간에도 확장되고 있다는 우주는 빛이 없어 검고 검은색. 하늘의 색도 무색·무취의 공기로 채워져 있으니 빛에 의해서 그 색을 바꿔 입는 것일 뿐. 그래서 같은 하늘일지라도 각 때마다의 채색이 다르고 저녁의 주홍빛 노을이 존재할 수 있는 것일 테다.

같지만 때마다 다른, 어떤 빛이 통과하느냐에 따라 달라지는, 사람의 마음도 그것과 다를 것이 없을진대.

딩동댕동~ 딩그동 댕동~

구름 한 점 없어 호수처럼 맑디맑은 그 아름다운 색을 울리며 부자연스런 음이 스쳐 지나갔다.

점심 시간이 끝나는 종소리.

그 자연스럽지 못한 음의 조합체에 잔디밭에 누워 있던 한 소년이 천천히 눈을 떴다.

셔츠는 소매를 걷어붙였고 넥타이는 어디로 갔는지 보이지 않는 교복 차림새. 눈을 내리덮은 긴 앞머리 때문에 눈은 떴는지 감았는지 잘 알 수가 없을 정도이고, 뒷머리는 줄 리본으로 끝을 묶어 지저분한 모습만을 간신히 면한 헤어스타일이다. 이 독특한 모습으로 이 소년이 누군지 알 만한 사람은 다 알 것이었다.

"야, 저기 강제경 아니냐?"

"어? 맞네?"

'…뭐야?

제경은 유리알처럼 맑은 두 눈에 푸르게 빛나는 하늘을 가득 담고 있다가 갑자기 뒤에서 들려온 목소리에 얼굴을 찡그렸다. 이 장소는 그가 혼자 있고 싶을 때 수업을 빼먹고 나오는 공간이었다. 학생들이 잘 이용하지 않는 예술관 뒷 교정. 그런데 이런 곳을 때마침 지나가는 학생들이라. 본관 건물에 다녀오는 아이들인 모양이었다.

'잘난 학생회 녀석들인가 보군. 지름길로 본관에 다녀온 모양이지?'

"깨워야 되는 거 아니니? 좀 전에 종도 쳤는데……."

"놔둬."

"그래도."

"저 자식이 언제 수업 제대로 받는 거 봤냐? 천재 나으리라 저래도 매번 승급만 잘하던데 뭘. 냅둬."

제경이 움직이는 기척이 없자 그의 뒤를 지나가는 두 명의 학생이 그가 잠든 줄 알고 거리낌없이 중얼거렸다. 소심한 목소리의 한 명은 여학생인 듯싶었고, 그 소녀의 말을 받는 또 다른 한 명은 남자 아이라고 생각되었다. 그런데 그 남학생의 대답에 서린 비아냥은 그들이

제경에게 별로 좋은 감정이 아니라는 것을 알게 했다. 그런 시선 때문에 더 아이들 사이에 섞이지 못하고 떠도는 제경인지라 점점 멀어져 가는 그들의 소리에 자조적인 미소를 띠며 다시 시선을 하늘로 두었다.

하늘뿐 아니라 빛나는 태양이 눈이 부시다.

제경은 한쪽 팔을 들어 강렬한 햇빛을 가리며 시선을 더욱더 멀리 멀리 푸름에 담았다. 두 눈에 한가득 들어오는 하늘의 투명한 파랑이 가득가득.

'정말 평화롭군.'

수업종이 친 지 오래라 그런지 간간이 들려오던 웅성거리는 먼 소리도 끊어져 잔잔한 침묵만이 주위를 감쌌다. 그때 제경이 그의 시선을 떼쟁이처럼 붙잡고 놓아주지 않는 하늘을 바라보며 얼마 전 만났던 어리버리했던 한 녀석을 생각했다.

'이름이 민제후라고 그랬던가?'

특급 클래스에 중도 편입된 웃기는 머리 색의 이상한 녀석. 얼음공주라고 불리는 한예지가 펄펄 뛰면서 구박하는 유일무이한 소년.

그렇게 작은 여자애한테 잡혀 꼼짝 못하는 바보 녀석일진대 그 녀석을 처음 보았을 때 난, 그 눈에 어린 근거없는 자신감과 당당함에 위축되어 강한 반발심을 느꼈었다. 그렇지만 조금 골려주려고 제의한 발표회 승부를 그렇게 덜컥 받아들일 줄이야.

"뭐, 그런 녀석쯤은 눈 감고도 이길 수 있으니까."

제경은 왜 지금 그 자식 생각이 나는지 모르겠다고 투덜대면서 벌떡 일어나 앉았다. 고개를 들어보니 이런 숨 막히는 곳에서 썩히기에는 너무 아까운 날씨다.

"좋아, 오늘 간만에 나가볼까?"

제경이 일어서 어디론가 향하며 다시 한 번 고개를 들어 민제후를 생각나게 하는 하늘을 쳐다보았다. 그 웃기는 녀석은 지금 뭘 하고 있을까 하며.

＊　　　＊　　　＊

　"으으… 사, 살려줘… 살려주세요……."
　고요.
　그 순간 특급 클래스에서는 소리없는 엄청난 소동이 일어나고 있었다.
　새파랗게 질린 얼굴로 부들부들 떨며 간신히 서 있는, 한눈에도 불량해 보이는 소년. 그리고 그의 목에 은은한 예기를 뿜으며 겨누어져 있는 작은 나이프. 그 나이프에서 가느다란 붉은 실이 한줄기 흘러내려 교복 셔츠에 닿아 빨갛게 번지고, 흔들림없이 그 나이프를 겨누고 있는 또 다른 소년의 눈은 흐트러진 금갈색 머리칼 사이에서 냉막한 미소를 뿌리고 서 있었다. 그것은 정말 그 불량아의 목을 따버릴지도 모르겠다고 생각되는 얼굴. 그리고 실제로 손목에 약간의 힘만 넣으면 현실이 될 이야기이기도 했다.
　"으… 흑……."
　'뭐야, 이 지린내는.'
　제후가 코를 찌르는 악취에 미간을 찡그리며 시선을 약간 내렸다. 평상시엔 감각의 대부분을 닫고 다녔지만 지금은 너무 화가 나서 자신도 모르게 모두 개방된 오감이 미세한 자극에도 예민하게 반응을 보였다. 그래서 다른 사람들이었으면 그냥 그러려니 하는 냄새에도 제후에겐 머리가 아플 정도의 악취로 느껴진 것이었다. 하지만 교실에 이런 악취가 날 만한 곳은 없는데.

"허~ 거참."

제후는 그 지린내의 근원을 찾다가 바지에 실례를 한 눈앞의 녀석을 발견했다. 이 정도에도 공포를 느끼는 놈이 집안 배경과 작은 권력으로 세상 무서울 것이 없다는 듯 행동했다는 사실에 어이가 없어졌다. 약간 겁을 준 것만으로 오줌까지 지리다니. 그 연약한 십대의 모습에 실망까지 드는 제후였다.

'만약 눈앞의 녀석이 동민이나 세진이였다면.'

그렇게 생각하자 이제 한숨까지 나오는 제후였다. 여자인 한예지조차도 이런 상황이었으면 살려달라고 저렇게 부들부들 떨기보다 두 눈을 똑바로 뜨고 노려볼 거라 생각하니 화낼 기운조차 빠져나갔다. 이런 녀석들에게 감정 낭비 따위 하기도 싫다는 생각.

하지만 민제후가 한 가지 깨닫지 못하는 것이 있었다. 바로 이런 반응이 가장 보편적이고 평범한 것이라는 것. 누가 죽일 듯이 쳐다보며 칼을 목에 겨누고 있는데 태연할 수 있을까? 특히 온실 속에서 귀하게 자란 십대라면 더욱 그러할 것이다.

게다가 그의 주변에 있는 아이들이 비범한 것이지 이들이 떨어지는 것이 아닌데.

아마 이런 것이리라. 바보 속의 천재는 바보 취급을 받는다는 이야기처럼 민제후 주변의 아이들이 우연찮게 모두 비범하니 그에게 그 비범한 성향이 자신도 모르게 평범이라고 각인된 것일지다.

그러나 그것을 모르는 제후는 그 약한 모습에 아직 덩치만 커다랗지 어린아이들이라고 생각하여 기분을 풀어냈다. 그 패거리들에게는 행운이 아닐 수 없었다.

게다가 제후의 입장에서도 어차피 처벌을 피해갈 방법은 없는 것 같아 그 부분에선 포기하고 있었고, 지금의 그의 행동도 앞으로 함부로 날뛰지 못하게 하기 위한 경고였을 뿐이다. 하지만 순간적으로 살기가 일었던 것만큼은 부인할 수 없는 사실이기에 제후가 칼을 거둬들이면서 머리를 긁적이며 웃어버렸다.

'아~ 내가 지금 뭘 하는 짓이람. 하하, 참.'

"아, 형! 이곳 선생님으로 오셨다죠? 반가워요. 그런데 재회의 기쁨을 만끽하기 전에 이런 안 좋은 상황에서 학생과 선생님으로 보게 됐네요. 뭐, 앞뒤 정황이야··· 이렇게 됐어요. 하하하~"

제후가 다시 평상시의 빙글거리는 모습으로 돌아와 뒤로 물러서자 부들부들 떨던 녀석이 바닥에 털썩 주저앉았고 주변의 끊어질 듯한 긴장감도 사라지며 웅성거리기 시작했다.

"다 내 책임이라고 해두죠. 근신이든 정학이든 처벌이 결정되면 알려주세요. 설마 퇴학은 안 시키겠죠? 역시 이래서 명문고가 좋다니까."

점심 메뉴를 물어보는 것처럼 말하는 제후의 모습에 소란스러움 속에서도 반 아이들은 알 수 없다는 시선이 하나둘 닿아왔다. 그렇지만 아랑곳하지 않는 '세상은 아름다워' 표정. 제후의 눈길이 어쩔 줄 몰라 하는 정우성 선생이라는 청년을 스치고 눈물이 그렁그렁한 예지를 지나 잔잔히 웃고 있는 유세진에게로 향했다. 눈을 가리고 있는 뿔테 안경 밑으로 미소가 드리워져 있는 세진의 입매가 보였다.

"유감입니다."

아무 말 없이 세진을 바라보았다.

유세진. 진의(眞意)가 뭘까?

"별로."

제후가 그렇게 말하고 싱긋 웃으며 어느새 시장 바닥처럼 시끄러워진 교실을 빠져나갔다.

"이, 이런. 말도 안 돼."

예지는 아무 일 없다는 듯 웃으며 나가는 제후의 뒷모습을 하염없이 바라보면서 무력감에 빠져 있었다.

민제후가 한 짓이 아니라는 걸 믿는다. 아니, 안다. 하지만 그 뒷모습을 붙잡을 수가 없었다. 이런 유치찬란한 계략에 제후가 걸려들지 몰랐다. 물론 성전그룹 장씨 일가의 힘이면 쉽게 일이 해결될 테지만 학교에서 자신을 밝히지 않고 평범하게 학교 생활을 하고자 하는 제후이니 그렇게 할 리도 없다. 성전의 본가에서 힘을 쓴다면 그의 위치가 밝혀지는 것도 시간문제일 테니까.

"그럼 이제 어떡해."

실제로는 정체가 탄로나는 것 따위엔 관심도 없는 제후였지만 여태 껏 친구들인 자신들에게도 정체를 밝히지 않았던 이유를 그렇게 확정 지은 예지는 그렇게 생각하고 절망에 빠져 있었다. 원판 민제후가 일 반 전형으로 입학한 것이 단지 성전 창립자 장 회장의 눈 밖에 났기 때 문이라는 것을 안다면 어떤 표정을 지을지 궁금하지만, 어쨌든 지금 그 렇게 생각하고 있는 예지는 어쩔 수 없는 무력감으로 그 아름다운 눈 에서 눈물을 또르르 흘렸다. 그래서 예지는 그녀의 그런 모습을 뒤에 서 지켜보는 유세진의 경직된 얼굴을 전혀 눈치 채지 못했다.

그런데 그때 들려오는 쇠줄 가는 목소리. 다시 기가 살아난 요란한 패거리들이었다. 모두들 그 잡초 근성에 박수를 보내고 싶었다.

"야, 새꺄! 끝까지 똥폼을 다 잡냐? 내가 너 기고만장해 가지고 다닐 때부터 알아봤어! 가난뱅이가 돈 냄새도 기가 막히게 잘 맡겠지. 히히 덕거리면서 다니더니 총무 녀석 사물함까지 뒤지고. 잘됐다. 쌩!"

턱—

"돈이 총무 사물함에 있는 건 어떻게 알았습니까?"

갑자기 어깨에 닿는 손의 느낌에 패거리들 중 하나가 고개를 돌리자 웃고 있지만 무표정한 세진의 얼굴이 보였다. 가까이 다가와 있었기 때문에 살짝 보인 안경알 너머의 세진의 눈은 무서울 정도로 예리했다. 그리고 그 속에 무언가 언짢은 기분이 담긴 시선.

그것에 패거리들이 우물쭈물하자 클래스 아이들이 세진의 말소리에 다시 그들 쪽으로 하나둘 시선을 돌렸다. 유세진의 힌트에 다들 '아!' 하는 분위기.

"그래, 맞어! 나 사물함이 그동안 고장나서 안 쓰다가 오늘 급해서 돈을 잠시 그곳 사물함에 넣었었는데… 그걸 아는 사람은 없었어. 그리고 어디에 뒀다가 잃어버렸다고 말 안 했었는데."

총무의 증언이 마지막 결정타를 날렸다. 분위기가 순간적으로 크게 반전되었다. 의심의 눈초리가 그들에게로 날아들었다.

"제, 젠장!"

아이들의 시선에 그 아이들이 넘어져 있는 녀석을 데리고 밖으로 몸을 피해 나갔다. 예지는 순식간에 반전된 그 상황에 멍한 얼굴로 있다가 유세진 쪽으로 고개를 돌렸다. 그런데 그곳에, 고개를 돌린 그곳에는 기다리고 있었던 듯 그녀를 똑바로 바라보고 있는 세진이 서 있었다. 그러나 지금은 가식적인 미소조차 보이지 않는 무표정.

시선으로 무언가를 상처 입힐 수 있다면 예지는 벌써 세진의 눈초리에 열두 번도 더 뚫렸을 거라 생각했다. 교실은 더욱더 소란스러워지고 그 소란을 진정시키는 정우성 선생의 목소리가 쩌렁쩌렁 울렸지만 예지는 그들 주변으로 어떤 소리도 들리지 않는 듯했다. 그렇게 한동안의 시간이 흘렀다. 아직 작은 키의 소년이지만 위험스런 느낌.

생긋—

그런데 그때 세진의 얼굴에 그의 트레이드마크라고 할 수 있는 어린 아이 같은 천진한 미소가 다시 떠올랐다. 그 미소가 장벽처럼 가려져 다시 세진의 분위기가 달라졌다. 예지는 몸을 돌려 자신의 자리로 돌아가 책을 펴는 세진의 행동을 쫓으며 혼란스러웠다. 이유는 모르겠지만 이것은 마치… 마치, 병 주고 약 주는 분위기였다.

*   *   *

"아～ 이제 뭐 하지?"

특이한 금발을 가진 소년이 나무가 우거진 한적한 교정을 거닐며 심각한 표정으로 고심하고 있었다. 지금 시각으로는 한창 수업이 진행될 시간인데 차마 교실에 있을 분위기가 아니라 자리를 털고 나온 제후였다. 별로 안 좋은 기분이긴 했으나 끝까지 그 기분을 고수하며 멋진 척하며 폼을 잡기엔 그의 단순한 성격이 문제가 되었다. 그래서 역시 이번 기회에 열심히 놀아보자라고 결심한 민제후. 그런데 문제는 신세대는 어떻게 놀아야 되는 거냐 하는 것이었다.

'수업을 땡땡이 치면 뭘 하는 것이 가장 좋은 추억이 될까? 이런 시간을 갖게 된 계기는 마음에 좀 안 들지만 학교의 추억에 가장 빠질 수 없는 것이 바로 이런 것일 것이야! 갑작스런 땡땡이와 일탈! 냐하하하～ 그런데… 웅… 나도 이제 신세대로서 자세를 갖춰야 하는데 놀이는 잘 모르겠군. 빠찡코나 사우나는 너무 아저씨 티가 난단 말이야. 음……'

단순하기에 적응도 빠른 제후였지만 아직 놀이에 대해서는 무지했기에 고민이 되었다. 그래서 팔짱을 끼고 잔디에 주저앉아 고민하고

있었는데 바로 그때 그의 눈에 아주 좋은 건수, 아니, 스승이 나타나는
것이 보였다.

　　'저건 강제경이잖아?!'

제2장 가논 (CANON) I

저 녀석, 이 시간에 여긴 웬일이지?

"흐음."

인적이 드문 교정으로 다가오는 제경을 바라보는 제후의 눈이 그 순간 사악하게 빛났다. 그리고 갑작스레 그의 몸이 사라지더니 강제경 뒤로 순식간에 나타났다. 찰나지간이었다.

"어머! 자기~!"

"쿠에엑!"

오~ 익숙한 옥타브의 비명이로세. 역시 원판의 몸에는 장 여사의 피가 흐르고 있었단 말인가. 혹시나 했지만 이렇게도 자연스럽게 필살목 조르기 초식을 구사할 수 있다니. 아무리 원판의 비리비리한 육체이지만 피는 물보다 진했던 것이야. 음하하하~ 아차! 이 녀석 잘못하면 진짜 죽겠다.

제후는 제경을 만난 기쁨(?)에 심취해 있다가 제경의 숨넘어가는 기괴한 소리에 정신을 차리고 손을 놓고 뒤로 물러섰다. 맨날 어머니에게 당하기만 하다가 그가 직접 남에게 목 잡고 늘어지기를 해보자 제후는 장 여사의 기분을 조금 이해할 수 있을 것 같았다.

손끝에서 전해져 오는 이 짜릿한 기분.

강렬한 애정 표현에 상대방은 그것을 고통으로 받아들이며 괴로워하고, 그 괴로움은 떨림과 전율이 되어 상대를 붙잡고 있는 내 손가락 하나하나에 짜릿짜릿하게 전달된다. 누가 이 감각을 이해할 수 있으리. 후후.

'아, 그런데 이거 생각해 보니까 완전히 변태 이야기 같네? 나 혹시 그쪽으로 소질있는 거 아닐까? 이거 곤란한데. 벌써 그쪽 방면으로 여러 가지 위험한데 말이야.'

제후는 어제 깡패들 앞에서 깩깩거리며 비명을 지르고 도망쳤던 일을 비롯해서 자칫하면 원조 교제에 빠질 것만 같은 요즘의 위태위태한 상황을 생각하고 어색한 미소를 지었다.

그리고 민제후가 그렇게 자리 잡고 있는 사이 제경이 겨우 제정신이 되어 비틀거리는 것이 보였다.

"어이, 간만이야."

자, 귀엽게 방긋방긋 웃으며 손을 흔들어주자.

"캑. 콜록콜록. 어떤 빌어먹을 새끼가……?"

격한 감정을 그대로 표출하는 목소리가 들렸다. 정리가 안 된 긴 머리카락으로 두 눈을 가리고 있지만 기침을 뱉어내며 고개를 들자 제후를 향하는 눈동자가 두 배는 커졌다고 생각됐다.

'아, 저거 가위 가져다가 확 잘라 버렸음 좋겠네. 삽살이도 아니고 말이야.'

그러나 제후가 이런 생각을 하는 걸 아는지 모르는지 제경은 그 자세로 몸을 굳혔다.

"너… 넌… 민제후?!"

뭐야, 저 반응은? 마치 못 볼 걸 봤다는 듯이.

"왜? 날 봐서 뭐가 잘못됐냐?"

"…누가 잘못됐댔냐. 수업 시간에 이런 곳에서 보게 되니 그러지."

"남 말 하고 있네."

제후의 말에 제경이 피식 실소를 터뜨렸다.

나무가 우거진 교정에 마주 보고 서 있는 두 소년의 모습이 매우 대조적이다. 한쪽은 어깨까지 내려오는 뒷머리를 줄리본으로 묶고 구겨진 흰 교복 셔츠 차림의 자유분방한 훤칠한 소년, 다른 한쪽은 그보다 약간 작은 키에 햇살에 빛나는 금빛 머리칼, 그리고 최고급 브랜드인 교복을 단정히 입고 있는 귀족적인 분위기의 소년이었다. 서로 상반된 분위기지만 그렇다고 전혀 어색하지 않은 그림이었다. 극과 극은 오히려 더 어울린다고 했던가?

"기집애 같은 자식."

"허우대만 멀쩡한 놈."

"여자애한테 맞구 사냐?"

"말은 바로하지. 맞아주는 거야. 부럽냐?"

제후가 제경의 말에 하나도 안 지고 받아치자 강제경의 얼굴이 다시금 구겨졌다.

쯧쯧, 넌 나한테 안 돼. 귀여운 것!

"야, 그리고 너, 이제부터 날 형이라고 불러라."

"내가 왜!"

형이라고 부르라는 말에 제경이 발끈해서 소리쳤다. 자기보다 키도 작고 어리숙해 보이는 아이에게 존대하려니까 아니꼬운 모양이다. 그 모습에 제후가 빙글빙글 웃으며 다가가 어깨를 잡고 말했다.

"너, 1학년이잖아."

"……."

이제 묵비권이냐. 임마, 제대로 따지면 너, 나한테 삼촌이나 아저씨라고 불러야 돼. 이것도 봐준 건데. 쩝! 하긴 다른 애들과 1년 차이일 뿐인데 너무 깐깐한 건가? 나한테는 동민이나 강제경이나 다 고만고만한 애들인데 말이야. 그리고 엄밀히 따진다면 유세진보다 강제경이 한 살 많은 거고.

"아아, 좋아좋아. 당분간 형 소리 안 들어도 상관없으니까 대신에 날 대할 때 마음속으로 극도의 존경과 공경을 담아 대하도록! 언젠가 듣게 되겠지 뭐."

제경의 얼굴이 이젠 더할 나위 없이 걸작이다. 데리고 노는 재미가 있는 녀석이군. 후후.

"어쨌든 이런 곳에서 만나게 되다니 정말로 반갑다."

"전. 혀. 반갑지 않아."

"난 무지 반가워."

너무 반가워서 미칠 것 같아. 나하하하~

*   *   *

'재수 옴붙었다!'

이 말의 뜻을 평소에는 별로 진지하게 생각해 본 적 없었다. 아니, 적어도 약 10분 전까지는 말이다.

"잘못 들었냐? 나도 같이 간다니까."

바로 이 인간 만나기 직전까지는 말이다.

"어딜 따라오겠다는 거야!"

제경이 버럭 소리를 지르고 매섭게 앞을 노려보았다. 그러나 조금의 망설임이나 흔들림없이 담담히 웃으며 자신의 눈길을 받는 상대의 눈.

'으… 정말 기필코 따라붙겠군.'

제경은 아릿해 오는 머리를 차가운 손가락으로 내리눌렀다.

앞 머리카락이 긴 손가락에 걸쳐져 매끄럽게 흘러내리는 기분이 좋다. 그리고 서늘한 손가락 기운도. 하지만.

피아노를 위한 손.

남자 아이답지 않게 하얗고 섬세한 소년의 긴 손가락은 한눈에 보기에도 예술가의 손이다. 그러나 그것은 단순히 눈을 즐겁게 하기보다 강한 힘이 감춰져 있는 보물 상자의 열쇠와도 같은 것이라는 걸 알 만한 사람은 모두 다 아는 사실.

'강제경'이라는 이름이 붙은 보물 상자를 여는 작은 열쇠. 그 열쇠를 이용하면 그 보물 상자 속에 담겨 있는 아름다운 선율과 음악을 발견해 낼 수 있다.

누구도 접해본 적 없는, 아름답지만 독창적이고 파격적이기까지 한 음색.

그러나 아직 완전하지 않은 것인지, 아니면 그 상자 자체가 완전히 열리기를 거부하는 것인지 진짜는 아직 빛을 보고 있지 못하는 상태였다. 하지만 그 열쇠가 간간이 펼치는 약간의 보석빛으로도 한국 음악계의 관심은 모두 이 한 소년에게로 집중되어 버린 것 또한 사실이다. 이 소년의 열 손가락이 뿜어내는 힘과 열정은 아직까지 그의 나이 또래에 그 어디에서도 찾아보지 못할 정도. 그렇기 때문에 만약 제경이 화를 참지 못해 놀리는 이 불안한 손놀림을 성전특고 피아노 전공 교수들이나 성전 스카웃 진들이라도 본다면 인재 양성이라는 타이틀을 걸고 눈에 핏대를 올리고 있는 그들로서는 자칫 다칠까 봐 기함을 할 것이 틀림없다.

"어디? 음… 어딘지는 네가 말 안 해줬잖아. 그러니까 당연히 모르지잉~ 아하하, 친구, 벌써 치매가 오는 거야?"

그러나 지금 이 주변에는 그런 것엔 아랑곳하지 않는 그것의 원인 제공자인 이 한 명뿐이다. 제경은 이제 악동 같은 얼굴의 한 무대포 인물을 기운 빠진 얼굴로 쳐다봤다.

강제경보다 약간 작은 표준적인 키.

이목구비가 뚜렷하진 않지만 단정한 얼굴.

제경과 같은 디자인의 교복을 걸치고 있는 것을 보니 그 소년 또한 성전특고 학생인 모양이었다. 모범생 같은 분위기가 풍겼지만 비교적 평범한 모습. 여기까지만 바라보면 역시 어디에서나 볼 수 있는 평범한 학생이라고 할 수 있었다. 다만 그 이외의 두 가지가 그 모든 것에서 느껴지는 느낌들을 퇴색시키고 있다는 것이 달랐는데, 그것은 바로 그 소년의 머리 색과 두 눈이었다.

제경은 매우 독특한 머리 색과 눈이 특이점으로 다가오는 소년을 물끄러미 바라보았다.

염색으로는 만들어내기 어려운 금빛이 섞인 미묘한 밝은 갈색 머리칼. 그리고 흘러내린 머리카락 사이로 보이는 눈동자는 사람 좋은 미소에도 불구하고 찌르는 듯한 강렬한 카리스마가 있었다. 비록 지금은 장난기에 가려 잠자고 있었지만. 그렇기에 소년의 전체적인 모습은 온실 속의 화초처럼 유약한 샌님으로 보였다.

'샌님 좋아하시네. 저건 독종 중에 왕독종이라고!'

제경은 거칠게 살던 어린 시절에서 얻은 혜안으로 민제후를 쉽게 파악하고 이를 갈았다. 항구 도시의 지저분하고 시끄러운 선술집에서 자랐기 때문에, 그러므로 그때 그 시절 갖가지 종류의 사람을 겪어봤기 때문에 제경은 누구든 그 성품을 대강 파악할 수 있었다. 쥬디가 말하기를 눈치가 빠른 것뿐이라고 핀잔을 주기도 했지만 어차피 상관없다. 제경은 그게 그거라고 생각하니까. 거친 선원들과 인부들이 주로 찾는 선술집에서 그런 눈치는 장사하고 먹고 살아가는 데 필수였고, 저절로 익혀지는 능력이었다.

어쨌든 제경의 눈에 그렇게 안 좋게 찍힌 제후가 능구렁이처럼 느끼하게 살살 피하며 그의 속을 있는 대로 뒤집으니 곱게 보일 리가 없다. 게다가 그 둘의 관계라는 것이 이상하게 얽혀 버렸지만 따지고 들면 얼마 전, 예술관에서 우연히 한 번 보았을 뿐 아닌가. 또 강제경이 관심을 갖는 어느 소녀와 깊은 연관이 있는 것 같기도 하고.

그러니 제경은 짐 덩어리밖에 안 될 제후를 가까이 할 이유가 하나도 없었다. 긴 머리의 소년이 다시 한 번 마음을 굳게 정하고 교복 주머니에서 담배를 꺼내 입에 물며 주절거렸다.

"시끄러. 내가 머리에 총 맞았냐, 널 데려가게?"

탁!

'엇?'

"흠, 이게 말로만 듣던 청소년 흡연이군. 내 주변에 있는 녀석들은 이런 것과 인연이 없어서 말이지. 걔들은 다들 오래 살고 싶은가 봐."

입가에 물고 있던 담배가 갑자기 사라지자 잠시 어리벙벙했던 제경은 곧 민제후의 목소리에 그쪽으로 눈을 치켜뜨고 바라봤다. 곧 그의 눈에 손가락에 담배 한 개비를 끼우고 씨익 웃는 제후가 들어왔다.

"뭐 하는 짓이야! 내놔!"

"학생이 담배를 피면 안 된다는 건 다 그만한 깊은 뜻이 있는 거야. 너 일찍 죽고 싶어 발악하냐?"

"학생이 담배를 피다니. 나쁜 짓이야!"

불만을 가득 토해내던 제경은 그 순간 정색을 하며 어울리지 않게 훈계를 하는 제후의 모습에서 얼마 전 쥬디를 연상케 했던 장혜영의 영상을 보고 잠시 멈칫했다. 그러나 전엔 그 아줌마를 보고 쥬디가 생각나더니 이번엔 민제후라는 웃기는 녀석을 보고 왜 그 아줌마가 생각나는 것인지 모르겠다고 곧 머리를 저었다. 그녀처럼 청중을 한 번에 압도하는 엄청난 실력을 가진 세계적인 피아니스트가 왜 쓸데없는 담배 훈계 따위로 민제후라는 녀석과 겹쳐져야 하는지 짜증이 솟구쳤다. 그래서 신경질적으로 되는대로 말을 베베 꼬아 내뱉는 소년이었다.

"그래! 지구상에 남아 있는 담배를 하나라도 더 빨리 줄여서 좋은 일 하나라도 하고 일찍 세상 하직하려 그런다. 왜? 꼽냐?"

"아직 애군."

피식 웃어버리는 제후.

"아무리 그래도 죽는 것보다 사는 것이 더 좋다는 걸 왜 모르냐?"

"상관 마!"

"네가 죽음에 대해 뭘 알아."

그때, 장난기만 가득했던 민제후의 두 눈에 순간적으로 뭐라고도 부를 수 없는 뭔가가 냉정하게 감정의 밑바닥을 훑고 지나갔다.

"죽는다는 것이 뭘 의미하는 것인지… 네가 정말 알아?"

천천히, 아주 천천히 들려오는 얼음처럼 차갑고도 불처럼 격렬한 형태의 그것.

그 속에서 제후가 화사하게 웃고 있었다. 하지만 뭔가가 달랐다. 웃고 있으나 목소리에서 느껴지는 금빛 머리 소년의 냉기에 제경은 무의식적으로 뒷걸음질을 칠 정도였다. 그 음성에서 쏟아지는 한기에 닭살이 돋을 지경이었다. 그러나 그 감정의 정체가 무엇인지 제경은 전혀 알 수가 없었다. 그가 그것을 의식한 순간, 순식간에 바로 사라져 버렸으므로.

분위기가 한순간에 죽은 듯이 가라앉고 그 또한 담배 생각이 씻은 듯이 사라졌지만 제경은 그래도 고집을 부리며 한마디만을 되풀이했다. 무엇보다도 이해할 수 없이 밀려드는 지고 싶지 않은 마음. 제경은 가슴 저 밑바닥에서 솟아오르는 이유없는 그 호승심의 정체가 경쟁심이라는 것을 미처 알아차리지 못했다. 그의 마음은 이미 온몸이 떨려올 정도로 희열에 들떠 한 가지 생각으로 가득 차기 시작했다.

'이 느낌은 대체 뭐지? 갑자기 내 안에서 터질 듯이 두근거리는 이 고동 소리는…….'

처음 느껴보는 낯선 감정에 당황하면서 제경이 부들부들 떨고 있는 두 손을 내려다보았다. 어느새 땀으로 축축하게 젖어 있는 손바닥. 자신의 눈앞에서 거만한 자세로 내려다보는 저 녀석, 민제후라는 한 인물로부터 밀려오는 긴장감과 기도에 반응한 것이리라.

너무나 솔직한 신체의 본능적인 그 반응에 두려움을 느낄 만도 하건만, 그러나 제경은 그것에 저항하기보다 이미 희열감으로 담뿍 받아들이고 있었다. 강하기 때문에, 온몸의 감각도 비명을 지를 정도로 상대가 너무나 강하다는 걸 알았기 때문에 오히려 굽히지 않고 맞서고자 하는 열망이 파도처럼 밀려왔다. 처음으로 경쟁해 보고 싶다는 상대를 만났다는 사실이 제경을 흥분시키고 있었다. 물론 그 상대가 자신과 같은 피아노의 길을 가는 사람이 아니라는 점이 놀라웠지만, 어쨌든.

지금껏 그의 재능이 발굴된 이후로 어떤 장애물도 없이 갖은 찬사 속에 독주해 왔던 제경이었기에 이런 느낌은 매우 중요했다.

앞서고 싶었다.

뛰어넘어 보고 싶었다.

비록 각자 걸어가는 길이 다르다 하더라도!

'민제후. 민제후라고 했지? 나, 너에게만은 지고 싶지 않아졌어. 유치해도 좋아. 무엇이든 좋으니 널······.'

제경은 아직도 가늘게 떨리는 두 손을 가슴 앞에서 강하게 그러쥐었다.

'이길 거야!'

"···내놔."

묶은 머리의 소년이 가라앉은 목소리로 손을 내밀자 제후가 그런 제경을 바라보았다. 각각 삶의 방향은 다르지만 의지만큼은 서로에게 뒤지지 않는 두 소년의 눈동자가 공중에서 부딪쳤다.

의지의 싸움이 일어났다. 그 둘에게서 뿜어져 나오는 각기 다른 빛깔의 예기에 서로가 마음속으로 깊이 감탄하였다. 비록 무협지나 만화 속에서처럼 눈에 보이는 어떤 결과물이 있지는 않았으나, 팽팽한 긴장감 속에서 노려보는 상대의 눈이 한 치의 흔들림이 없었다는 의미로 감탄하였다는 의미였다. 그의 마음에 두려움이 없고, 누구에게도 당당하며, 앞으로 내가 걸어가야 할 길을 똑바로 알고 있는, 의지가 깊은 자들의 기세였다.

다만 미래에 대해 불안감을 가지고 있는 강제경은 약간의 흔들림을 보이며 제후에게 점차 기세가 밀리고 있었지만 제후는 그것만으로도 의외였기에 어리게만 보던 눈을 제경에게서 거둬들였다. 이 정도 의지라면 파란 많은 삶에서 자신을 호되게 단련했을 것이라 생각하니 더 이상 그를 어린애로 취급하는 것은 강제경이라는 이름의 소년에게 실례라는 생각이 들었다.

그리고 곧 힘겨워하면서도 물러서지 않으려는 기 싸움에 그 둘은 누가 먼저랄 것도 없이 픽 웃어버렸다. 어느 사이엔가 그렇게 마음속에서 서로를 인정하게 된 범상치 않은 아이들이었다.

하지만 그렇게 방심한 사이.

"아앗!"

제후의 손에 들려져 있던 담배 한 개비가 부러져 바닥으로 떨어졌다. 그리고 커다랗게 떠진 눈으로 바라보는 강제경의 얼굴. 삽살이라고 표현했던 만큼 우스울 수도 있는 그 모습에 제후는 전혀 비웃는 태도가 아닌, 진실로 순수한 미소만을 가지고 두 손을 펴 보이며 명랑하게 말했다.

"어라? 이제 없네. 보시다시피."

"이익. 너!"

"아아~ 그리고 참 너, 한 가지 생각 못하고 있는 거 아냐?"

뭐?

"앞으로 내가 너에 대해서 앙심을 품고 공갈, 협박, 음해, 모함, 협작, 사기를 치고 다니면 어쩔 거야? 흐음. 너, 어릴 때부터 성전에 스카웃돼서 후원받아 생활하고 있지? 교칙이 매우 까다롭던데. 그런데 지금 너 방금 음해, 모함은 빼도 좋을 한 가지 진짜 꼬투리를 나한테 잡혔다는 거! 그거 알아?"

제후가 방긋방긋 웃으며 말하다가 마지막 부분에서 검지손가락 하나를 얼굴 가까이에 세우고 목소리를 나직이 낮추며 눈을 빛냈다.

어느 사이엔가 어울리지 않는 틈에서 친밀감을 발견했나 싶었는데 느닷없이 뒤통수를 치다니. 그 행동에 제경은 어리벙벙하면서도 화가 났다.

'저, 저 자식이!'

"그런데 우리 좋게 해결할 수 있을 것 같은데. 나 단순해서 머리 굴리는 건 잘 못해. 그런데 약속하고 신의만큼은 믿어도 좋아. 그러니 어때?"

이야기가 원점으로 돌아갔군.

"오늘 하루만 날 데리고 가는 것이? 괜찮은 조건 같은데. 아닌가?"

도대체 왜 날 가지고 이러는 거야?

"음, 아닌가? 알 수가 없네. 알 수가 없어."

팔짱을 끼고 고개를 흔들며 행하는 저 뻔뻔스런 연기 좀 보게. 으… 능청스럽다.

'오늘은 정말 재수 옴붙었어!'

"이… 익… 알았어."

이를 갈듯 억지로 말을 내뱉는 제경이었다. 그리고 그 대답이 끝나기가 무섭게 제후가 손가락으로 딱 소리를 내며 활짝 웃으며 말했다.

"좋아! 잘 생각했어! 그리고 사실 진짜로 학교에 뭐라고 말할 생각 없었는데. 너도 설마 이 형님이 정말로 고자질할 거라고 생각 안 했지? 꺄하하하!"

뭐, 뭐얏?!

"그치만 담배는 몸에 해로우니 천천히 끊도록 해라. 알았냐? 자, 그럼 이제 가자!"

제후가 자기 혐오와 허탈감에 멍해져 있는 제경을 놔두고 자상하게 충고를 하며 앞서 걸어갔다. 아무리 나이가 어리고 후배라지만 이렇게 놀아나도 되는 것인가? 그런데 어째 앞으로 꽤 오랫동안 이런 상태가 계속될지도 모른다는 예감에 얼굴에 핏기가 싸악 가시는 제경이었다.

*　　　*　　　*

"그게 무슨 소리야!"

꽝!

늦은 오후의 성전그룹 총수 사택의 집무실.

이곳은 회사로 굳이 나가지 않고도 업무를 볼 수 있게끔 최신 설비를 갖춰놓은 회장실과 비서실 등이 위치한 곳이다. 처음 이것을 총수 사택에 만들게 한 것은 고령을 이유로 전(前) 총수 직에 있던 장문수 회장이었으나 정작 이렇게 효율적으로 사용되기 시작한 것은 매우 최근의 일이었다. 훌륭한 집무실이었으나 장문수 회장은 그리 자주 이곳에서 업무를 보진 않았었던 것이다. 그 노인은 직접 회사로 나가 수많은 직원들 앞에서 거목의 당당함을 보이며 일을 해치우곤 했으니.

그래서 측근들은 이런 최첨단 장비들로 무장한 집무실이 탄생하게 된 것이 아마도 성전그룹의 기계, 전자, 통신 등 각종 계열사의 홍보가 주된 이유일 거라고 생각했다. 실제로 각종 일간지와 주간지에 「특종! 성전그룹 총수의 집무실 인테리어」, 「최초 공개! 이곳이 한국 경제 거목의 성지(聖地)다!」 등의 제목으로 기사가 실린 이후 인지도와 판매량이 급성장을 보였었다.

그런데 지금, 그 홍보 효과를 위해 만들어진 집무실이 세상에 비밀로 가려진 신임 총수 덕분에 그 역할을 톡톡히 하고 있으니… 세상일은 정말 알 수가 없다. 그러나 아무리 그렇다고 하더라도 현재 집무실 지휘 책임자로 있는 김 비서가 있는 한 이곳에서 누가 소리를 지른단 말인가? 그래서 갑작스레 들려오는 찢어질 듯한 높은 언성에 사무실이 들썩이자 일하고 있던 비서실 직원들이 놀라 뛰어온 것은 너무나 당연한 일이었다.

"무슨 일… 아! 김 비서님?"

그들이 문을 열고 들어선 회장실에 있는 것은 의외로 그 냉정하고 침착하기로 유명한 김 비서였다. 그러나 책상 앞에 서서 전화를 받고 있는 인영이 회장 최측근 김 비서라는 사실에 직원들은 안도하면서도 어리둥절해졌다.

마구 헝크러진 머리칼, 느슨하게 매달린 넥타이, 약간 창백한 안색.

분명 오전에 인사하며 만났던 김 비서는 빈틈없는 평소의 그였는데 몇 시간 만에 전혀 다른 사람처럼 돌변한 그의 모습은 고개를 갸웃거리게 만들었다. 일부 여직원들은 그 모습이 훨씬 인간적이라고 종알대겠지만 무슨 일이 있는 건 확실했다.

"무슨 일인가?"

"아, 아닙니다, 김 비서님. 죄송합니다."

"…됐어. 나가보게."

"아, 네. 그럼."

김 비서는 자신도 모르게 지른 고함에 직원들이 뛰어오자 얼굴을 찡그리며 손을 흔들어 내보냈다. 평소의 그라면 아무리 부하 직원이라도 이런 무성의한 태도를 보이진 않았겠지만 지금은 그의 마음에 조금의 여유도 없었다. 김 비서는 직원들이 사라지며 문이 닫히자 다시 수화기를 붙잡고 태평양 너머로 으르렁거렸다.

"이봐, 지금 무슨 소리야. 계약이라니. 합병이라니!"

《네? 무슨 말씀이신지. 저흰 상부 지시에 따라 프로젝트 실행을 했을 뿐입니다만…….》

"무슨 지시를 했다는 거야! 그렇게 큰 계약 건을 내가 모를 수가 있나!"

김 비서는 울화가 터질 것 같아 목을 조이는 넥타이를 아예 거칠게 잡아당겨 풀어버렸다. 도대체 누가 그런 어마어마한 지시를 내릴 수 있다는 건가? 그것도 자신과 한 실장도 까맣게 모르게. 잠시 장태현 이사를 생각해 보기도 했던 그였으나 이내 고개를 저었다. 아무리 안하무인 설치는 장 이사지만 독단으로 그런 일을 벌일 수는 없었을 터였다.

그런데 다음 순간 수화기 저 너머에서 들려온 목소리에 김 비서는 몸이 뻣뻣하게 굳어버렸다.

《단군 프로젝트 말입니다.》

그 단어는?!

그때, 김 비서의 뇌리를 스치고 지나가는 뭔가가 있었다.

"아 참! 김 비서, 단군 프로젝트가 뭐지? 그런 게 있던데."

"네? 프로젝트명 「단군」 말입니까?"

"어. 맞아. 그거."

김 비서는 지난 일요일 오전, 단군 프로젝트에 관해 물어보던 도련님의 환한 미소가 떠오르자 오싹해졌다.

왜 그때 이상하다고 생각하지 못했을까? 아니, 뭔가 이상한 점이 있었으나 대수롭지 않게 넘겼던 것이다. 입버릇처럼 미성년자 노동력 착취니, 이건 불법이다라고 뛰며 말아먹겠다고 장담하던 도련님이 아니었던가. 하지만 이제 자신의 위치를 점차 인정하고 있다고 생각하기 시작했건만. 아니, 이건 변명이 안 된다. 그 소년이라면 한 번은 능히 이런 대형 사고를 치고도 남을 것이라는 걸 자신은 내심 알고 있었던 것이다. 그런데 이렇게 방심하고 있었다니.

미국에서 걸려온 전화에서 계속 무엇인가 시끄럽게 설명하고 있었으나 김 비서는 더 이상 알아듣지 못하고 책상 위에 올려놓은 두 손으로 몸을 겨우 지탱하며 고개를 숙였다. 그의 눈이 자신을 지탱하는 책상을 향해 매섭게 빛났다.

"침착하자, 김성민. 침착해."

김 비서는 마음을 가다듬으며 복잡하게 얽혀 있던 생각들을 정리하기 시작했다.

'방금 걸려온 전화와 앞뒤 여러 사정을 맞춰보면 단군 프로젝트 발동은 아직 채 30시간도 흐르지 않았다. 그렇다면 아직 되돌릴 여유가 있을지도 모른다. 아무리 거의 모든 준비가 끝나고 대기 상태였던 프로젝트라 할지라도. 아니, 되돌려야 돼! 기필코!'

자신이 해야 할 일들을 순식간에 머리 속에서 조목조목 정리한 김 비서는 더 이상 망설임없는 눈으로 비서실로 연결하는 단추를 누르고 지시를 내렸다.

"지금 당장 단군 프로젝트 담당이었던 팀을 구성하고, 가장 빠른 미국 뉴욕행 항공권을 수배해 주게. 한지훈 실장도 당장 호출해! 미국으로 간다!"

황당한 마음에 잃고 있던 평정을 서서히 찾아가는 김 비서였다. 역시 한국에서 손꼽히는 그룹의 수장 보좌관 10년 세월이 헛된 것은 아니었다. 항공 우주 사업을 겨냥한 프로젝트였기에 기본은 거의 미국에서 시작하게 되어 있으므로 그가 직접 가서 해결해 보기로 했다. 한국에서 막을 수 있는 한 막아보고 이미 돌아가기 시작한 것들은 피해를 최소화하는 방향으로.

　그러나 지금 그는 한 가지 중요한 사실을 간과하고 있었다. 아무리 민제후라는 소년이 일을 벌이긴 했으나 그렇게 큰 프로젝트가 이렇게 빨리 진행되고 하루가 넘는 긴 시간 동안 회장 최측근들조차 몰랐다는 사실은 뭔가 어색하다는 것을. 장태현 이사의 계획에서 놀아나지 않기를 바랄 뿐이다.

　"한 방 먹었군요, 도. 련. 님. 다녀와서 뵙겠습니다."

　김 비서는 제후가 빙글빙글 웃으며 다리를 올리고 앉던 의자를 바라보며 얼굴을 실룩이며 웃었다.

＊　　　　＊　　　　＊

　"으으으……"

　제후는 갑자기 드는 한기에 몸을 부르르 떨었다.

　아무래도 아직은 쌀쌀한 날씨인 듯싶다. 금방 5월인데 말이야. 감기 조심해야지. 나이 들면서 가장 서러운 게 아픈 거라 이 말씀이야. 젊었을 적엔 워낙에 튼튼해서 잔병치레없이 맨바닥에서 자도 끄떡없었는데 나이 먹으며 점점 여기저기 쑤시고 골골해지는 게 세월에 장사 없다는 말이 사실이라니까.

　'어? 이건 또 뭐야?

　제후는 숲을 지나 제경과 다정하게(?) 어디론가 향하다가 도착한 곳에서 눈을 동그랗게 떴다.

　처음에는 쑥스러운지 오만상을 다해 찡그리며 애써 좋은 기색을 감추던 제경이가 마침내 한숨을 쉬었을 때, 내가 그렇게 좋냐고 말하자 갑자기 사레 들린 것처럼 기침을 해대긴 했지만 뭐 이제 대강 날 형으로 인정하는지 툴툴거리면서도 잘 길 안내를 하는 귀여운 녀석이었다.

그런데 제후로서는 제경이가 학교 근처 어디로 놀러 가는 줄 알았는데 막상 그가 향한 곳은 허름한 창고였으니 놀란 것이 당연했다. 그곳은 나무가 입구 쪽을 가리고 있어 가까이 다가가지 않으면 잘 알아차리지 못할 정도의 비밀스런 장소였다. 제후는 제경이 혹시 이곳에서 뉴스에서만 보던 나쁜 길로 빠져든 아이들처럼 비행인지 날기(?)인지를 했던 것이 아닌가 하여 심각한 고민에 빠져들었다. 그런데 그때 강제경이라는 긴 머리의 소년이 창고문을 활짝 열어젖혔다.

나뭇잎 사이를 뚫고 들어온 오후 햇살이 창고 안으로 가득 쏟아져 들어왔다. 그리고 그 밝음 속으로 모습을 드러내는 것은 낡은 천으로 뒤집어씌운 덩치 큰 무엇.

"이 녀석을 너한테 소개하게 될 줄 정말 몰랐다."

아직도 약간 떫은 표정의 제경이 의문의 눈으로 바라보는 민제후를 한번 흘깃 바라보고 천을 걷어냈다. 펄럭이는 낡은 덮개가 바닥에 떨어지며 먼지를 날린다. 덮개가 바닥에 떨어지면서 천천히 햇빛 속에 아름다운 모습을 드러내는 그 물체는.

평소 잘 놀라지 않던 제후의 눈이 그 아름다움에 점차 커다래져 갔다.

"우, 우와~"

"「HONDA-CBR900RR」이다."

제후의 커다래진 두 눈을 가득 채우는 것은 예술적인 구조의 멋진 바이크 한 대였다.

"2000년 모델에서 풀 체인지된 CBR900RR 파이어 브레드야. 929cc. 구모델과 같은 사이즈이면서도, 프론트 노즈가 예리해져서 정탁한 이미지를 한층 더하고 있지. 600cc모델급의 소형 차체에 하이 파워 엔진이라는 특징을 계승한 모델이야."

귓가에 자랑스러움이 묻어 있는 제경의 목소리가 들려왔다. 의외의 취미. 그렇지만 또 어떻게 생각하면 그 소년과 잘 어울리기도 한 날렵해 보이는 바이크가 당당하게 창고 한가운데를 차지하고 있었다. 제후가 고개를 돌려 제경을 바라보며 눈으로 물었다.

'어디로?'

시선을 마주 보던 제경은 그 물음에 처음으로 환하게 웃으며 대답했다.

"인천으로 간다."

'인천?'

갑자기 웬 인천? 이제 얼마 안 있으면 날이 저물 텐데 밤중에 그 먼 곳까지 왜 가려고 그럴까? 인천까지 가는 도중에 깜깜해질 텐데. 한밤중에 거길 가서 뭘 하려고. 헉! 아니, 그럼 혹시… 광란의 질주를?

"너, 설마 폭주족이었더냐?"

그 말에 밖으로 나갈 준비를 하던 제경의 몸이 휘청거리는 것이 보였다. 물론 제경으로선 아직 어린 자신이 이런 비싼 바이크를 타고 다니는 것에 대해 그렇게 바라보는 시선이 익숙했지만 이런 반응은… 목소리는 걱정을 가득 담고 있지만 얼굴만은 '오~ 이색적이다'라는 표정으로 두근거리는 민제후의 얼굴이라니. 아직 표정 관리에 익숙하지 못해 그만 가증스러운 면모를 보이고 만 주인공이었다.

제경은 느닷없는 폭주족에 대해 안 좋은 점을 내리 강연하는 제후의 말에 지끈거리는 머리를 붙잡고 제후에게 다가갔다. 물론 「오토배이와 폭주족 간의 욕구 상관 관계가 미치는 시민과 짭새와의 사이에서 벌어지게 될 본.태.적.인. 삼각 관계」라는 긴 일장 연설도 그랬지만, 무엇보다 입으로는 그렇게 떠들면서 은근슬쩍 제경의 바이크를 번들거리는 눈을 하고 슬슬 문지르며 더듬는 민제후를 보자니 제경은 위장이 따끔거릴 지경이었다. 마치 복날 이웃집 누렁이의 실한 다리를 보고 군침을 삼키는 옆집 아저씨 같은 눈초리랄까? 그 모습에 제경은 빨리 어디로 튈지 모르는 이 대책없는 요상야리꾸래한 녀석과의 하루가 빨리 지나기를 기원하며 악마의 마수에서 자신의 '카인' 을 구해내기 위해 제후를 붙잡았다.

"그래서 여기에서 주목할 점은 폭주족들이 가슴을 홀라당 태워 버리겠다고 날뛰며 거리를 방황할 때, 아! 우선 여기에서 밑줄 쫙! 이때 요즘 가장 인기있는 명대사가 '우린 미쳤어!' 라는 것이지. 이 대사는 예전에 오도배이 위에서 손 놓고 팔 벌리고 타는 '쩡우성 포즈' 에 버금가는 인기와 함께 그 대사 뒤에 자신의 색깔에 맞출 수 있는 애드리브를 첨가할 수 있다는 아주 강력한 장점을 지니며… 에, 또……."

"야야……."

어라? 쟤는 왜 또 저렇게 비틀거리면서 머리통을 붙잡고 고뇌하고 있는 거야? 저건 신동민의 특허 포즈인데. 저거 100% 표절이군, 표절이야! 표절없는 우리 나라 좋은 나라인 것을. 쯧쯧. 하이텔 표절방에 확 신고해 버릴까?

'아, 근데 나 아직 폭주족이 시민과 경찰 사이에서 일으키는 삼각 관계 속에 피어나는 가슴 아픈 치정 싸움(?)에 대해 말하지 못했는데.'

제후가 강제경의 표절(?) 모습에 강연을 멈추고 이렇게 혼자만의 생각에 빠져들며 마침내 조용해지자 제경이 점층적으로 목소리에 옥타브를 주면서 화를 냈다.

"폭주족이라니. 그건 바이크를 사랑하는 사람들에 대한 모욕이야! 바이크 타면 다 폭주족이냐!"

말똥말똥. 소똥소똥. 개똥개똥. 쳐다봐 주자.

"끙~ 말을 말자, 말을 말어."

드디어 강제경이란 녀석도 나의 인덕에 감화되어 할 말을 잊었다. 냐하하하~ 앗! 그런데 내가 어느 세월에 이렇게 변해 버렸지? 그래도 전생엔 꽤 무게도 잡을 줄 알고 살벌한 눈으로 사람을 휘어잡는 때가 있었건만. 물론 산신령 신 할아범을 만나고 나서 잃어버린 줄 알았던 천성을 되찾아 다시 삶을 시작했지만… 역시 영혼이라고 하더라도 육신의 영향을 받는 걸까? 어찌 내가 생각해도 요즘 점점 더 어린애 성격이 되어가는 것이… 음… 음… 음… 아, 몰라몰라. 지금 즐거우면 되는 거지 뭐.

'그래, 그럼 되는 거지 뭐. 그러는 의미로 다시 한 번… 냐하하하~'

"야! 어이, 이리 나와서 이거나 써. 시간없단 말이야."

"어허! 저 싸가지하고는. 형한테 한다는 말이."

"형 같아야 형 소리가 자연스럽게 나오지. 불가능한 소원 빌지 말고 어여 나와. 여기 '카인' 옆에 여분의 헬멧 있으니까 그거 쓰고."

"카인?"

제후가 얼굴을 구기며―그래 봤자 삽살이같이 내려온 눈을 덮은 긴 앞머리에 잘 보이지도 않았지만―꿍얼꿍얼거리는 제경을 바라보면서 되물었다.

'카인? 카인이라니. 그게 뭐야?'

그러나 얼마 지나지 않아 곧 밝혀지는 네임의 주인공. 제경이가 자랑스러운 목소리로 자신이 잡고 있는 바이크를 가리키며 말했다.

"이 녀석 이름을 카인이라고 해."

헉! 역시 아무리 생각해도 이상한 녀석이야. 물건에 이름도 붙이고. 차라리 그냥 부르고 싶으면 '오뤄뤄~ 오도배이야, 이리 온~'이라고 하면 될 것을. 피아노 치는 사람들은 다 저렇게 이상한 사람들뿐일까? 그럼 난 절대 피아노 치지 말아야지. 난 절대 정상인… 어, 왜 이리 맴이 아프지? 어쨌든 난 정상인이니까. 물들면 안 돼. 안 돼. 역시 피아노란 것이 사람을 망치는 도구임이 틀림없어. 어머니 장 여사도 보통은 넘지, 넘어. 그녀의 취미도 또 한특이 하고. 그러나 그녀의 다양한 취미에 대해서는 훗날 기회가 될 때 천천히 설명을 하기로 하고 먼저.

"카인이 뭐냐, 카인이. 푸하하하~"

"우씨, 뭐야 너?"

제후는 이유도 모르면서 얼굴이 발갛게 되어 툴툴거리는 제경을 바라보며 웃어 젖혔다.

후후, 이 녀석이 발랑발랑 까진 것 같아도 은근히 아무것도 모르는 순둥이란 말이야. 그럼 내가 또 한설명 해줘야 하지 않겠어? 내가 원판의 몸에서 깨어나 별의별 검사와 요양을 이유로 집구석에 짱박혀 있을 때 가까이 한 것이 바로 신세대를 탐독할 수 있는 TV와 판타지 소설들이었느니라. 특하나 요즘 같은 때는 엄청나게 쏟아져 나오는 판타지 소설들이 이제 무협지라는 범위에까지 그 영향이 미쳐 '신무협 판타지'라는 이름으로 새로운 장르를 만들기도 했지. 그러니 '카인'이라는 이름을 듣고 뒤집어지는 수밖에. 낄낄낄.

"카인이 뭐가 어때서가 아니라 너의 고리타분한 네이밍 센스에 감탄한 것뿐이니 별 상관 말어."

"……?"

"어휴~ 너, 정말 모르는 거냐? 요즘 쏟아져 나오는 판타지 소설에서 가장 많이 나오는 이름 중의 하나잖아. 카인, 카이, 세이빈, 세레니아, 카르세이아 등등… 음? 그리고 보니 하나의 규칙처럼 발견이 되네? 주인공들의 이름은 'ㅋ'자와 'ㅅ'자가 가장 인기가 많잖아? 그럼 내 이름은 '민제후' 니까… 우띠~ 난 세 글자 모두 해당 사항이 없잖아!"

제후는 바이크 카인을 끌고 창고를 나서는 제경의 옆을 걸으며 이름 분석을 하다가 뜻 모를 소리를 하며 자신의 이름에 대해 분노 게이지를 올렸다. 누구를 향해서 화를 내는지 알 수 없는 제경은 이제 저 물건(?)에 관심을 갖는 것은 정신 건강에 매우 해롭다는 생각을 갖고 그를 무시하며 걸음을 재촉할 뿐이었다.

"그러고 보니까 신동민과 유세진은 모두 'ㅅ' 자가 들어가 있어. 어떻게 이럴 수가 있냐 말이야! 내가, 내가 그럼 주인공이 아니었단 말인가? 어쩐지 요즘 들어 초전박살 부실에 내 펜레터는 없고 순전히 그 두 녀석 펜레터만 쌓여가더라니. 크흑! 아, 야, 어디 가! 같이 가!"

혼자 두 주먹을 불끈 쥐고 부들거리며 중얼거리다가 저 멀리 사라진 제경을 발견하고 재빨리 뒤쫓아갔다. 그러나 제후는 갑자기 획 돌아서는 강제경의 눈초리에 얼어버렸다. 고개를 돌리며 잠시 잠깐 머리카락 날리며 그 사이로 보인 눈이 장난 아니다.

"조용히 안 하면 이제 네가 학교에 뭐라고 불어버리든 안. 데. 려. 간. 다."

흥! 안 데려가? 이럴 땐 별수있나. 나의 카리스마적인 눈으로 맞받아치며.

"넹!"

비굴 포즈였다.

그렇다. 한때 잠시 휙까닥했던 민제후의 강렬한 모습에 정신을 빼앗겼던 분들은 잘 보시라. 원래 이놈은 이런 놈이었다. 앞으로도 하염없이 이런 모습을 뿌리고 다닐 것임을 불을 보듯 뻔하니 민제후의 가뭄에 콩 나듯 하는 멋진 모습에 기대어 좋아하시진 마시길.

그러나 제경은 그런 것보다 다른 것에 더 자존심이 상한 모양이다.

"야, 그런데 너! 이건 피 끓는 청소년들이 모두가 동경하는 첨단 메카니즘이 아낌없이 쏟아 부어진 레플리카 모델이잖아. 카인을 보고도 너 정말… 아무 느낌도 없냐?"

'어? 있어야 되나?'

음, 물론 나도 놀라긴 놀랐다. 처음에 이걸 봤을 때는 너무너무 삐까번쩍 멋있게 생긴 물건이라 놀랐고, 다음엔 그것을 보며 '이것이 뭐 하는 물건인고?' 하다 한눈에도 빽— 가게 생긴 뭔가가 단순히 오도배이라는 걸 보고 놀랐으며, 다음 순간에는 오도배이 주제에 무지무지 비싸 보인다는 점과 저걸 나도 타야 한다는 것에서 놀랐다.

오도배이라. 저 오도배이는 생긴 걸 보아하니 경제속도에 맞춰 '도도도도' 하며 얌전히 달릴 물건 같지 않아 보이는데. 게다가 보아하니 혼자서 타는 것이라 내가 뒤에 타게 된다면.

제후가 느낌을 묻는 제경의 대답을 고심하다 심각한 얼굴로 말했다.

"음, 뒤에 타게 되면 엉덩이가 좀 배기겠다."

아무도 없는 숲 속에 서 있는 두 소년. 그 둘 사이로 찬바람이 불었다.

'어? 기대한 대답이 아니었나?'

왠지 미안해지는 제후였기에 머리를 긁적이며 평범한 상식적인 대답을 생각해 내려 애썼다. 아하!

"면허는 있니?"

이번엔 침묵이 흘렀다.

방실방실 웃으며 평범한 말을 내뱉은 제후. 그런데 왜 아직 제경이 굳어서 풀리지 않을까?

"보험은? 종합보험이 아님 안 되는데."

이젠 침묵으로 금도 만들 수 있겠다.

'내가 뭘 잘못했나?'

제후는 신이 노하셔서 나한테 저런 괴상한 물건(?)을 던진 거라는 둥, 하늘은 역시 날 버렸어 등등 알 수 없는 소리로 괴로워하는 제경을 미안한 얼굴로 바라봤다. 하지만 왜 자신이 미안해해야 하는지는 잘 모르는 제후였다. 화기애애하게 일상적인 대화를 나누다가 갑자기 하늘을 향해 미친 듯이 욕을 해대는 제경의 행태를 어떻게 이해하란 것인지. 다만 손윗사람으로서 맛이 간 동생을 위해 해줄 수 있는 것이 없어 자신의 비단결 같은 마음이 미안해하는 것이라고 단순한 결론을 내렸을 뿐이다.

"제경아, 그래도 꿋꿋하게 살아야 한다."

그래그래, 세상 사람들이 다 손가락질하고 돌을 던지더라도 난 짱돌만.은. 던지지 않으마. 어떤 상황이 오더라도 우리는 이겨내야 하는 것이다. 그리고 그들에게 훗날 보여줘라! 보라! 너희가 맛이 갔다고 핍박하던 가련한 학생이 지금 이렇게 훌륭히 성장을 하였노라라고. 후후후.

이것이 제후가 정신이 황폐화되어 가는 제경에게 다가가 손을 꼭 마주 잡고 하는 위로라는 것이었다.

확실히 겉으로는 위로의 말. 그러나 제경은 초롱초롱하게 눈을 빛내며 그런 말을 내뱉는 가증스런 민제후의 모습에 목에서 피를 토할 것만 같았다. 그 소년이 들은 것이라곤 제후의 속마음을 읽지 못하고 다만 꿋꿋하게 살아야 한다는 단 한 마디뿐이었으나, 제후가 한 말이 어떻게 우연찮게 상황에 맞아 떨어져 강제경의 입장에선 그것 자체가 조롱하는 말로 들렸왔다.

하지만 현재로썬 제후를 맞설 힘이 없는 긴 머리의 소년. 정신을 수습하는 유일한 방법인 '체념'을 구사할 뿐이다.

"그래. 돼, 됐다. 됐어."

어서 빨리 이 저주받은 하루가 지나가길 기원하는 제경이었다. 눈 마주치면 안 돼, 걸음은 안정적이게, 불안한 기색은 보이지 말고, 틈을 보이면 안 되는데 등등의 또다시 알 수 없는 중얼거림을 계속 반복하며 민제후라는 무늬만 정상 소년에게 거리를 두려고 노력하였다.

그런데 그때, 하늘이 다시 한 번 그를 배신하는 담담한 소리가 들려왔다.

"나도 오도배이 타고 싶어."

"컥!"

점차 저물어가는 해를 바라보며 이러다 늦겠다고 걱정하던 제경에 귀에 들린 청천벽력이라니. 혹시 자신의 보물인 카인을 염두에 두고 하는 소리가 아닌가 하여 제경은 심히 불안해졌다. 그러고 보니 조금 전까지만 해도 느끼한 눈초리로 바이크 카인을 슬금슬금 쓰다듬지 않았던가.

"갑자기 왜?"

그러나 제경의 떨리는 목소리에 의아한 제후였다.

쟤가 왜 저래? 누가 보면 내가 쟬 구박하는 줄 알겠네. 그럼 그런 억울한 일이 또 어딨겠어. 나처럼 자상하게 충고해 주고, 길을 제시해 주고, 슬픔과 아픔을 공유하며 위로도 해주는 형님이 어딨다고. 쳇!

"나도 청소년이야. 쿵!"

"뭐?"

"네가 그랬잖아. 청소년이라면 모두가 동경하는 것이 이거라며."

제후가 제경의 바이크를 손가락으로 가리키며 양양하게 말했다.

그래서 나도 오도배이를 타야 하지 않을까 하는 것이지. 생각해 보니 그동안 원판의 육체로 진정한 십대가 되기 위한 노력을 게을리 했던 것 같아. 예전 같았으면 빵집에 앉아 미팅도 하고, 자전거 타고 코스모스 길을 달리는 것이 청소년의 낭만이었겠지만 이제 세상이 달라졌으니 달라진 세상에 적응해야 할 것이야. 노력하지 않으니 점점 이상해지는 것 같기도 하고. 어? 그런데 뭐야, 저 가늘게 찢어져 바라보는 시선의 느낌은?

"처, 청소년… 맞는 말이긴 한데 왠지 안 어울리는 이질감이…….'

훗! 저게 그래도 예술하는 놈이라고 감각이 예리하군.

"냐하하하~ 기분 탓이야, 기분 탓. 호적 등본에도 확실하게 찍혀 있다고. 대한민국에서 인증한 KS 마크 십대란 말이야."

"그런데 왜 가끔씩 이상한 아저씨 말투와 느끼한 눈초리가…….'

뜨끔!

"아, 아! 그건 말이지, 아, 글쎄 내가 외할아버지랑 둘이 오래 살다 보니까 말투가 굳어져서. 그리고 다른 건 나름대로 개성있는 버릇이라고, 버릇! 습관성 근육 마비로 가끔 뻣뻣해 보일 뿐이지. 아하하하~'

"아~ 그래?"

"에이구~ 그렇다니까. 젊은것이 그리 의심이 많아서야 원. 쯧쯧."

어라?

"……."

"……!'

덴장! 세 살 버릇 여든까지 짊어지고, 제 버릇 개 못 준다더니. 하지만 그래 봤자 지가 어쩌겠어. 심증은 있으되 물증은 없고, 난 서류상으로 완벽한 십대라오. 여기서 배 째라고 하면 아무리 예리한 감각의 강제경이라도 어쩔 수 없을걸.

게다가 난 꼭 저런 오도배이를 타고야 말 것이여. 하지 말라고 하면 더 하고 싶은 것이 사람 심리인 것이야. 내 비록 척추에 무리가 오는 자세를 고집하는 오도배이를 엎드려서 타야 한대도, 그리고 괜스레 겉옷을 바람에 날리며 '나는 고독한 아웃사이더! 바람을 가르며 인생을 달린다. 오늘도 난 외로운 라이더!' 라는 폭주족 지정 대사를 주절거리며 붕붕거리는 쪽팔린 짓을 해야 한다고 하더라도, 그것이 진정한 청소년의 도(道)라면 뿌리치지 않으리.

제후가 그렇게 비장함을 얼굴에 가득 담고 철면피 업그레이드판 안면철판신공을 극성까지 끌어올리며 방어했다. 그러나 제경은 어쩐 일인지 오히려 그 모습에 피식거리며 더 이상의 질문없이 너무나 쉽게 바이크에 대해 말해 줬다. 너무 쉽게 넘어가서 기운이 빠질 정도였다.

"흠, 뭐 그런 것뿐이라면야. 알았어. 그럼 테스트 하나만 하자. 이건 너한테 어울리는 바이크 종류가 무엇인지 알기 위해 하는 것이니 그냥 솔직하게 대답하면 되는 거야. 바이크도 종류가 굉장히 많으니까. Yes, No로 답하면 돼."

"엉! 그래!"

생각보다 쉽게 풀리는 일에 제후가 눈을 반짝이며 고개를 들었다.

과연 내게 어울리는 오도배이는 어떤 것일까? 두근두근.

"편한 것이 짱이다."

"예스!"

오~ 첫 질문부터 감이 좋다.

"바이크 탄다는 것이 조금 무섭다."

"후후, 노."

의외라는 얼굴이군. 조금 무섭다니. 날 뭘로 보고!

"그럼 바이크를 탄다는 것이 많. 이. 무섭다."

"예. 스!"

망설임없는 대답. '그럼 그렇지' 라는 제경의 얼굴이 들어왔지만 무

시한다. 이미 극성으로 발현되고 있는 철판신공이 있기 때문에 무서울 것이 없음이다. 캬하하하~

"주로 시내에서 탈 거다. 그것도 주로 동네에서만."

"예스!"

시장 갈 때 편리하지 않을까? 쿨피스 사러 가는 호호 마트가 좀 멀어서.

"양복을 입은 채로도 바이크를 탈 수 있다."

여기에서 난 아무 소리 하지 않고 행동으로 보여줬다. 모두들 머리 위로 동그라미!

"바이크 유지하는 데 돈을 쓰느니 차라리 내가 배부르게 먹겠다."

"옛─수우!"

오~ 굿치! 오도배이는 타고 다니다가 때가 끼면 가끔씩 물걸레로 휘휘 훔뜨려 주면 되는 것이제, 뭘 여기저기에 돈을 처바를 생각을 하누? 그럴 돈 있음 배 터지게 먹고 말겠다.

제경은 지금까지 거의 예스를 연발하며 눈을 감고 끄덕이다가 마지막 질문에 한쪽 팔뚝을 불끈 들어 올리며 의기양양해하는 제후를 보고 한숨을 내쉬었다.

"어떻게 넌 첫 타에 하나도 안 빠지고 다 걸리냐? 그래, 너한텐 딴 거 필요없다!"

음, 역시 나 같은 역사상 전례없는 인재에게 어울리는 오도배이는 역시 강제경의 '카인'을 능가하는, 알파벳으로 시작하는 멋진 이름의 것일 테니.

"바로 스쿠터다."

"그래그래, 나 같은 하늘이 내린 인재에게 어울리는 것이 바로 스쿠터… 스… 쿠……?! 뭐야?!"

"종류도 디따 많다. 취향껏 골라. 때림 택트, 효성 프리마 같은 것도 괜찮더라. 복장에 대한 부담도 없고, 동네 다닐 때, 아님 옆 동네에서 앞 동네로 마실 다닐 때 아주 이상적이다. 기어변속이니 클러치니 어려운 말도 필요없고, 배우기 쉽고, 타기 편하고, 가격 싸고, 기름 쬐끔 줘도 한동안 타고 다닐 수 있다."

어? 화내려고 했다가 듣다 보니 뭘로 화내야 할지 모르겠다. 게다가 진지하게 말하는 강제경을 바라보니 더 헷갈린다.

자신을 약 올린다는 생각에 발끈했던 제후였지만 열심히 설명하는 제경을 바라보자 무엇으로 화를 내야 할지 찾을 수가 없었다. 아니, 오히려 어느새 '도도도동~' 거리는 스쿠터의 기능에 매료되어 가기까지 하는 민제후였다. 그렇게 한동안 스쿠터에 대한 제경의 찬미가 이어지다 막바지에 이르고 있었다.

"그리고 스쿠터는 그야말로 단거리 승부의 최강자인 셈이다! 실제로 너도 타고 나가보면 신호 대기에서 우연히 다른 바이크들과 나란히 섰다고 하자. 그럼 신호가 바뀌면서 넌 초반 승부에서 가장 앞서 나가는 카.타.르.시.스.를 맛볼 수 있을 것이다. 비록 아주아주 잠시 동안이지만."

음, 그런데 왜 이 부분에서 이렇게 울컥울컥하는 걸까?

"앗! 이런, 늦겠잖아! 너랑 잡담하다 이게 뭐야!"

'여태까지 지가 떠들었으면서. 쳇!'

제후는 약간의 불만이 쌓였으나 시끄럽게 떠들면 안 데려간다는 협박도 있었고, 게다가 스쿠터에 대한 설명으로 심(心)이 복잡해져서 조용히 있었다. 좋다는 건지 비꼬는 건지.

그래, 아무 생각 말고 놀러 가자. 놀자, 놀아!

"야, 받어."

"어."

생각에 빠져 있던 제후가 제경이 부르는 소리에 고개를 드니 날아오는 헬멧이 보였다. 빠르지 않은 속도로 공중에 회선을 그리며 날아오는 헬멧. 보통 사람도 충분히 잡을 수 있는 속도의 그 물건을 바라보며 제후가 웃는 얼굴로 손을 내밀었다. 기대가 되었다. 강제경이 가려고 하는 그 장소에 무엇이 있는 것인지. 왠지 특별한 일이 있을 것 같단 말이야?

"엇?!"

탁!

그 순간, 바닥에 육중한 헬멧이 부딪치는 소리가 울렸다. 흙 바닥이라 요란하게 깨지는 소리는 없었지만 그 미약한 소음이 그것을 받으려했던 소년에게는 천둥 소리보다 더 충격적으로 다가왔다.

"무슨 일이야?"

제경이 출발 준비를 마치고 기다리다 우두커니 서서는 건네준 헬멧을 받지 않고 바닥에 내팽개친 제후를 미간을 찡그리며 쳐다보았다.

산들바람이 불었다.

살랑살랑 날리는 민제후의 금갈색 앞머리 사이로 보이는 이마에 맺힌 땀방울. 그리고 그 머리칼 밑에 크게 확대된 동공이 보였다.

"소, 손이?"

"손이 뭐 어쨌는데? 늦었다니까?"

"…움직이지 않았어."

시, 실수가 아니었어. 내 의지는 팔을 들었는데… 분명 그랬는데 육체가 영혼을 배반한 거였어.

'실수가 아니었어!'

    *   *   *

쏴아아아—

바람이 푸른 초목을 휩쓸고 지나갔다. 산들바람이라고 하기에는 조금 거세고, 강풍이라고 하기에는 너무나 부드러운 시원한 공기층의 이동 이제 조금씩 붉어져 가는 마지막 햇살 속에 싱그러운 봄의 향기를 담뿍 머금고 있는 나무들의 푸른 새잎이 그 흐름에 휩쓸려 사각거리는 소리를 자아냈다. 그리고 그것에 테라스에 앉아 차를 마시던 한 여인이 고개를 들었다.

"바람이 부네."

장난스런 바람이 그녀의 찰랑이는 단발머리를 가지고 희롱한다…….

"음, 이제 슬슬 올 때가 됐는데……."

그녀가 뜻 모를 혼잣말을 중얼거리며 깊이 있는 눈동자를 들어 높이를 가늠할 수 없는 하늘을 바라본다.

망망대해(茫茫大海). 그것에 그녀가 무언가 즐거운 기다림으로 미소를 지었다.

"후후, 그 아이가 날 찾아오게 되면 이것과는 비교도 할 수 없는, 다른 의미의 큰 바람이 불게 될 테지. 어서어서 오렴. 더 이상 자신을 속이지 말고."

점점 붉어지는 저녁놀 속에 레이디 장혜영의 가벼운 웃음소리가 성전저택을 휘감는 바람에 실려 멀리멀리까지 날아갔다.

    *   *   *

"야, 민제후! 왜 그래?"

제경의 거센 억양의 목소리. 멍하니 넋을 놓고 있는 단정한 소년을 향한 소리였지만 그의 귓가를 맴돌 뿐, 그 소리가 민제후의 의식까지는 도달하지 못하는 듯하다. 제후의 시선은 안타깝게 그의 발치에서 뒹굴고 있는 오토바이 헬멧과 늘어뜨린 자신의 손 사이를 오가며 혼란스러워하는 모습이었다.

'그게 뭐였지? 순간적으로 오싹하게 만드는 그 느낌은?'

몸이 의지에 따라주지 않는다는 것이 이렇게 큰 충격이 될 줄은 몰랐다. 헬멧이 바닥에 떨어지는 소리가 들리지 않았다면 난 그것을 집어 들었다고 생각했을 테지. 마치 영혼으로 이루어진 팔이라고 생각되는 의지가 이 육신을 벗어나 혼자 움직인 느낌. 육체가 영혼을 거부할 수 있는 걸까?

"어이, 너, 지금 뭐 하는 거야?"

아니라면 이것은 뭘 의미하는 것이지? 내 영혼이 원판의 육체와 파장이 안 맞는 걸까? 그건 아직 내가 이 육체과 완전히 결합한 것이 아니란 소리일까? 그것도 아니면…….

'아직 원판이 완전히 떠나지 않았단 의미일까?'

다시 움직여 봐야 하는데… 그런데 무섭다. 너무 무서워. 다시 해보려고 해도 움직여지지 않으면 그땐 난 어떻게 되는 거지?

"야, 민.제.후!"

"엇?"

그제야 제후는 귓가에 울리는 제경의 목소리를 의식하고 정신을 차렸다. 제후의 눈에 강제경이 뭔가 잘못됐다는 불안한 얼굴로 씩씩대며 다가서 있는 것이 보였다. 그만큼 제후의 얼굴이 새하얗게 질린 채 오래 서 있었던 모양이다.

"왜 그러는 건데? 뭔가 잘못된 거지?"

"어, 아니."

정신없는 와중에 대강 살펴도 걱정스런 기색이 완연한 삽살이 같은 얼굴이 눈에 들어왔다. 하지만 이런 생각을 말하면 언제 자기가 걱정했냐고 바락바락 대들면서 튕길 제경의 얼굴이 쉽게 떠올랐다. 그리고 그럴 때의 얼굴은 새빨개져 있을 테지?

'날… 걱정해 주는 건가?'

"쿡쿡."

제후는 순진한 반응의 제경을 바라보며 입가에 미소를 그렸다.

"…이제 움직이는군."

지금은 다시 두 손이 내 의지대로 움직이고 있다. 내 의지를 따라 주먹을 오므렸다 폈다 하는 하얀 손바닥. 제경의 반응을 상상하며 웃자 자연스럽게 움직여 준 신체의 움직임이 고마울 지경이다. 안 그랬으면 스스로 움직여 보려는 시도를 하기까지 힘들었을 테니까.

여기저기 점검하며 아무 이상이 없자 제후는 속으로 안도의 한숨을 내쉬었다. 무서운 것이 없다고 했으나 그건 거짓말이었다. 다시 얻게 된 이 삶의 기회를 언제고 속절없이 잃을지도 모른다는 막연한 두려움. 무의식 밑에 깔려 있던 그것 때문에 그가 더욱 철없는 것처럼 행동하며 즉흥적으로 감정에 치우쳐 다녔을지도 모른다.

제후가 이런저런 생각에 잠겨 있자 그때, 긴 머리 소년이 안 어울리게 낮게 깔린 목소리로 말한다.

"무슨 일이야?"

"…려 해."

"뭐?"

의아한 얼굴로 다시 되묻는 제경의 얼굴이 다가오자 제후가 갑자기 고개를 들며 두 눈을 능글능글 사악한 미소로 빛냈다.

"웃! 코피가 날 것 같애~ 내가 그 오도배이를 같이 타게 되면 뒷자리에서 네 자식 허리를 살.포.시. 안아야 하는데, 머리도 긴 녀석이 가뜩이나 호.리.호.리.한 체격이지, 허리가 야.들.야.들.한 것이. 그래서 이렇게 생각했지. 아~ 이것이야말로 남자들의 로망이 아닌가. 천장지구의 한 장면을 연출하는 것이군. 위치와 상대자가 좀 불만이긴 하지만 내가 워낙 초절정 미모에 하늘도 시기하는 인재인 까닭에 이런 시련이 닥쳤구나. 날 사모하는 너의 마음은 잘 안다만 하늘이 허락하지 않는 우리 사이는 그만 아름다운 추억으로만 새기도록 하렴, 이라고 설득해야 할 텐데. 그런 생각을 하다 보니 그만 손이 마비가 되어 움직이지 않더라구. 오옷~ 하지만 그나마 불행 중 다행으로 헬멧은 멀쩡하군. 깨박도 안 났… 어라?"

한참을 혼자 기분에 취해 떠들던 제후는 어느 순간 눈을 뜨자 이글이글 타오르는 제경의 모습을 볼 수 있었다. 사람의 머리카락이 중력을 무시하고 저렇게 거꾸로 된 방향을 향해 나풀거릴 수 있는 것일까? 눈에서 불을 뿜으며 긴 머리를 날리는 장면은 한예지 양의 독자적인 컨셉인데 또 표절을 시도하는 제경이었다.

진짜 표절방에 신고해 버려? 아, 그런데 나 뭔가 중요한 걸 잊고 있는 것 같은. 긁적긁적.

"정말… 용서가 안 되는 자식이군."

"엉?"

"쿡쿡쿡. 죽어라, 이 변태 자식아!"

"우아악!"

역시 뿌린 대로 거둔다는 옛 속담 그대로 민제후는 뿌린 것만큼 무자비하게 자근자근 밟히며 그의 비명 소리를 숲에 널리 메아리치게 했다. 그리고 이런 녀석과 인연이 닿은 강제경이 불쌍하다는 듯, 비명에 놀란 산새가 기울어가는 태양을 배경으로 아름답게 날아 올랐다.

이 사건으로 민제후라는 소년은 아주 중요한 일을 너무 쉽게 잊어버리고 지나쳐 나중에 깊이 후회하게 되지만 그것은 아직 먼 훗날의 일이었다.

부아아아앙—

석양을 배경으로 달리는 멋진 고급 바이크 한 대가 시원하게 뚫린 도로를 질주한다. 레이싱에서는 270㎞/h를 넘는 속도를 자랑한다지만 그것과 비교하면 매우 안정적인 속도로, 그러나 달리는 쾌감만은 충분히 느끼게 하는 드라이브다. 그리고 어느새 붉게 물든 빛무리조차 거의 사라져 완전히 어두워질 무렵, 계속해서 달릴 것만 같던 그 바이크가 어느 허름한 가게 앞 공터에서 마지막 엔진 소리를 인상적으로 남기며 멈춰 섰다.

요란한 바이크 소리가 사라지자 멀리서 들려오는 뱃고동 소리.

주변을 감싸는 공기에서도 짠내음이 느껴졌다. 어두워서 멀리까지 잘 보이진 않지만 가까운 곳에 바다가 있는 것은 틀림없는 듯하다.

〈시티 오브 조이 (City of joy)〉.

바이크에서 내려선 두 소년 중 하나가 헬멧을 벗으며 페인트로 조잡하게 쓰여진 간판에 시선을 주었다. 결코 작은 규모는 아니지만 대체적으로 편안한 분위기가 느껴지는 곳 같다.

'술집? 창고 따위를 개조한 것 같은데.'

"다 왔어. 올라가자."

제경이 바이크에서 내리자마자 앞서 걸어가며 제후에게 말했다.

"마담 말리에가 기다리고 있을 거야. 너 때문에 늦어버렸잖아."

"야, 잠깐만! 여긴 술집이잖아."

"시간이 많이 지체됐어. 빨리 와. 너, 나 따라온다며."

저, 저놈의 자식이! 그건 그렇지만 여긴 선착장 근처의 술집이란 말이다. 선원들과 거친 노동자들을 상대하는 선술집이라구! 게다가 명색이 고등학생인데 수업 빼먹고 오는 곳이 겨우 이런 곳이었단 말이야? 술 마시러?

제후는 제경이란 아이에게 드는 실망감에 걸음을 재촉하는 그 소년의 뒤통수를 향해서 딱딱하게 말했다.

"우리 지금 교복 차림이야."

"좀 불편하긴 하겠지만… 여기선 별로 상관없어."

"학생들은 아직 이런 곳에 오면 안 될 것 같은데."

"픽! 왜? 술 마시면 나쁜 사람이다 이거야?"

으휴~ 저걸. 말이나 못하면.

"야, 강제경!"

"시끄러!"

에?

"'제이' 야!"

제후가 부아가 치밀어 제경의 이름을 소리쳐 부르자 제경이 앞서 걸어가다 갑자기 획 돌아서며 날카롭게 말했다. 왠지 분위기가 달라진 듯하다. 무엇이 이 녀석의 분위기를 바꿔놓았을까? 학교에 있을 때보다 훨씬 틀을 벗어난 모습. 그런데 그 모습이 더 그 소년에게 자연스럽고 어울리는 이유는 또 무엇일까?

"여기에선 모두 날 '제이' 라고 불러."

제경이 평온해진 얼굴로 미소 지으며 말했다. 마치 새장에서 벗어나 자유를 찾았다는 듯한 표정. 순간적으로 나타났다 사라졌지만 시한부 자유를 애타게 갈구하는 그 표정에 제후는 속으로 투덜대며 입을 다물었다.

"그래. 네, X 굵다, '제이'!"

그것은 어쩔 수 없이 범죄에 동조한 공범이 된 민제후의 강력한 불만의 표시였지만 제경은 약간 어이없다는 얼굴을 하고 키득거렸을 뿐이다.

아~ 이젠 모범생의 꿈은 멀어진 것인가. 크흑!

"좋아, 들어가자."

앞서 걸어가는 제경, 아니, '제이'를 바라보다가 제후가 한숨을 포옥 내쉬고 그의 뒤를 뒤따랐다.

조잡하고 어수선한 분위기의 술집. 삐걱이는 요란한 문소리가 들리는가 싶더니 왁자지껄한 소란스러움이 그 두 소년에게 밀려들었다. 전체적으로 브라운 계통에, 거친 남자들의 호쾌한 웃음소리와 소란스러움을 자욱하게 감싸고 도는 담배 연기. 늘어지는 분위기이지만 그것은 자기 집에 있는 것과 같은 자유 분방함과 여유.

그 안으로 들어선 제후는 터져 나오는 작은 감탄사를 입 안에 머금고 사방을 둘러보았다. 밖에서 보았을 때는 물류 창고를 개조한 초라한 술집인 줄 알았더니 그 속알맹이는 결코 초라하지 않았다. 그렇다고 화려하단 소린 아니지만, 나름대로 주인의 센스가 느껴지는 분위기였던 것이다. 마치 옛날 서양 흑백 영화 속으로 뛰어 들어온 것 같은 착각이 일어나는.

'일이층이 교묘하게 연결되어 있네? 아~ 이층이 그리 높지 않아서 무대 같은 구실을 하겠구나. 특이하군.'

제후가 바다 분위기를 내는 개성있는 각종 소품들과 투박한 철근 등을 이용해 꾸민 독특한 인테리어에 빠져 있을 그때, 제이가 누군가를 두리번거리며 찾다가 바에서 유리잔을 닦는 한 청년에게 다가가는 것이 보였다.

'이크! 놓치겠다. 이렇게 복잡한 데서 놓치면 큰일인데.'

"아사미, 오랜만이에요."

"아! 제이! 요즘 왜 이렇게 뜸했어? 마담이 얼마나 기다렸다고."

제이를 본 그 청년이 환한 얼굴로 유리잔을 내려놓으며 반기자 제이가 피식 웃으며 바에 기대어 앉아 웃었다. 학교에서는 몇 번 보지 못했던 제이의 미소가 이곳에 오자마자 마구 남발되고 있었다. 제후는 궁시렁거리면서도 낯선 곳이라 그냥 조신히 제이 옆에 앉을 뿐이었다.

"아, 어떻게 하다 보니… 그래서 이렇게 왔잖아요. 마담 말리에는 어디 있어요? 늦었다고 한소리 들을 줄 알았는데?"

"그렇지 않아도 마담이 벼르고 있다. 오늘 너 온다고 해서 잔뜩 기대하고 있었는데 이렇게 늦었으니. 너 어쩌냐? 쿡쿡."

아사미라는 청년이 환하게 웃으며 키득대자 제이가 당황한 얼굴로 말을 더듬는다.

"이, 이런, 그게 다 이 녀석 때문이었다구요! 너 때문이잖아!"

'마담 말리에' 라는 사람이 그렇게 무서운가? 그나저나 저 청년은 일본계인가 보군. 한국 말은 아주 잘하는데? 흠, 아사미라. 그런데 어쩐지 '아사빵' 이란 단어가 더 입에 착착 감긴다.

그제야 제후에게 시선을 주는 그 둘. 아사미라는 청년이 눈짓으로 제후의 소개를 제이에게 묻고 있었다. 그러자 '마담이 오기 전에 튀어야겠어' 라며 계속 통밥을 굴리던 제이가 그 눈짓에 내키지 않는다는 얼굴로 제후를 간단히 소개했다.

"여긴 '민제후'라는 놈인데 오늘 나한테 묻어 온 이상야리꾸레한 녀석이죠. 별로 알아서 좋을 건 없어요. 그리고 충고하건대 정신 건강을 위해서라도 가까이 안 하는 것이 좋을 겁니다. 그리고 이쪽은 사토우 아사미 씨."

정말 간단한 소개였다.

"호~ 반갑다. 난 그냥 아사미라고 부르면 돼."

"민제후입니다."

그러나 제이의 그 소개는 처음부터 흥미롭다는 표정으로 제후를 바라보던 아사미의 눈을 더 새초롬하게 빛나게 하였다.

으… 그만 쳐다봐요. 잘하면 이빨도 보자고 하겠네.

"…제 얼굴에 뭐가 묻었습니까?"

"아니, 아하하하~ 그냥 좀 신기해서 그렇지 뭐. 희귀종이 데리고 온 또 다른 희귀종을 본 기쁨의 표현이랄까."

'희, 희귀종? 그게 무슨 소리야?

제후가 해석이 되지 않는 그 문장과 어색함에 몸을 틀며 벅벅 긁었다. 들어올 때부터 느꼈던 거지만 술집 안에 모여 떠들고 있는 사람들의 시선이 왠지 그들을 따라다니는 것 같아 여기저기가 따끔거렸다. 처음에는 교복을 입고 당당히 입장한 탓이려니 했지만 이건 마치 뭔가를 기대하는 표정들, 아니, 정확하게 말하자면 기대감의 시선은 제이에게 쏠려 있고, 민제후에게 쏟아지고 있는 것은 집요한 호기심과 신기함이다.

'어~ 이거 정말 적응 안 되네. 제경이 이 녀석은 도대체 여기에 왜 온 거야? 아직까지 수다만 떠는 걸 보면 술 마시러 온 것 같지는 않고. 그리고 사람들도 이 녀석을 잘 아는 듯싶은데…….'

그런데 그때 제후는 갑자기 벌떡 일어서며 중얼중얼거리는 제이를 볼 수 있었다. 굿 타이밍!

"에이! 알았어, 알았다구요. 하지만 오늘은 내가 데려온 떨.거.지.도 하나 있으니까 분위기만 잡아줄 거예요. 내가 여기 직원인가 뭐. 맨날 부려 먹으려고만 해."

떨거지? 우이씨~ 저것이! 그런데 뭘 부려먹는다고? 너도 혹시… 나처럼 불법적인 미성년자 노동 착취(?)를 당하고 있었던 거냐? 크흐흑! 내가 그 아픔을 매우 잘 안다. 그런 줄도 모르고 난… 앞으로 잘해줄게, 동.지!

하지만 아사미는 그런 제이를 보면서 기다렸다는 듯 환하게 웃으며 행주를 집어 던지고 바에서 나왔다.

어? 여기 웨이터인 줄 알았더니 그게 아닌가 보다. 아니면 이것저것 잡다한 걸 다 하는 만능 엔터테인먼트 직원이든가.

어쨌든 참 신기한 동네란 생각이 드는 제후였다.

"오오~ 그럼 오늘 제이의 환상곡을 들을 수 있는 거야? 운이 정말 좋은걸. 그런데 부려 먹는다고 하다니. 쯧쯧. 제이, 너도 즐기면서 뭘 그러냐? 다신 안 온다고 하면서도 참새 방앗간 지나가듯 들르면서 뭘. 키득키득."

"아, 이거 왜 이래요? 그거야 뭐, 마담의 특제 음료 때문에… 그리고……."

아사미와 제이가 이층을 향해서 손짓하며 올라가자 제후도 서둘러 그들의 뒤를 따라갔다. 뭘 하려는 건지 모르겠지만 아무래도 혼자 저 시끄러운 곳에서 자리를 지키는 것도 곤욕이란 생각이 들었으니까.

'쳇! 누군가의 뒤를 졸졸 따라다니는 건 영 적성에 안 맞았지만 어쩔 수 없지. 그런데 뭔가 특별한 일이 벌어지려는 것일까? 저들이 움직이자 술집 안의 공기가 미묘하게 변하고 있다.'

주변을 한 바퀴 훑고 위층으로 올라서기도 했고 제후의 감각이 보통 사람보다 몇 배 뛰어나기도 했지만, 만약 그렇지 않다 해도 충분히 느낄 수 있는 변화였다. 얼핏 봐도 사람들이 반응이 제이와 아사미의 행동에 영향을 받고 있었다.

제후는 그 이상함을 피부로 느끼며 막 철제 계단을 올라갔다. 그런데 이층이 시야에 들어오는 그 순간, 제이의 목소리가 뜻밖의 영상과 함께 제후의 귓가를 찾아들었다.

"저 녀석 때문이지."

'피아노?'

이런 곳에 웬 피아노야?

제경이, 아니, 지금은 '제이' 인 제경이 무대로 꾸며져 있는 위층의 낡은 피아노를 부드럽게 쓰다듬고 있었다.

그랜드이긴 해도 한눈에 제대로 된 소리가 나올까 싶을 정도로 오래된 피아노. 물론 주인의 정성을 알 수 있을 만큼 반들반들 윤이 나고 손을 본 것 같았지만 아무리 그래도 세월이 그 음색을 많이 퇴색시켰을 것이다. 특고에서 최고급 피아노만 만지던 제경이 저렇게 부드러운 눈으로 고물 피아노를 매만졌다는 사실을 클래스B에 가서 말한다면 그날의 최고 베스트 유머로 뽑힐 테다.

제후는 무대를 둘러보며 제이에게 다가갔다. 좁긴 하지만 각가지 악기들이 곳곳에 보인다. 드럼도 보이고, 더블 베이스, 섹스폰도. 아사미 씨도 잠시 사라졌다 싶었더니 어느새 한쪽에서 베이스를 준비하고 있었다. 역시 청년 아사미는 만능 엔터테인먼트 웨이터였음이 밝혀지는 순간이다.

"이 녀석 때문에 여기에 자주 오게 됐어."

제후가 다가가자 제이가 눈을 내리덮은 머리칼 아래로 환한 미소를 지었다. 어린애같이 순수한 그 모습에 제후는 피식 웃음이 나왔다. 학교에서 하고 다니는 꼴은 생양아치 같은 모습인데 오늘 하루 겪어본 제경은 너무나 맑고 순수한 소년이다. 항상 퉁명스럽고 단정치 못한 복장에 담배를 입에 물고 다녀서 사람들이 편견을 가지고 바라봤을 뿐이지, 오히려 여린 부분이 많은 녀석이다.

"어이~ 제이, 준비됐다."

"아, 잠깐만요. 야, 민제후. 이리 와봐."

아사미 총각이 부르자 제이가 밝게 웃으며 제후를 불렀다.

'오옷! 저 음흉한 눈빛! 역시 저놈도 나에게 딴 맘을 먹고 있었음이야.'

그것이 왜 제후에게만 음흉한 눈으로 보였는지 모르겠다. 어쩐지 이제 어리다 못해 점점 망가져 가는 주인공이었다.

"야, 뭐 하냐? 잠깐 이리 와보라니까."

난 너무 인기가 많아서 탈이야. 이제 제경이 놈까지 나의 마력적인 매력에 퐁당 빠진 것이야. 하지만 아무리 그렇다고 하더라도 그러면 안 되는 것이지. 암. 그러나 저리 애타게 날 부르면 또 마음이 흔들리잖아. 음, 그놈의 우정이 뭔지. 할 수 없지.

"이게 뭐야?"

제이가 갑자기 손바닥을 들이미는 제후를 바라보며 얼굴을 이상하게 구겼다.

"푸후후, 네 마음에 답해줄 순 없지만 약간의 사례가 있다면 적당히 카운셀링 정도로 들어줄 수는 있어. 성의금조로 조금만 받을게."

"무슨 헛소리야?"

"아아~ 알았어, 알았어. 성 정체성 문제는 심오한 주제이지만, 넌 동문이고 하니 특별 할인해서 30% 디스카운트해 주지. 이 정도면 됐냐? 더는 안 된다. 나도 먹고 살아야지."

요즘 애들은 오고 가는 현금 속에 싹트는 미덕을 너무 모르는 것 같다니까.

그렇게 제후가 머리 속으로 들어올 현금 계산을 행복하게 마치고 있을 그 시점, 제이가 방긋 웃으며 다가와 상.냥.하.게. 말했다.

"…너, 죽을래?"

"뭐! 그럼 너, 지금 날로 먹겠단 소리야?! 이거 왜 이러서. 이 사회가 그렇게 호락호락한 세상인 줄 아시나. 사회의 평안과 안정을 도모하기 위해서라도 더 이상의 가격 인하는 불가… 끄악!"

"어? 제이, 뭐 부서지는 소리 나지 않았니?"

"아아뇨~ 못 들었는데요."

멀리서 뭔가가 부딪치고 쓰러지는 둔탁한 격탁음을 듣고 아사미가 분주하게 움직이다 뒤돌아섰다. 그러나 제이는 너무나 순식간에 벌어져 범죄 현장을 보지 못한 아사미를 향해서 가증스런 미소를 지었다. 바닥에 쓰러진 꿈틀거리는 시체(?) 한 구를 은밀하게 드럼 쪽으로 발로 밀어넣는 치밀함까지 보이면서.

민제후 주변의 그 어떤 인물들보다 훨씬 빠른 제이의 그 엄청난 적응력에 찬사를 보내자. 그리고 그 순진한 연기에 깜박 속아 넘어가는 아사미 총각이 여기 있다.

"음, 그래? 그런데 제이, 너 아직도 준비 안 하고 지금까지 뭐 하고 있었니?"

"아하하~ 별일 아닙니다. 바퀴벌레 한 마리가 깐죽대고 있길래 손을 좀 봐줬죠."

"바퀴벌레? 이런! 마담한테 말해서 약을 쳐야겠군. 큰 놈이었니?"

"어우~ 끔찍하게 징그러운 놈이었죠. 하지만 가볍게 잡았으니까 이제 걱정하지 않아도 될 듯싶은데요."

넌 바퀴벌레 잡을 때 항상 기타로 가.볍.게. 내려치냐?

제후가 드럼 뒤에서 기적적으로 회생하며 중얼거렸다. 진짜 큰 타격
이었다. 자칫 잘못하면 정말로 산신령 신에게 또 면담 신청서를 낼 뻔
했으니. 윽.

"어? 아직 안 죽었냐?"

그럼 진짜 죽일려고 했던 거야? 쿨, 쿨럭!

"음, 그참 아쉽네."

"오, 오지 마! 오지 마라! 우이띠! 사탄아, 물럿거라!'"

제이가 제후를 향해서 주먹을 쥐고 다가오자 제후가 땀을 삐질삐질
흘리며 도망가려 했다. 라이벌이 아니라 새로운 천적의 등장이 아닌가
헷갈린다. 그리고 결국 잡혔다. 그리고 제이의 주먹이 제후의 가슴으
로 다가들었다.

으아아~ 때리지 마. 으응? 으잉?

"너 뭐 하냐? 쇼하냐?"

"…안 때려?"

의아한 얼굴의 제경이 보이자 제후가 아무 일도 없음에 고개를 갸우
뚱하며 어색한 미소를 짓자 제이가 제후 가슴에 대고 있는 주먹에 힘
을 주면서 똑같이 살벌하게 웃어준다. 삽살이처럼 얼굴이 가려져 눈이
거의 보이지 않는데도 알 수 있는 미묘한 표정 변화가 놀랍다.

"때려줄까? 뭐, 소원이라면야."

"어우~ 아닙니다! 그럴 리가요! 누가 그런 거짓 망발을! 아하하하!"

"그래?"

"넵!"

제후는 식은땀을 삐질거리면서 뒷걸음질을 쳤다.

그런데 내가 왜 저 녀석한테 쩔쩔매야 하는 거지? 언제부터 끌려다니기 시작한 거야? 우씨~ 저 녀석 이 가게 들어와서 성격 완전히 변했어. 그나저나 누가 내 가슴에서 이 주먹 좀 치워줘요.

"휴~ 오늘은 뭐가 이렇게 힘드냐. 야, 민제후. 잘 들어. 이렇게 가슴에 손을 대보면 박동이 느껴지지?"

"심장 박동?"

"그래. 그걸 잘 느껴보는 거야. 둥, 둥, 둥, 둥당, 둥, 둥, 둥, 둥당."

심장 박동을 느끼라고? 왜?

어리둥절한 제후의 눈을 바라보며 제이가 제후의 가슴에 올린 주먹으로 가볍게 탁탁 두들기며 설명하기 시작했다.

"박자가 느껴질 거야. 음악의 기본은 이 '리듬'이야. 멜로디가 더 기억하기 쉬워 사람들이 착각하고 있지만 리듬이 가장 중요한 거야. 특히 재즈에서는 비트가 가장 중요하지. 쉬우니까 해봐. 여기까지 왔는데 너 혼자 가만히 앉아서 눈요기만 하다가 가면 너무 아쉽잖아?"

그러니까 지금 나보고 같이 공연을 하자고 하는 것이냐? 그, 그런 걸.

'할 수 있을 리가 없잖아!'

"발끝으로 리듬을 맞출 수 있지? 이 드럼으로 그 비트만 따라오면 돼."

"야, 잠깐! 재즈라니?! 난 재즈는 들어본 적도 없다구. 게다가 북이라곤 탬버린밖에 만져 본 적도 없어."

입을 뻐끔거리며 당황해하는 제후를 바라보는 제이. 그러나 그 소년의 얼굴은 잔잔한 얼굴이 되어 그 옆에 있는 피아노에 다가가 앉았다. 그리고 건반을 조율하듯 하얀 손가락이 깔끔하게 훑고 지나갔다. 고물 피아노라곤 생각되지 않을 정도의 맑은 음색이 시냇물 흐르듯 상쾌하게 공기를 훑었다. 그리고 나서 들려오는 제이의 담담한 목소리.

"겁먹을 거 없어. 재즈든 클래식이든 음악의 기본은 즐기는 거야. 마음이 즐겁게, 흥얼거리면서, 어깨를 들썩이면서. 난 지금 너한테 훌륭한 연주를 하라는 것이 아니라 즐기라고 하는 거야. 할 수 있지? 아사미!"

제이가 드럼 앞에 멍하니 앉아 있는 제후를 힐끔 쳐다보더니 한쪽에서 이미 준비를 끝내고 있는 아사미와 몇몇 연주자들을 향해서 고개를 끄덕였다. 어느새 관객들의 술렁거림이 잦아들고 기대에 찬 눈총들이 무대로 쏟아지고 있었다.

"아사미! G. 거슈인, 「I Got Rhythm」!"

"오케이!"

이거… 뭘 어쩌라는 거야? 즐기라고? 말은 쉽지!

"민제후!"

"어엇?"

담배 연기 속에 낡은 그랜드 피아노를 자신의 분신처럼 다루고 있는 제이의 모습이 보였다.

"「I Got Rhythm」은 재즈의 모범이 되는 작품들 중의 하나야. 고전적인 32마디, AABA형식. 싱코페이션된 리듬에 주의를 기울여 보라고. 다시 말하지만 즐겨. 즐거울 거야. 믿어도 좋아. 내 의도는 아니었지만, 뭐 어쨌든 여기에 처음 왔으니 이건 환영 인사."

에? 싱코… 뭐시기?

알 수 없는 설명뿐이었지만 제후가 물어볼 틈도 없이 제이의 신호가 곧 떨어졌고, 그리고 즉각적으로 경쾌한 리듬이 시작되었다.

"〈시티 오브 조이〉에 온 것을 환영한다, 민제후."

제이의 미소와 함께 손가락이 건반 위로 떨어지면서 공연은 시작되었다.

연주가 시작되자 관객들에게서 숨죽인 탄성이 나온다. 그러나 그러는 도중에도 경쾌한 리듬은 끊어지지 않고 계속해서 이어가고 있었다. 처음에는 헤매던 제후도 시작 전에 제이가 가르쳐 준 기본 리듬을 따라 드럼을 두드려 가면서 점차 곡에 맞춰 흥얼거리는 자신을 발견하게 되었다. 이제는 그 기본 리듬에서 조금씩 변형해 가며 박자를 맞춰가기도 하는 발전을 보여주고 있기도 하니.

재즈라는 장르는 정말 독특한 분위기임은 틀림없다. 어렵게만 느껴지던 그것이 어느새 호흡하는 것과 같이 자연스럽게 관객과 하나가 되어 숨 쉬고 있었다. 연주자들도, 관객도 모두 즐거운 얼굴들.

그런데 그때.

'뭐, 뭐야, 이건?!'

기본적인 리듬을 따르던 제이의 피아노가 갑자기 뭔가가 달라졌다. 기본은 그대로였지만 뭔가 조금 비틀려서 변형된 느낌. 리듬을 그대로 따라가고 있지만 멜로디가 변주되고 있었다.

"즉흥 연주(Improvise)?!"

제이의 피아노가 달라지자 또다시 달라지는 분위기.

즐겁다는 점에서 차이는 없었지만, 아니, 그 변주에 더욱 흥에 겨워 훨씬 즐거워진 것 같다. 제이의 피아노가 사람들의 어깨를 경쾌하게 들썩이게 하면서도 탄성을 자아내는 마술을 부리기 시작한 것이다. 통통 튀어가는 리듬이 살아나 사람들의 심장 소리까지 그 비트를 맞추게 하는 듯한 느낌.

그러나 재즈의 원래 음악 색이 그런 듯, 다른 연주자들도 제이의 피아노에 맞춰준다. 조금은 다른 연주자들이 제이라는 소년의 역량에 미치지 못하는 듯 약간 끌려가는 느낌도 없지 않았지만, 그것은 마치 악기 하나하나가 대화하는 자리 같았다.

대화.

커뮤니케이션(Communication).

그렇다. 서로 호흡하고 즐겁게 보조하며 흐르는 그 리듬은 '대화' 라고 표현하는 것이 어울릴 듯하다. 그리고 사람들 사이에서도 대화를 이끌어가는 이가 있듯이 지금 악기들의 대화를 이끌어가는 것은 역시 강제경의, 아니, '제이' 의 피아노. 산뜻하고 깔끔하게 건반 위를 날아다니는 그 소년의 아름다운 손가락이 뽑아내는 음색은 악기들의 대화를 끌고 나가는 장이었다.

그러나 무엇보다도 가장 중요한 것은 즉흥적인 연주와 리듬상 예상치 않게 나타나는 악센트 등의 기술이 아니라 사람들의 기분이 점점 더 어떤 마술 같은 힘에 이끌려 신나고 즐거워지고 있다는 것이었다.

"다시 말하지만 즐겨. 즐거울 거야. 믿어도 좋아."

제후는 제이의 말을 기억해 내고 미소 지었다. 또 끌려 다닌 느낌이 들었지만 이번만큼은 별로 기분 나쁘지 않다. 이런 기분만 느끼게 해 준다면 또 끌려 다녀도 괜찮다는 생각이 들 정도였다. 자신만 해도 아무것도 할 줄 아는 것이 없다고 얼어 있었지만, 지금은 제이가 이끄는 리듬에 맞춰 즐겁게 드럼을 두드리고 있지 않은가.

'제이, 환영 인사 잘 받았다.'

그리고 마침내 콧노래를 흥얼거리게 만드는 그 흥거운 작은 공연이 끝이 났다.

"와아~!"

"삑! 삐익! 제이, 멋지다!"

"제이! 까아~ 제이!"

연주가 끝나고 제이가 일어서자 좌석 여기저기에서 휘파람을 불며 환호하는 선원들과 야한 화장을 한 여인들. 가히 인기폭발이다. 다들 '제이'라는 이름을 아는 것을 보니 이 부근에선 진짜 유명한가 보다. 연주가 끝나자 다른 연주자들도 악기를 놓고 내려와 제이의 어깨를 두드리며 환한 미소를 짓는 것이 보였다.

"오~ 부라보, 제이! 한동안 못 본 사이 훨씬 더 성장한 것 같은데?"

"그걸 인제 알았냐? 이제 우리가 이 쬐그만 녀석한테 질질 끌려 다니고 있다고. 천재라는 말이 괜히 붙는 줄 알아?"

"아, 그런가? 하하하~"

아, 왜 이렇게 내 맴이 뿌듯하지? 꼭 훌륭히 장성한 아들을 바라보는 기분이다. 저 녀석, 전에 강당에서 연주하는 걸 듣긴 했지만 잘 친다라는 느낌뿐이었는데, 이 정도일 줄은 몰랐어. 이쪽에 문외한인 나까지도 아직 두근거리게 만들다니. 음, 이 원수를 어떻게 갚아줘야 하지?

제후가 약간 상기된 얼굴로 그 자리에 그렇게 서 있자 그의 존재를 느끼고 제이가 제후에게 다가와 말을 걸었다. 제이의 눈을 덮은 긴 머리카락이 이마의 땀방울로 조금 축축하게 젖은 것이 눈에 들어왔다.

"즐거웠냐?"

"환영 인사치곤 잘 받은 편이지. 수고했다."

"얼래? 술집에 오면 나쁜 아이라고 훈계하던 양반은 어디로 가셨지?"

"또 까분다. 언젠가 자발적으로 나한테 '형'이라고 부르는 날 한꺼번에 갚아주마."

"토끼 머리에 뿔 나면. 킥킥."

"이 잡것이!"

정말 이 녀석 이중인격이나 성격 장애가 아닌지 심각하게 고려해 봐야 할 것 같다. 어떻게 오늘 낮까지만 해도 나한테 당하기만 하던 녀석이 '제이'가 되면서부터 변해 버렸다. 이건 정말 심각한 문제야. 이 민제후가 여자들이 아닌 존재들에게 휘둘려진다는 것은… 음.

"뭐? 제이가 왔다고? 어딨어, 이놈의 자식!"

쿵쾅쿵쾅!

그때였다. 작은 공연이 끝나고 화기애애하던 선술집 분위기 속으로 우락부락한 장정 하나가 나타나 씩씩거리고 뛰어 들어온 것은.

철근의 투박함을 살린 인테리어의 계단을 한 남자가 거칠게 뛰어 올라오며 소리치고 있었다. 화가 난 듯 벌겋게 익은 얼굴은 더부룩한 수염으로 험상궂기 이를 데 없고, 민제후 허벅지만한 팔뚝에는 화려한 문신 자국. 싸움의 승패가 꼭 체격 차이로 달라지는 것은 아니지만 그 남자의 주먹에 한 방만 맞으면 전치 3주는 너끈히 나올 것 같다고 제후가 생각했다.

그런데 그때, 그 남자가 갑자기 제후와 제이 쪽으로 달려들어 제이를 잡아 뒤에서 그 무지막지한 팔로 목을 조르기 시작한 것이 아닌가.

"이 자식, 제이!"

"으아아아악!"

여유 부릴 때가 아니었다!

그런데 어떻게 된 일인지 아무도 나서서 말리려는 사람들이 없다. 아니, 오히려 빙글거리며 뒤로 물러나 자리를 만들어주다니. 아무리 세상에서 가장 재미있는 구경이 불 구경과 싸움 구경이라지만!

'빌어먹을!'

질식사할 것 같은 제이의 모습에 당황하던 제후는 몇 걸음 옆 테이블 위에 과일을 깎던 과도를 발견하고 날카롭게 눈을 빛냈다.

꽈당!

상황이 판단되자마자 바로 행동으로 옮겼다. 제후는 옆에 있던 의자를 그쪽으로 발로 세게 차서 테이블을 넘어뜨리고 날렵한 솜씨로 날아오른 그 비도를 낚아채 공중에서 휘릭 돌려 잡아 그 남자의 목을 겨누었다. 설명은 길었지만 '꽈당' 소리가 들렸다 싶은 순간 이미 겨눠져 있는 예리한 칼날.

사람들은 테이블이 넘어지는 요란한 소리에 시선을 돌렸다가 어느샌가 칼을 들고 제이를 잡고 있는 남자를 향해 있는 민제후를 보고 그 빠름과 화려한 손기술에 경악하기 이를 데 없었다.

"무슨 일인지는 잘 모르겠습니다만 이제 그만 제 친.구.를 놓아주시죠."

'친구'라는 단어를 강하게 발음하는 민제후의 얼굴은 더 이상 장난스러움이 사라진 채 싸늘했다.

"어서요."

흐트러진 금갈색 머리칼 사이로 소년의 눈이 얼음처럼 시리게 빛났다.

보통 십대 소년들이 이런 행동을 했다면 이런 상황과 자신의 행동에 두려움을 느끼고 손이라도 벌벌 떨었을 테지만, 그 장정의 목에 겨누어진 과도는 마치 바닥에 놓여 있듯 미세한 진동조차 없이 그 위치에 고요히 자리하고 있었다. 칼을 잡고 있는 소년의 손이나 두 눈도 동요가 없음은 마찬가지였다. 아니, 오히려 차가운 표정만 아니라면 담담해 보일 정도였다.

그러나 제후, 그 본인은 그 나름대로 하루에 벌써 두 번씩 칼을 들고 이런 일을 벌이게 된 것이 유감스러웠다. 자신이 원한 삶은 평범한 학교 생활과 평범한 가정과 평범한 일상이었는데. 역시 세상 일은 모두

뜻대로 되는 것이 아니라며 스스로를 씁쓸히 위로할 뿐이다.

"아, 그게… 그런 게 아닌데……. 이런. 알았다, 알았어."

어라? 의외로 쉽게 놔주네?

제후는 그의 체격이나 힘 때문에 만만치 않을 거라 생각하고 처음부터 아주 세게 나갔던 것인데 상대가 너무나 순순히 요구에 응해주니 어쩐지 기운이 빠지기도 하고 함정이 아닌가 생각도 되어 긴장이 되기도 하고 그랬다. 그러나 우선 제이부터 구해내는 것이 우선이니까.

그 남자가 팔을 풀자 그 팔에서 풀려난 제이가 조금 휘청이며 콜록 콜록 기침을 하기 시작했다. 그래도 다행히 무사한 모양이다. 그렇게 제후가 제이를 바라보며 조금 안심을 하자 그 턱수염 털보가 어색한 미소를 지으며 말했다.

"이봐, 꼬맹아. 됐지? 그러니 이제 이것 좀 치워줄래?"

"당신을 어떻게 믿고. 갑자기 다시 우리를 공격할지 모르는 일 아닙니까?"

처음에 나타날 때의 그 험악한 기세를 생각해 본다면 정말 그런 가능성은 배제할 수 없었다. 제후는 이런 낯선 동네에 와서 어이없이 죽고 싶지 않았다. 맞는 건 더 싫고.

그런데 그때 그를 놓아주라는 또 다른 목소리가 들려와 제후를 놀래켰다. 털보를 놓아주라는 말에 놀란 것이 아니라 그 말을 한 장본인이 공격당한 제이라는 점이 놀란 점이었다.

"야, 민제후. 됐어. 그만 해."

"뭐? 왜?"

잘못하면 질식사로 죽을 뻔했는데 아무 이유 없이 놓아주라니! 말도 안 돼! 여긴 거친 선원들이 대부분이라 자칫 잘못하면 작은 시비로 크게 다칠 수도 있단 말이다.

그런데 다시 그런 제후를 놀래키는 제이의 목소리가 들려왔다.

"마담, 그렇게 장난도 정도껏 치라구요. 저 자식, 빡 돌았잖아. 아, 난 이제 몰라요. 어쨌건 이번엔 진짜로 죽을 뻔한 게 사실이니까… 잘~해보시라구요. 쿡쿡쿡."

이번 충격은 좀 전의 것과 비교할 수 없을 만큼 강도가 셌다.

'에? 마, 마담?'

"우우~ 내가 정말 마담이 한번 일을 저지를 줄 알았다니까. 반갑다고 목을 조르다니. 마담 말리에는 정말 한번 크게 혼나봐야 정신 차릴 거야. 야, 꼬마야! 네가 이번에 마담 버릇 좀 확실히 고쳐 놓거라! 우하하하!"

여기저기에서 왁자지껄한 웃음소리가 터져 나왔다. 그리고 제후가 노려보던 상대는 머쓱한 얼굴로 안 어울리게 얼굴을 붉히며 웃고 있다. 제후의 손에 긴장이 풀리자 팔이 내려가며 바닥으로 과도가 떨어졌다.

이거 뭐가 어떻게 된 거야? 설마 여기 주인이라는 제이가 찾던 여자가 '여자'가 아니었단 소리야?

'마담 말리에가 저 털보라고?!'

"자자, 이제 그만들 하고 다들 자리로 돌아가세요. 어이 거기! 이리로 와서 여기 부서진 탁자하고 물건들 좀 정리해. 말리도 이제 그만 해요!"

긴장감이 풀어지자 떠들썩한 분위기를 정리하는 것은 역시 아사미였다.

잠시 동안 제후로 인해 공기가 얼어붙는가 싶었는데 오해가 풀리고 당사자들이 어색하게 웃으니 주변을 감싸고 있던 손님들도 모두 호쾌하게 웃어 젖혔다. 모두 어느 정도 취기가 오른 상태라 모두들 담대하고 너그러워진 상태. 술집 안은 다시 예전의 소란스러운 잔잔함으로 되돌아갔다. 조금 전의 흥겨운 분위기와 섬뜩한 분위기가 교차했던 장소였다는 것이 믿겨지지 않을 만큼, 처음 그 소년들이 들어왔을 때와 똑같은 취객들의 소란스러움이었다.

그리고 부서진 기물들로 인해 남아 있던 그 작은 소란의 흔적들도 어느새 사라지자 그 공간을 지휘하던 청년 아사미가 제후에게 사람 좋은 미소를 지으며 말했다.

"제후라고 그랬지? 넌 이쪽으로 와라. 내가 음료수라도 하나 주마."

"아, 네. 저 그런데……."

"응?"

"저쪽은 저대로 둬도 괜찮은 걸까요?"

제후가 손가락으로 가리키는 곳에 아사미가 시선을 돌리니 아직도 제이에게 매달려 있는 털보 마담 말리에가 보였다.

"제이! 너무하는구나! 내가 없는 틈에 공연을 끝내 버리다니!"

"자리에 없던 걸 누구 탓으로 돌리는 거야!"

"어떻게 그런 말을. 오늘을 내가 얼마나 기다렸는데! 우어어~! 안 돼! 인정할 수 없어! 다시 해, 제이야!"

정말 보기가 좀……. 아하하하. 그런데 내가 왜 이렇게 삐질거리며 웃고 있어야 되는 거지?

그러나 아사미는 이미 일상사라는 얼굴로 제후에게 돌아서며 말했다.

"아, 괜찮아, 괜찮아. 마담 말리는 걱정 안 해도 되니까. 이쪽으로 와. 마담만큼은 아니어도 내가 만든 음료도 꽤 괜찮단다."

"아, 저 걱정하는 것이 아니라……."

제후는 바(Bar)로 거의 끌고 가다시피 하며 걷는 아사미를 황당하게 쳐다보았다. 누가 저 험상궂은 털보가 걱정된다고 했던가? 다만 보기가 너무 안 좋다는 의미였을 뿐이다. 처음엔 제경이, 아니, 제이가 계속 마담 말리에를 무서워하길래 얼마나 무식하게 애를 구박하나 싶었는데 지금 보니까 오히려 상황이 정반대다. 제이가 머리를 붙잡고 오버액션으로 괴로워하는 털보를 사정없는 말발과 매서운 눈초리로 구박 3단, 갈구기 5단, 비아냥 5단의 놀라운 신기술을 구사하고 있지 않은가? 그런데도 떨어지지 않고 제이에게 매달리는 털보의 저 끈기와 노력이라니. 정말 칭찬해 줄 만하다.

아! 혹시 제이가 두려워하는 마담의 저력은 저 속에 숨어 있는 것이 아닐까?

"항상 저런가요?"

칵테일바에 앉으면서 제후가 밑도 끝도 없이 물었지만 아사미는 그 질문의 요지를 정확하게 꿰뚫고 피식 웃으며 대답한다. 일본계라 그런지 이국적인 분위기의 미청년의 미소는 신비스럽다.

"항상은 아니고 일주일에 두세 번쯤?"

음, 생각보다 자주는 아니네? 의외인데? 그런데 제이, 저 녀석은 도대체 왜 그토록 마담 말리에를 보는 걸 꺼리는 거지?

제후는 바에 들어가서 예쁜 잔에 따라 나오는 아사미의 특제 음료를 받아 들며 또 다른 것에 대해 물었다.

"아사미, 제이는 얼마나 자주 이곳에 와요?"

오늘은 우연히 만나 진드기처럼 달라붙어 따라나왔지만 제이가 얼마나 자주 이곳에 오는지 알 수가 없었기 때문에 하는 질문이었다. 왠지 정이 가는 녀석인데 학교를 너무 자주 빠지게 하면 안 될 테니까 말이야.

그리고 그 질문에 아사미가 다시 조금 생각에 빠진 듯하다가 다시 웃는 얼굴로 말했다.

"대충 일주일에 두세 번쯤."

"푸웃!"

"우왓! 이 녀석아, 다 튀었잖아!"

제후가 미처 목 안으로 삼키지 못하고 밖으로 분출시킨 음료를 아쉽게 쳐다보다가 소리치는 아사미의 목소리에 정신을 차렸다. 아사미의 특제 음료를 뱉어 버린 일이 조금 아쉬웠지만 지금 그것이 중요한 것이 아니었다.

일주일에 두세 번이라면 저 인간들, 만날 때마다 저런다는 소리잖아?!

"매번 만날 때마다 저런다구요?"

"하하하~ 뭐 어때?"

"뭐 어때가 아니잖아요!"

"그래? 음… 글쎄, 우리야 거의 항상 봐와서……."

아사미는 미소 지으며 대답을 얼버무렸다. 물론 남들이 본다면 이상하게 보일 것이다. 마담 말리에 같은 다 큰 남자가, 그것도 두 배의 체격을 지닌 험상궂은 인상의 사내가 아직 학생인 어린 소년에게 징징거리며 매달린다는 것은 상식 밖의 행동임에 틀림없다. 하지만 그것은 너무나 서로에게 익숙하고 마음을 터놓는 자들끼리의 행동이었고, 주변인들이 보기에 어느새 암묵적으로 인정되고 있는 반가운 첫 인사인데 그것을 어떻게 설명할지 난감하기만 했다. 그렇다고 하더라도 제이가 데리고 온 민제후라는 소년이 바라보는 그 이상한 눈초리를 어떻게 바꿔놓아야 하는 것인지.

그런데 그때, 아사미의 귓가를 때리는 그 소년의 명랑강연 목소리.

"우~ 그래도 그렇지. 미적 감각이 아주 꽝이야!"

"에?"

"좀 자세히 보라구요. 지금 현재의 자세로 분석을 해볼게요. 지금의 자세는 마담이 제이의 바짓가랑이를 붙잡고 늘어져서 칭얼거리는 장면입니다. 그렇다면 먼저 그의 다리 자세부터 살펴보죠. 가지런히 모은 다리가 얌전하게 45° 각도로 선을 이루는 것이 가장 아름답다고 할 수 있습니다. 환상의 각도라고 부르죠. 그런데 지금 말리 아저씨는 제이에게 땡깡을 부리느라 그 가장 중요한 미학을 놓치고 계신 거죠. 게다가 말리의 자세는 쓰러질 듯, 안길 듯한 포즈로 애처로움 300배 연출하셔야 이상적인데 지금 저 자세에서는 너무 건장한 체격 조건이 걸림돌이 되기도 하지만 가녀린 포즈가 몇 배 부족합니다."

"오~"

"저라면 최고의 미학을 관중에게 선사하면서 벌써 제이에게서 원하는 걸 얻었을 거예요. 하지만 뭐, 말리 아저씨의 그 끈기와 집념이 놀라워 곧 성취를 보실 수 있겠네요."

아사미의 벙찐 얼굴을 봤는지 안 봤는지 제후라는 소년이 생긋 웃으며 말했다. 그리고 그때를 같이하여 들려오는 제이의 질렸다는 고함 소리와 함께 하트가 날아다니는 마담 털보의 목소리.

"아아~ 알았어, 알았어, 알았다구우~! 다시 한 곡 치면 되잖아!"

"우어어~ 제이, 땡큐 베리 마아~취!"

"저것 보세요."

제후가 천진한 미소를 띠며 말하는 소리에 아사미가 멍하니 다시 고개를 돌렸다.

나 같으면 훨씬 더 단시간에 원하는 걸 얻을 수 있는데. 저 털보는 아직 그 분야로 수양이 부족하군. 후후후.

"푸후, 후후후, 우하하하하!"

"우엑! 아사미 총각? 미쳤어요?"

제후는 갑자기 고개를 숙이고 점점 강도를 더해가는 아사미의 웃음소리를 듣고 기겁을 하며 물었다.

처음에는 멍한 눈으로 무슨 소린지 모르겠다는 얼굴로 날 바라보더니, 그 다음엔 어이없다는 눈으로 정신이 나갔고, 또 그 다음 순간엔 미친 듯이 웃는다? 전통적인 광년이의 절차가 아닌가.

하지만 제후가 어떤 생각을 하는지 모르는 아사미는 들썩이는 가슴을 겨우 진정시키며 중얼거렸다.

"…역시 새로운 희귀종이었다니까. 끼리끼리라지 아마? 쿡쿡쿡."

저 총각이 지금 뭔 소리야?

아사미의 알 수 없는 소리를 듣게 된 제후였지만 '요즘 세상에는 워낙에 이상한 사람이 많으니까 상관할 필요는 없겠지. 그것도 다 따지면 개성이야' 라며 다시 무심히 특제 음료를 홀짝이며 입 안에 퍼지는 달콤 쌉싸름한 감각에 행복해했다. 맑은 푸른빛 액체가 예쁜 잔에서 찰랑거렸다.

마치 아사미 같네?

"아사미, 이 음료 참 맛있네요."

"어… 어? 그래, 정말 고맙다. 그래도 마담에 비하면 아직 좀 부족한데. 나중에 마담이 한 것도 먹어보렴."

어색해하긴. 말은 그렇게 하면서도 좋아하고 있는 거잖아. 앞으로 내가 많이 예뻐해 주지. 쿡쿡쿡.

"아니에요. 정말 맛있어요. 마담 걸 먹어도 아사미는 아사미만의 이 독특함을 잊을 수 없을 거예요. 그리고 이 음료수, 색도 참 예뻐요. 마치 아사미 같다. 헤~"

"이봐, 너, 지금 무슨 소리야?"

"예?"

어리둥절한 얼굴, 어이없다는 얼굴, 우습다는 얼굴의 삼 박자를 보고 싶다면 지금의 아사미 총각을 보아라. 예쁘다는 말을 들은 아사미가 강한 표정을 지으며 바에 앉아 있는 제후 앞으로 고개를 불쑥 내밀었다.

히익! 놀랐잖아!

"나보고 예쁘다니? 너, 거울은 제대로 쳐다보고 다니는 거냐?"

"에에?"

"뭐야, 이거? 영악한 줄 알았더니 순 둔팅이고, 순덩인 줄 알았더니 순 영감이고, 도무지 감을 잡을 수 없는 놈이잖아? 하, 참."

뭐예요, 그 포즈는.

제후가 고개를 절레절레 흔드는 아사미를 이마에 십자가 하나를 새기며 쳐다보고 있을 그때, 다시 주변이 기형적으로 조용해지는 걸 느끼고 고개를 들었다. 사람들의 시선이 무대 위의 낡은 그랜드 피아노로 집중되어 있었다. 그렇다면 역시 저 자리에 있는 인간은?

'강제경, 아니, 제이!'

"오~ 역시 오늘도 마담의 그 끈질김으로 제이의 환상곡을 듣게 되었군. 이래서 마담의 그런 닭살 행동들도 다 용서할 수 있게 된다니까."

"…또 피아노 치려는 건가요? 지겹지 않나?"

학교에서도 수업 자체가 피아노일 텐데. 역시 이해할 수 없는 녀석이다. 나 같으면 학교 밖에서까지 피아노나 딩동거리며 앉아 있진 않겠다. 물론 제이 녀석의 피아노는 빡— 갈 만큼 멋지긴 하지만 그래도 그렇지, 허구한 날이라니. 그렇게 멋진 오도배이도 있으면서. 쳇!

"지겹다니? 넌 아직 제이를 잘 모르는구나."

에?

보 생각들이 얼굴에 그대로 나타난 걸까?

제후가 고개를 들어보니 아사미는 이미 모든 일에서 손을 놓고 제이에게 집중하고 있었다.

"제이에게 피아노는 단순한 악기가 아니다, 제후야."

"…전 아직 잘 모르겠네요."

"훗! 그래."

뭐야, 이 침묵은? 뭐라고 다른 설명 좀 더 해봐요!

그러나 다음 순간에 입을 연 아사미는 기대와 전혀 다른 말을 할 뿐이다.

"제이가 이번에 치려는 건 아마도 〈피아노〉일 거야."

"그럼 피아노를 치지 피아노를 타는 건가 뭐. 궁시렁궁시렁."

"쿡쿡쿡. 아니, 그게 아니고 제이가 치고자 하는 곡이 영화 〈피아노〉에 나오는 피아노 곡이란 말이다."

아~ 그런 거였어요? 그럼 그렇다고 말을 할 것이지 사람 무안하게. 아하하하.

"그 영화 음악은 아름답기도 하지만 나는 제이와 많이 닮지 않았나 생각해. 그 영화 속 주인공은 벙어리 여자로 피아노로써 자아를 찾아가는 내용이거든. 그런 면에서 피아노가 유일한 친구였고 그것을 통해 자신의 존재를 확인받는 제이. 저 녀석과 너무 잘 어울리지 않니?"

"…네."

"그래서 우리들 모두 그 특별함에 감동받아 저 녀석을 좋아하는 거지. 나중에 언젠가 다시 얘기할 기회가 있겠지만 저 녀석 처음 여기에 나타났을 때… 정말 엉망진창이었거든."

'엉망진창이었다고?'

그래, 난 저 녀석의 과거는 아무것도 모르지. 아니다. 멀리까지 갈 것도 없잖아. 몇 주 전의 강제경조차 난 전혀 모른다. 저 녀석… 단단한 껍질로 무장하고 있는 여려 터진 저 녀석은 그동안 어떻게 살아왔던 것일까?

"Michael Nyman 의 「The heart asks pleasure first」!"

생각에 빠져드는 제후에게 약간 흥분된 어조의 아사미가 들려왔다.

"시작한다."

딩―

그 순간, 가벼운 청량한 음색이 공중을 떠돌았다.

그리고 한순간의 짧은 정적.

그것이 아직까지 산만한 분위기를 가지고 있던 취객들의 시선까지 무대로 돌려놓았다. 피아노 앞의 소년은 피아노 밖의 세상을 조금도 보고 있지 않지만 어떻게 하면 관객의 시선을 모을 수 있는지 잘 알고 있었다.

그 모습에 제후가 짓궂은 미소를 짓자 제이가 민제후 쪽으로 시선을 잠시 던지더니 싸이하게 입꼬리를 올리는 것이 보인다. 제후의 한쪽 눈썹이 위로 치켜 올라갔다. 제이의 저 도발은 무슨 의미로 받아들여야 할까?

그러나 그 생각이 깊이를 더해가기 전, 제후가 비웃는 듯 보였던 제이의 미소를 봤다고 생각한 그 순간에 소년의 하얀 손가락이 빠르게 건반으로 떨어져 내렸다. 예상치 못한 순간 갑작스레 터져 나온 격정적인 멜로디!

그것에 사람들이 숨을 들이켰다.

모든 것을 투영시킬 듯한 투명한 빠른 그 음색. 그것은 너무나 시리고 차가워, 안타깝고… 아름답다.

"이것이… 「The heart asks pleasure first」."

생각할 시간조차 주지 않으려 함일까? 제이의 천재적인 재능과 힘은 소리에 터질 것만 같은 감정을 실어 폭발하고 있었다. 몰아쳐 가는 소리의 폭풍에 제후는 빙글빙글 웃던 자신의 표정조차 점차 차분해지는 것을 느꼈다.

점점 깊어가는 밤 한가운데에서.

삶의 진실과 거짓.

그리고 원색적인 기쁨과 슬픔을 느끼고 살아왔던 특별한 관객들의 얼굴들.

막노동을 하지만 건강한 웃음으로 살아가는 인부들이나 일 년의 대부분을 먼 바다로 배를 타고 나가야 되는 선원들과 기술자들, 그리고 그들을 상대로 술과 웃음을 팔며 생활하는 야화(夜花)들까지.

마치 악마처럼 영혼을 잡아채 가는 그 시리도록 맑은 음색에 모두들 얼어붙어 움직일 수 없었다.

이런 소리가 어찌 저런 폐물이 다 된 고물 피아노에서 흘러나온다고 생각할 수 있을까? 감히 그런 상상조차 불경하게 느껴지는 음(音)이다.

'강제경, 아니, 제이라고 하더라도 이건…….'

그 빠른 음률이 제후의 가슴을 온통 진탕시키고 뒤흔들고 있었다. 그것에서 느껴지는 제이의 삶이 제후를 혼란스럽게 했다.

'이건 조금 전까지의 '제이'와 또 다르다!'

새로운 세상을 제시하는 곡조는 이상향과 즐거워지고 싶은 마음만큼 가슴 저미게 아프다. 춥고… 외로움이 느껴지는… 하지만 그 속에서도 차마 놓을 수 없는 끈질긴 삶과 세상.

이것이 지난 세월의 '강제경'이라는 이름의, '제이'라는 또 다른 이름의 소년이 감당하고 살아야 했던 감정들이라면 난 어떻게 해야 하는 것인가? 그리고 저 녀석은 왜 나에게 그런 비릿한 웃음을 보이며 이런 피아노를 치는 것이지?

제후는 마치 제경의 목소리가 들리는 듯했다.

―네가 날 알아?

―날 내버려 둬.

―더 이상 내 일에 상관하지 마.

…충격적이었다. 음(音)으로써 이렇게 강렬하게 감정을 전달할 수 있다는 것이.

공기를 휘어잡는 빠른 속도의 차가운 멜로디가 점차 느려지자 이번엔 감정이 고조되었다. 주변을 둘러볼 여력 같은 건 제이와 의지로 맞서고 있는 제후를 제외하고는 아무도 없었다.

제후는 제경의 반항과 항의를 들으며 가슴에서 피어 오르는 열기를 느꼈다. 그 곡은 갑작스레 친근함으로 다가오는 민제후에 대한 경고이자 자기 자신에게도 거리감을 두고자 한 다짐. 그러나 그와 동시에 누구든 좋으니 자신을 도와달라는 애절한 구조 요청과도 같다는 걸 본인은 알까? 하지만 제경이 무엇으로부터 자기 자신을 격리시키고 가두는 것인지 알 수가 없다.

"하, 하… 이건… 오늘 제이는… 펴, 평소와 다르잖아."

옆에서 아사미가 충격인지 감탄인지 구별할 수 없는 목소리로 나직하게 중얼거리는 것이 들렸다. 제후는 그것을 듣고 피식 웃으며 고개를 숙였다. 손에 들고 있는 아사미 특제 음료가 예쁜 하늘 빛깔로 찰랑거린다.

그럴 수밖에. 저 녀석 지금 필사적이거든요.

'금이 가기 시작한 자신의 껍질이 부서질까 봐.'

어느 순간부턴가 조금씩 달라지고 있는 자신을 나로 인해 발견하게 됐겠지. 모든 일의 시작은 지난번 강당에서 처음 만났을 때부터, 아니, 더 정확하게 말하자면 장혜영 여사와 우리들을 만나면서부터였겠지만.

아까 첫 공연을 끝마치고 털보 마담이 나타나기 직전에 제이의 얼굴에 스치고 지나갔던 알 수 없는 충격과 불안을 제후는 놓치지 않았었다. 제후는 다시 정신을 〈시티 오브 조이〉를 사로잡고 있는 정적 속에 흐르는 제이의 선율에 집중하였다. 눈을 감았다.

제경의 영혼은 의외로 투명하다.

하얀색이 아니라 무색. 그래서 어떤 색이라도 담아둘 수 있는 빛깔이다. 자유로움을 추구하는.

다채롭고 다양한 색채와 풍부한 재즈 음색에 반해 모두들 어울리지 않게 얼굴을 붉히고 말았던 첫 공연과 비교하자면 지금은 「접근 금지」를 내건 열정 속에 도사리는 차가운 시선. 장혜영 여사의 달빛 공연 때와 같은 느낌.

음이라는 소리에 자신의 감정으로 때마다 새로운 색을 입혀 그것에 사람들이 강한 영향을 받게 한다. 거친 인부들의 감성까지도 송두리째 뒤흔드는 이 이채로운 힘의 무게는 정말 경이롭다.

"저 자식, 이제 보니 장 여사와 맞먹을 만한 놈이었잖아."

민제후의 가슴에 장혜영에 의해 심어졌던 새로운 힘에 대한 갈망이 작은 새싹에서 한층 더 자라났다. 하지만 지금은 그보다 앞선 또 다른 복잡한 문제가 눈앞에 던져진 것 같다. 누군가에 의해 끌려가는 느낌은 정말이지… 더럽다.

'하~ 그럼 앞으로 어떻게 해야 되나?'

난 정의의 용사가 아니야. 마음씨가 너무너무 착해 어려움에 빠진 사람을 보면 도와주지 않고는 온몸에 두드러기가 나는 절대무적 무협지 주인공도 아니고. 그래, 복잡한 건 딱 질색이야. 그렇다면… 무시해

주지! 내가 왜 싫다는 녀석 인생에 관여하려 들겠어? 나 혼자 살아가는 데만도 바쁘고 할 일이 넘쳤는데.

"좋아, 강제경. 네 소원대로 해준다. 무시해 주지! 무시할 거다!"

그리고 누구나 스스로 감당해야 할 무게가 있는 법이다.

그렇게 제후가 씁쓸히 웃으며 결정을 내리자 그 순간, 제이의 연주도 끝났다.

그러나 박수 소리 대신 자리 잡은 적막감.

연주가 끝나고 공중을 떠돌던 마지막 음도 오래전에 공기 속에 녹아 들어 사라졌는데 아직까지 떠날 줄 모르는 무거운 침묵이라니.

다들 넋이 나가거나 숨도 제대로 쉬지 못하고 얼어붙은 상태였다. 물론 한쪽에서 그런 그들을 쿡쿡 찌르며 장난치는 웃기는 녀석도 있긴 했지만. 한 번도 천재의 진짜 소리를 들어본 적 없었던 순박한 관객들은 투박한 만큼 순수한 감성이 제이의 극단적인 감정에 쉽게 동화되어 버렸던 모양이다.

쨍그랑!

주춤거리던 누군가에 의해 흔들린 유리잔이 바닥으로 떨어졌다. 그리고 마침내 그 소리가 기폭제가 되어 사람들의 함성을 끌어냈다.

"와아아아아—!"

"세, 세상에!"

"제이! 너 어쩌면 이럴 수가!"

순식간에 〈시티 오브 조이〉가 함성으로 가득 찼다. 진한 화장과 싸구려 향수 냄새가 밴 여인들 중에는 제이의 시린 감성에 눈물을 그렁그렁하게 담은 이도 많았다. 가까운 이들은 제이에게 달려가 끌어안고 울고 웃으며 어깨를 두드려 대고 있었다.

"대, 대단해! 하하, 이런! 이렇게 우릴 한 방 먹이다니. 저 녀석."

이마를 치며 탄성을 가득 머금은 아사미의 음성 뒤로 제후와 제이의 두 눈이 마주쳤다.

오늘 벌써 몇 번째로 맞부딪치는 정면충돌인지. 쿡쿡.

사람들 속에 파묻혀 있으면서도 경계 어린 시선을 제후에게 고정시킨 제경의 얼굴은 마치 고집쟁이 어린아이 같다. 제후는 그 모습에 천진난만하게 활짝 웃으며 손을 흔들어주었다. 그러자 제이의 미간이 찌푸려진다. 그리고 그런 제후의 눈에 제이가 막 입을 열고 뭐라 말하려 할 그때였다.

"제이!"

마담 말리에가 무지막지한 체격으로 제이를 덮치고 있었다.

"으아아악!"

윽! 산적처럼 삐죽삐죽 솟은 저 뻣뻣한 수염으로 부비부비 공격이라니. 생각만 해도 끔찍하다. 장혜영 여사 공격은 저것에 비하면 애교구나, 애교. 강제경, 삼가 조의를 표한다.

"으으으~! 이.쁜.것! 귀.여.운.것! 넌 천재야, 제이!"

"우아악! 이것 놔!"

혹시 진짜 부자지간이 아닐까? 그게 아니라면 정말 심각한데. 저런 걸 뭐라고 부르더라. 원조 교제? 로리콤?

"저리 비키랬잖아!"

뻐억!

"으악!"

매저키스트였군.

제후는 제경에게 맞고 기절하면서도 배실배실 웃고 있던 마담 말리에를 보며 결론을 내렸다.

그나저나 제이 저 녀석도 한주먹 하는가 보다. 아하하하.

*   *   *

정돈이 잘된 어느 고급 주택가.

단독 주택들이 늘어서 있고 보통 동네처럼 똑같이 일정 구에 속하며 동으로 나뉘어져 있는, 번지를 받은 주택들임은 틀림없지만 이곳은 외관부터 다른 동네다. 집과 집 사이의 거리가 다른 동네에 비해 몇 배나 멀고 담장은 사람 키의 두 배 이상 높아 성벽 같기만 하다. 그리고 각 집집마다 설치되어 있는 CCTV는 출입하는 사람들을 살피며 강한 경계를 하니 저택이라고 부를 규모는 아니지만 역시 보통 사람들이 사는 동네는 아닌 게 확실하다.

'그래도 이 정도면 민제후가 사는 성전 총수 사택에 비해 아담하고 평범한 거지.'

활짝 열린 창문으로 창밖의 풍경을 내다보던 한 남학생이 냉막한 얼굴로 피식 웃고는 책상 위의 노트북으로 시선을 돌렸다.

노트북 화면 위에 여러 장으로 겹쳐 뜬 여러 수치의 각종 그래프들이 보였다. 한국과 미국, 일본 등 세계 주요 국가의 주가와 선물 시세, 환율 따위를 나타내는 분석 자료들.

만약 그쪽 방면의 관련 인사들이 본다면 그 정확한 분석력과 세계 경제의 미래를 냉철히 바라보는 분석자의 뛰어난 안목에 혀를 내둘렀을 내용들이었지만 푸르스름한 검은 머리의 소년은 장난치듯 가볍게 손을 놀리고 있을 뿐이었다.

어차피 그것은 그에겐 심심풀이 장난으로 하는 퍼즐 게임일 뿐이었다. 일주일 뒤에는 이렇게, 한 달 뒤엔 그렇게, 일 년 뒤에는 저렇게 될 것이다! 라고 예측하면 맞아 떨어지는 재미. 물론 그 퍼즐 게임으로 열

여섯이라는 나이로는 그 누구도 예측하지 못할 만큼의 액수를 집안 식구들조차 알지 못하게 벌어들이기도 했다. 하지만 이제는 그것들도 시시하고 재미가 없었다.

이리저리 건성으로 손가락을 달각거리다가 그가 턱을 괴고 화면을 초점없이 바라보자 오늘 오후에 학교에서 있었던 일들이 떠올랐다. 그러자 처음으로 진짜 미소를 짓는 소년.

작은 체격, 푸른빛으로 바람에 살랑거리는 검은 머리칼, 그리고 예리한 푸른 눈매.

그 소년을 즐겁게 하는 사건이 무엇인지 궁금하다.

똑똑—

그때 그 방에 누군가 입장을 알리는 신호를 보내왔다.

"네."

소년은 노크 소리에 노트북을 닫고 옆에 놓여 있던 두꺼운 뿔테 안경을 쓰며 대답했다.

"나다, 세진아. 자고 있었니?"

"아, 형님이시군요. 들어오세요. 그런데 무슨 일이시죠?"

유세진이 문을 열고 들어온 그의 형을 어린아이 같은 미소를 지으며 대했다. 그 미소가 대외용으로 가면의 일부라는 걸 모르는 세진의 형은 세진을 철없는 동생으로 쳐다보고 있었다.

"뭐, 꼭 일이 있어서라기보다… 그보다 너무 조용해서 자는 줄 알았다."

"제가 이 시간에 벌써 자고 있을 리가 없잖습니까?"

"음, 그래. 아직도 밤에 채팅하며 노는 거냐?"

"네. 그 친구는 미국에 사니까요."

세진이 천진난만하게 생긋 웃으며 대답했다. 밤은 그가 퍼즐 게임을 하는 시간이라 매우 늦은 시간까지 안 자는 것이지만 그런 걸 일부러 이런 인간에게 알려줄 생각 따윈 눈곱만치도 없는 세진이었다.

열 살 이상의 나이 차이가 나는 형. 이 사람이 세 번째 형이라는 사람이니 첫째와 둘째 형은 훨씬 더 많은 나이 차가 있다. 세진에게 이미 동갑내기 조카가 둘이나 있다고 한다면 이해가 쉽게 될는지.

그리고 그 형님들은 지금 다들 사회에서 제각기 중요한 위치에 있는 사람들이다. 맨 위의 두 명의 형이라는 사람들은 국가 정보부에서 일하는 사람들이고 이 세 번째 형님은 성전그룹에서 일하고 있다. 물론 성전그룹이 각종 계열사로 각 분야에 뻗어 있어 한국의 수많은 샐러리맨들이 성전그룹에서 일하고 있지만 이 사람은 뛰어난 머리와 처세로 성전그룹 본사 요직이라는 이사실에서 한자리를 차지하고 있었다.

'장태현이라는 사람의 보좌관이었지 아마?'

"그래도 너무 늦게까지 놀지 말고 공부도 하렴. 네가 특고에 2년이나 월반해서 들어간 걸 자랑스럽게 생각하고 계신 아버님과 식구들 생각을 해야 한다."

"네, 걱정하지 마세요. 열심히 하고 있습니다."

세진이 다시 천사의 미소를 지으며 말했다.

하지만 웃기지도 않았다. 그런 뛰어난 점이라도 없었다면 받아주지도 않았을 집안 사람들이 살갑게 위하는 척 위선을 떠는 꼴이라니. 일 년에 얼굴 몇 번 보지도 못하는 아버지와 형님들에게 무슨 정이 있다고 생각을 하란 말인가. 더군다나 이 능글맞은 세 번째 형님은 자신에게 뭔가 원하는 것이 있어서 찾아왔을 터였다. 아, 그건 피장파장인가? 나도 어차피 철저하게 이 집안을 이용하며 살아줄 것이다.

'사설이 길군.'

본론을 말하지 않고 형들에게까지 깍듯한 존댓말을 쓰니 어색하지 않느냐, 편하게 대하라는 등의 주변을 겉도는 이야기만 계속하자 세진이 마음속 얼굴을 살짝 찌푸리며 먼저 말을 꺼냈다.

"학교 일은 걱정하지 마세요. 잘하고 있으니까요. 얼마 전 저희 클래스로 편입된 민제후라는 학생 때문에 오늘 좀 시끄럽긴 했지만."

"응?"

역시, 알고 싶은 건 민제후에 대한 정보였군.

세진은 슬쩍 떠본 말에 형이 민감하게 반응하자 그가 눈치 채지 않게 살짝 입꼬리를 올리며 비웃어줬다. 그의 형의 위치라면 아무리 성전그룹 내에서 쉬쉬 하더라도 신임 총수의 정체가 민제후라는 것을 알고 있을 거라 생각했다. 장태현 이사라는 사람은 성전그룹 차기 회장으로 손꼽히던 실세였고, 그런 사람의 최측근이 바로 그니까. 그리고 역시나 그는 세진의 예상대로 알고 있었다.

"음, 그 새로 들어온 학생이 말썽 피우는 거니?"

"아, 그런 건 아니구요. 오늘 좀 안 좋은 사건이 있었는데 그것에 연류되었었죠. 하지만 지금은 오해라는 것이 밝혀졌어요."

정말 재미있었죠. 도난 사건의 도둑으로 몰려 새하얗게 질렸던 그 얼굴이라니. 쿡쿡쿡.

"그래… 그 남자애 주변에 다른 일은 없고?"

"왜 그런 걸 물어보시죠?"

"그냥 네가 곤란하지 않을까 해서라고 해두마."

"그런가요?"

"그래."

유진한. 유세진의 셋째 형님의 이름이다. 똑똑하고 처세에 밝은 사람이긴 하지만 지나치게 사리를 따지고 대범한 면이 없어 세진은 그를 별로 중요하지 않은 인물로 분류해 두었었다.

'그런데 보류해 두어야겠군. 누구든 민제후에게 관심을 갖는다면 이야기가 달라지겠지?'

세진은 두터운 안경 너머로 차가운 눈을 감추고 다시 철없는 막내동생의 모습으로 생긋 웃으며 말했다.

"괜찮습니다, 형님. 그 편입생은 그리 말썽을 일으키는 타입은 아니에요. 다만 제가 학급위원으로서 그 애가 너무 소심해 가까운 친구가 없는 것 같아 걱정이긴 하지만 말입니다."

"그래, 그렇다면 다행이지만."

"아참! 저 이제 미국의 채팅 친구랑 만나기로 한 시간이에요."

네. 이제 금방 11시란 말입니다. 뉴욕 증시 개장 시간이라구요. 그러니까 이제 그만 꺼져 주시겠습니까?

세진이 싸늘한 마음과는 다르게 천진하고 예의 바른 미소를 짓자 아직 만족스러울 만큼의 정보를 얻지 못한 유진한도 더 이상 말을 붙이지 못하고 물러서야 했다.

"아, 그래. 내가 네 시간을 너무 많은 뺏은 것 같구나."

"아닙니다."

"그리고 나중에 중요한 일이 있거든 언제든 와서 상의하도록 해라. 알겠니?"

날 이용하고 싶습니까? 겨우 당신 주제에?

갑자기 친절한 척하는 모습이 꼴 같지 않다. 하지만 여기에서는 언제나와 같이 착하고 순진한 모범생 막내가 되어야 한다.

"네, 알겠습니다. 그럼 안녕히 주무세요."

세진은 그의 형을 배웅하고 문을 닫자 천천히 창가로 다가가 답답한 안경을 벗어 헐렁하게 입은 셔츠 주머니에 꽂아넣었다. 활짝 열린 창문으로 여름을 향해 가는 늦봄의 따뜻한 솔바람이 스며 들어왔다. 소년의 푸른 머리칼을 어루만져 주는 바람이 너무나 다정하다.

"무슨 재미있는 큰일이 벌어지고 있는 모양이야. 기대되는데. 후후후."

창밖으로 올려다본 밤하늘의 별은 보석이 박힌 듯 아름다웠다.

*   *   *

세진이 창밖을 내다보고 있는 그 시점, 밤은 그 시각에도 점점 더 깊어가고 있었다. 다이아몬드가 박힌 검은 융단 같은 밤하늘. 그것에서 내려다본 인천항의 풍경은 여러 가지 표정을 가지고 있었다. 한국에서도 손꼽히는 주요 도시답게 화려한 야경과 빛무리를 품고 있는 모습에서부터 검푸른 파도가 밀려오는 초라한 해안가와 지저분한 뒷골목까지.

어느 곳에서나 빛과 어둠이 공존하지만 인천이란 도시는 아주 오랜 시간을 한국의 역사와 함께 하였기 때문에 그 골이 더 깊어 보인다.

부우우웅—

어디선가 뱃고동 소리가 들려왔다.

"아사미, 마담은 좀 어때요?"

희미하게 들려오는 파도 소리와 바다의 짠내음도 거친 손님들의 와자지껄한 웃음소리와 싸구려 알코올 냄새에 묻힌 곳. 기분 좋은 흥청망청에 물들어 있는 〈시티 오브 조이〉에서 제후가 묻고 있었다.

제이의 손이 새하얗고 섬세해서 연약할 줄 알았었는데 그 녀석의 주먹 한 방에 나가떨어진 우락부락한 털보 마담은 아직도 헤롱대며 정신을 못 차리고 있었던 것이다. 하긴, 잘 생각해 보면 이해할 수 없는 일은 아니다. 연약한 손가락에 엄청난 열정과 과격함도 담아내는 인간들이 피아니스트들이 아닌가. 당연하다면 당연하다고 생각할 수 있는 일이다. 장혜영 여사만 해도 여자인 그녀의 손힘에 전생의 완력을 그대로 가지고 있는 제후조차 힘겨워했었으니까.

"아, 괜찮아, 괜찮아. 주방 뒷방에 눕혀놓고 왔으니까 언젠가 정신차리겠지. 하루 이틀 일도 아닌데 뭘. 하하하하!"

그럼 이런 일도 매번이유?

제후가 그 대답에 바에서 칵테일을 만들며 웃는 청년 아사미를 향해서 어쩔 수 없이 마주 보며 어색하게 웃어줬다. 정말 생각할수록 웃기는 동네다.

그때였다.

꽝―!

"그래서 내가 말이지, 그 자식 면상에 이렇게 주먹을 콱 꼬질러 주니께… 킬킬킬. 웃기는 자식. 이렇게 빌빌거리며 질질 짜며 우는데. 캬~ 너희들이 그걸 봤어야 했다."

"뭐어! 정말? 그 꼬장꼬장한 철봉이가? 크캬캬캬캬~"

요란한 등장이네?

제후는 입구를 거만하게 발로 차며 들어오는 몇 명의 시끄러운 무리를 찌푸리며 쳐다보았다. 반들거리는 재질의 삐끼 복장에, 오즈의 마법사에 나오는 마녀의 구두 같은 것을 신고서 있는 폼 없는 폼 다 재며 건들거리는 청년들. 게다가 일행을 이끌고 있는 녀석은 배가 출렁거릴 듯 뚱뚱한 체격이라 그런 옷차림의 모습은 아주 코미디였다. 아니, 청년들이라고 하기에는 좀 이른 것 같기도 하다. 니물거리는 건달기가 묻어 있지만 자세히 보니 아무리 많이 봐줘도 이제 막 고등학교를 졸업한 어린애들인 듯싶다.

"아니, 저놈들이 또! 문이 아주 부서지겠군, 부서지겠어. 으이구~"

"아사미, 아는 애들이에요?"

제후가 새로 만든 예쁜 색의 칵테일을 야스런 미소를 짓는 진한 화장의 여인에게 건네는 아사미 총각에게 물었다.

영업용 스마일을 뿌려대는 사토우 아사미 상. 아무리 영업용이라고 하지만 저런 멋진 청년에게 저런 미소를 받게 된다면 반해 버릴 것이다. 저것 봐. 저 여자도 결국 얼굴을 붉히고 말았잖아. 반응이 바로바로 오는군. 아마도 〈시티 오브 조이〉의 매상의 반 이상은 저런 밤의 여인들이 올려주는 것이 아닐까?

쯧쯧. 아사미 군, 멀쩡히 잘 살고 있는 여자들 마음을 뺏는 것도 범죄라네. 그리고 아가씨, 손에 든 담배가 재만 남았수.

"최근 여기 가끔 오는 애들인데 자기들이 대단한 존재인 줄 아는 철없는 것들이지. 아마도 조폭 같은 게 되는 것이 가장 큰 꿈인 듯싶다만, 멍청한 것들, 무시하는지 모르고 다들 지들이 무서워서 가만히 있는 줄 알아요. 하긴 쟤들 뒤에 무시 못할 빽이 있긴 있다고 하더라. 그러니 저렇게 활개 치고 다니는 것이겠지."

"아~ 그런 거였군요?"

제후는 혀를 차며 다시 맡은 일에 충실한 아사미를 보고 생긋 웃었다.

확실히 처음 요란한 등장 때완 달리 사람들은 다시 자신들 일행과 웃고 떠들며 마시기 바쁘다. 정말 완전히 무시하는 분위기. 철없는 애들 상대하기가 흥도 안 난다는 모습이다. 하기사 이곳에서 술을 즐기는 손님들 그 누구도 세상 무서운 줄 모르고 설치는 애들에게 정색을 하고 달려들 만큼 약한 인간은 하나도 없으니까. 다들 강한 바다 사나이들이잖아.

그런데 조폭이 꿈이라구? 이거 요즘 방송에서 애들 많이 버리는 것 같다. 전직이기도 해서 충고하건대 조폭이라는 것은 별로 좋은 직업은 아니다. TV나 영화에서 영웅처럼 멋있게 싸우는 모습이나 화려한 생활을 주로 보여줘서 동경하게 된 모양이지만, 정말 그거 하겠다는 놈 있으면 도시락 싸들고 다니면서 말려야 한다. 수렁에 한번 빠지면 발을 빼기 어려운 법이니. 그리고 무엇보다 그 직업이라는 게 매우 위험하고… 떳떳하지 못하다.

'뭐, 내가 그런 말 할 처지는 아닌가? 나도 솔직히 그 사건 전까진 내가 떳떳하면 상관없는 줄 착각하고 다녔으니까.'

씁쓸하다.

"아! 그런데 아사미, 제경, 아니, 제이는 어디 갔어요? 아까부터 안 보이네?"

제후가 문득 눈에 안 띄는 제이를 생각해 내고 물었다. 제이의 인생에 끼어들 생각은 없지만 그래도 같은 학교 친구고 여기에 같이 왔으니 무사히 데리고 돌아가야 한다는 의무감이 들었던 것이다. 어쨌든 그 녀석은 나와 다르게 미성년자니까.

아참! 지금은 나도 미성년이지! 이그~ 이놈의 정신머리하고는.

"제이는 저기……."

에?

"닥쳐! 씹새끼!"

또 멍하니 혼자만의 망상에 빠져 있다가 날 어이없다는 얼굴로 쳐다보는 아사미가 가리키는 손가락 끝을 따라갔다. 그리고 그 손끝으로 긴 선을 그리며 고개를 돌리는 도중에 들려오는 고상하지 않은 표준어.

어? 제이 저기에 있었네? 그런데 저 친구들은 누군데 저렇게 다정하게 제이와 포즈를 잡고 있을까? 뚱보의 피둥피둥한 손이 제이의 목 아래에 있는 옷깃을 잡아채 위로 들어 올리는 포즈는… 아하! 저걸 보고

'멱살을 잡았다' 라고 하는 것이다. 멱살을 잡았……?

"어?!"

제후가 약간 놀라 고개를 들었다.

또 무슨 일이야? 오늘은 이제 이쯤에서 조용히 마무리 짓자구. 오늘 이것저것 요란한 사건들도 많았는데 피곤하지 않냐? 그런데 어째… 분위기가 조금 다르다?

제후는 곧 그 아이들의 모습이 전혀 생판 모르는 사람들이 시비가 붙은 형태가 아님을 알고 호기심 어린 눈을 반짝였다.

제이의 멱살을 잡고 있는 뚱보는 그들 일행들에 둘러싸여 능글거리는 얼굴을 씩씩거리며 붉히고 있고, 제이는 멱살이 붙잡혀 있음에도 얼굴을 가린 앞머리 아래의 입가에 비웃음을 걸고 있었다. 어떤 형국인지 잘 알 수 없어 고개를 갸우뚱하고 있었지만 언제나와 같이 그 궁금증은 금방 풀렸다. 사람들은 싸울 때면 미주알고주알 설명하면서 하기 때문이라고 심오한 고찰의 결론을 내리는 제후였다.

"뭐? 다시 한 번 말해 달라고? 좋지."

잘못하면 한 대 맞게 생겼는데 저렇게 여유롭게 약을 올리며 말하다니. 제이 녀석, 담도 참 크다. 저 비계 덩어리가 그리 강해 보이지는 않지만 그래도 주먹은 상당히 커서 위협적인데 말이야.

"물에 불은 돼지고기."

헉! 녀석, 저렇게 콕 집어 말하다니.

"아아, 오늘은 좀 달리 불러줘야 할 것 같군. 몇 년 만에 만났더니 업그레이드 됐네. '비닐 포장 신선육' 은 어때?"

'무서운 놈.'

정말 무서운 관찰력이었다.

제후는 반들거리는 녹색 비닐 재킷을 입은 뚱보를 바라보며 혀를 찼다. 제이의 독설이 하늘을 찌르는 와중에 말발로 안 되니 얼굴이 시한 폭탄처럼 벌겋게 되어 부들부들 떨고 있는 꼴이 동정이 갔다. 자기 딴에는 신세대 패션으로 입은 것일 텐데 좀 안됐다.

제이 녀석, 아무리 그래도 그렇게까지 말할 필요는… 하지만 정말 그 표현은 '안성맞춤' 이다. 캬하하하~

"시끄러, 새끼! 더러운 창녀 아들 주제에 어디에서 나불거리는 거야!"

'응?'

순식간에 제이의 분위기가 싸늘해졌다.

창녀의 아들? 저 뚱보가 지금 그렇게 말한 것 맞지?

제이가 창녀의 아들이라는 소리에 웃음기가 사라진 채 굳어지자 그제야 뚱보가 의기양양해져서 그의 패거리들과 킬킬거리고 있었다.

"몇 년 전에 동네에서 소리소문없이 사라졌다 싶었더니 이런 곳에 짱박혀 있었냐? 갈 데가 없으면 지역 유지의 아들인 나라도 찾아오지 그랬어. 이런 곳에서 술 팔 거면 차라리 날 찾아오는 게 더 나았을 텐데. 그럼 별로 할 일도 없고 편하잖아. 내 구두를 핥거나 내 가랭이 사이로 기기만 하면 됐을 것을. 쯧쯧."

"킬킬킬."

뚱보가 동정이 간다는 얼굴로 가식적인 슬픈 표정을 어눌하게 지으며 말하자 그와 같이 들어온 두 명의 아이들이 지들끼리 등을 치며 키득거린다. 제이의 표정이 더욱더 차갑게 굳어지고 있었다.

"…아니야."

"뭐?"

"우리 엄만 창녀 따위가 아니었다구, 이 병신들아!"

퍽!

"윽! 이 새끼가!"

제이가 붙잡혀 있는 와중에 주먹을 그 뚱보의 배로 찔러넣는 것이 보였다. 하지만 출렁출렁한 물살이 늘어져 있는 배가 제이의 주먹에 큰 충격을 받았을 리 만무하다. 예상대로 뚱보는 얼굴을 조금 찡그리며 제이를 붙잡고 있는 팔을 휘둘러 제이를 멀리 날려 버렸다. 그래도 생각보다 상당히 강한 제이의 주먹에 놀라 당황해 씩씩거리는 뚱보의 얼굴.

테이블 위로 떨어진 제이 덕에 그 주위에 있는 의자와 식탁이 부서지고 넘어지며 아수라장이 되었다. 여자들이 꺅꺅거리며 지르는 소리가 싸움 구경이 났다는 신호탄 같았다.

"그 딴 년이 창녀가 아니면 어떤 년이 창녀야, 새끼야? 엉?"

"으… 씨… 팔."

바닥에 뒹굴며 욕설을 내뱉는 제이의 모습이 보였다. 누구를 향해서 하는 욕설인지 알 수가 없다. 뚱보에게 쏟아 붓는 욕인지 자기 자신에게 쏟아 붓는 울분인지.

뚱보와 함께 들어왔던 패거리들은 제이에게 달려들어 움직이지 못하게 붙잡아 억지로 일으켜 세운다.

"큭큭큭, 오랜만에 고향 친구를 만나서 반가워 회포를 풀려고 했구만 너무 매정한 거 아니야, 언니? 자, 나한테만 솔직히 불어봐. 너도 네 엄마처럼 사내놈들한테 몸 팔았지?"

뚱보가 니글거리는 말투로 마치 다방 레지를 부르듯 제이를 모욕하며 제이의 얼굴과 손을 더듬고 있었다. 구역질이 날 것만 같은 행동들. 제이가 그 말에 축 늘어져 있던 고개를 갑자기 번쩍 들고 증오로 가득 찬 눈으로 쏘아보았다.

"네가 시범조로 딴 새끼랑 그 짓 하는 걸 보여주면 생각해 보지."

날카로운 제이의 독설에 다시 얼굴이 벌게지는 뚱보였다.

짝!

"크윽!"

뚱보의 손뚜껑만한 손바닥에 제이의 얼굴이 휙 돌아갔다. 천천히 제자리를 찾는 제이의 얼굴을 보니 한쪽 뺨이 부어 있고 입술이 터져 피가 흐르고 있다. 그러나 여전히 비웃음과 증오로 가득 찬 눈만큼은 별처럼 반짝인다.

"애정 표현이 정말 약해졌군. 세월 탓인가? 이제 창녀 아들하고 공부니, 피아노니 하나부터 열까지 비교당하던 열등감이 사라진 거야? 쿡쿡쿡."

"재수없는 새끼. 흥! 조금 후에도 그런 소리가 나오는지 한번 두고 보자."

"……!"

제이의 눈동자가 커다래졌다. 뚱보가 손에 들고 있는 것은 맥주병과 라이타. 문제는 맥주병은 아까의 충격으로 흉기만큼 날카롭게 깨져 있는 채였고, 라이타는 제이의 손끝을 태워 버릴 듯 소년의 손 주위에서 일렁거렸다.

피아노를 공부하는 사람에게 가장 소중한 것이 있다면 그건 바로 '손'일 것이다. 그 뚱보 자식은 제이가 성전으로 스카웃되기 이전에 알던 사이고 지금까지의 행동으로 보아하니 제이가 본격적으로 피아노를 공부하는 촉망받는 신예 피아니스트라는 것을 모르는 모양이지만, 예전의 그의 기억에도 제이에게 가장 중요한 것 중의 하나가 손이라는 것을 눈치 채고 있었던 것 같다.

그리고 제이의 겁에 질린 반항이 거세지고 있었다.

"이, 이거 놔아!"

"킥킥킥, 내가 오늘 네 자식 손가락 바짝바짝 타 들어가는 꼴을 보고야 만다."

"미친 새끼!"

"흥! 더 떠들어봐. 우리 집안이 어떤 곳인 줄 알아? 여기에 네 자식 도와주려고 목숨 걸려는 놈은 없어. 괜히 나섰다가 쥐도 새도 모르는 새에 없애줄 수 있다고. 알았냐, 더러운 창녀의 아들?"

그렇게 뚱보와 그 무리들이 전형적인 악당의 대사를 주절거리며 폼을 잡고 있을 그때였다.

"아~ 짱나 죽겠네."

어디선가 들려온 맑은 미성.

그것에 뚱보 일행이 험악한 표정으로 고개를 돌렸다. 목소리 자체는 맑고 예쁘다는 느낌까지 들었지만 그 어감이라는 것은 그들에게 상당히 거슬리는 것이었다. 뚱보는 누군지 모르지만 잡히면 반 죽여놓겠다는 일념으로 그 목소리의 주인을 찾아 두리번거렸다. 그러자 그가 시선을 지나쳤던 곳에서 또다시 그 목소리가 들려왔다.

"뭘 그렇게 두리번거리냐? 나 찾는 거 아냐?"

뚱보가 소리의 방향으로 시선을 돌리니 교복 차림의 한 소년이 빙글거리며 거만하게 서 있는 것이 보였다.

유명 사립 학교 교복인 듯싶은 고급스런 차림과 귀티나는 단정한 얼굴, 칵테일바 바로 위에서 비추는 조명에 금빛으로 반짝이는 금발에 가까운 머리칼.

의외의 인물이다. 뚱보가 생각하기에는 자신을 정의의 사도로 착각하는 골빈 놈팽이거나 힘깨나 쓰는 인물일 줄 알았더니 이런 곳에서 볼 수 있을 거라 생각지 않았던 타입의 인물이 서 있는 것이 아닌가.

어쨌든 뚱보는 그 소년의 모든 것이 바라보는 순간 거슬렸다.

자신은 그 누구보다 대단한 집안의 아들로서 무엇 하나 부러울 것이 없고 잘난 존재이다. 자기 자신이 제일 잘나고 멋있다. 그래야 한다. 그런데 저 계집애처럼 곱상하게 생긴 노랑 머리 자식과 비교하자 자신의 귀티가 한없이 초라해지는 것 같았다. 외관도 그렇지만 풍기는 분위기까지. 상대방은 첫눈에도 진짜 국가 공인 도련님 이미지. 계집애들이 간지럽게 말하는 '왕자님'이라고나 할까?

처음부터 비교하려 생각한 건 아닌데 자연히 하나부터 열까지 비교가 되었다. 정말로 더럽게 꼴리는 기분. 이런 기분은 3년 전, 강제경이라는 저 재수없는 자식과 만났을 때와 비슷하다고 생각되니 욕이 저절로 튀어나왔다. 그리고 무엇보다 제일 뒤틀리는 건 전혀 겁을 먹고 있지 않은 상대의 여유있는 눈동자였다.

'저 새끼도 기필코 밟아주고 말겠어.'

뚱보가 입술을 비틀며 비릿하게 웃었다.

그러나 제후도 그런 뚱보를 바라보며 피식 웃고는 유쾌한 목소리로 말한다.

"짜증난다는 소리를 요새 애들은 이렇게 얘길 하더구만. 맞냐, 꼬맹이아?"

"뭐? 이 시끼가!"

뚱보 패거리들이 붙잡고 있던 제이를 내팽개치고 금방이라도 달려들듯 제후 근처로 몰려들었다. 바닥에 쓰러지는 제이를 가까이에 있던 사람들이 달려와 부축했다. 그리고 그 잠깐의 순간, 민제후의 눈이 제이를 스치면서 불꽃이 번쩍였다고 생각됐지만 다시 뚱보를 바라보는 눈은 차가울 정도로 고요해서 다들 잘못 본 것이라고 생각되었다.

"와아~ 라이타 좋다. 나도 라이타 좋은 거 많이 봤는데."

여전히 긴장감 없는 제후의 목소리.

뚱보 일행뿐 아니라 주변에 싸움 구경을 하기 위해 몰렸던 사람들조차 어이없다는 표정들이었다. 그러나 제후는 여전히 유쾌한 얼굴로 빙글빙글 웃으며 이야기를 하기 바쁘다. 손짓까지 섞어서 이야기하는 폼이 그의 눈 속에 분노로 이글거리는 빛을 눈치 채지 못한다면 정말 기분이 좋아 떠드는 모양새.

"그 라이타는 특이하게 이렇게 길어가지고 얼핏 보면 꼭 긴 칼이나 쇠꼬챙이처럼 생겼어. 그 끝을 이렇게 누르면 쇠막대 끝에서 불이 탁 하고 켜지는데… 진짜 재미있다구. 3층 케익에 초 불 붙일 때 쓰는 거라고 하던데. 그런데 내가 그 라이타를 이용해서 사람도 구했다는 거 아니냐. 후후후. 라이타 하나로 사람을 구했으니 역사에 길이 남는 물건이란 말이야. 그런데 요즘은 그걸로 예식장에서 신랑신부 어머니들이 초에 불도 붙인다더라. 다용도라니까, 다용도."

"뭐야, 이건? 야, 새끼야. 너, 우릴 화나게 하면 어찌 되는 줄 알어?"

"아하하, 참나. 내가 뭘 어쨌다고 이러는지 모르겠네. 그냥 대화나 좀 하자고 한 건데. 요즘 애들이란. 쯧."

"뭐야?"

'좋았어!'

제후가 얼굴을 울그락불그락해서 금방이라도 달려들 것 같은 멍청이 패거리를 바라보고 마음속으로 빙고를 외치며 재빨리 자세를 잡았다.

남의 인생사에 끼어드는 짓은 절대 안 하겠다고 다짐했지만 그가 고아로 자랐던 기억이 있어서인지 역시 부모 일을 가지고 걸고 넘어지는 짓은 용납할 수 없다. 예전엔 장태현 이사가 성전그룹 회의실에서 원판을 가리키며 아비, 어미가 어쩌구라는 말을 하는 걸 듣고 문짝도 날려 버린 전적도 있지 않은가. 누구든 간에 본인이 아닌 부모를 욕 보이는 짓은 그냥 넘어갈 수가 없었다.

'흥! 엉덩이에 뿔나 망아지들 같으니. 버르장머리를 고쳐 주지!'

아까 마담에게 칼을 댔던 실수로 신중함을 마음에 새기지 않았다면 제후의 욱하는 성질에 오늘 하루 3번째 칼부림의 대상이 될 뻔한 뚱보 일행이었다. 전직 보스의 주먹에 두들겨 맞는 것도 안 되긴 했지만 어쨌든 피는 보지 않을 테니까.

그런데 막 제후가 분위기를 보다 먼저 치고 들어가려는 때였다.

"민제후, 끼어들지 마!"

"우갸갸갸. 우앗?"

누구야? 하마터면 다리 꼬여 넘어질 뻔했잖아. 우띠~

제후가 갑자기 우렁차게 터져 나온 누군가의 음성에 놀라 고개를 돌렸더니 한쪽 뺨이 붓고 입술이 터져 애처로워 보이는 제이의 얼굴이 눈에 들어왔다. 뺨에는 아사미가 얼음을 대주고 있지만 입술이 터진 건 핏자국 때문인지 더 아파 보인다.

어이, 제이. 근데 손은 괜찮니?

"민제후, 내 인생이야. 내가 경고했지. 그런데 네가 뭔데 끼어들어."

소란통에 흩어진 앞머리 사이로 제이의 눈이 무섭게 빛나고 있었다. 제이의 눈은 제후도 벌써 인정한 터였다. 그런데 그런 눈이 자존심이 상해 파란 불꽃을 튀기며 쏘아보자 등골이 서늘할 지경이다. 제이가 흔들림없이 예리하게 날이 선 목소리로 천천히 읊조렸다.

"왜 너까지 날 비참하게 만들어."

야, 그게 비참한 자식 눈매냐? 잔뜩 야리고 있는 주제에.

독한 놈. 그냥 주변 사람들한테 조금씩 기대고 도움도 좀 받으면 안 되나?

'음, 하긴 한국 사람이 원래 좀 독하지. 그 매운 고추를 고추장에 찍

어 먹는 무시무시한 민족 아니겠어? 쿡쿡쿡.'

제후가 제이의 강한 항변에 자신이 그의 인생에 끼어들지 않겠다고 다짐한 일도 있고 해서 어떻게 할까 조용히 생각에 잠겨 있는 그때, 뚱보 일행들이 자신들을 무시한 채 흘러가는 시간을 용납하지 못하겠다고 테이블을 엎으며 소란을 피우고 있었다. 정말 조용히 넘어갈 기회를 차버리는 불쌍한 인간들이다.

"야, 너희들 지금 날 무시했어? 내가 누군지 알어? 이런 허접한 술집에서 술이나 파는 창녀 아들 주제에 어디에서 이 몸을 무시하는 거야, 앙! 우리 아버진 시의원이야, 시의원! 게다가 우리 집안이 어떤 집인데. 씨팔!"

내가 오늘 저것들 아주 조져 버린다.

뚱보 일행은 정말 행운을 발로 차버리는 불쌍한 인간들임은 틀림없다. 제후는 이런 청년들을 한 사람이라도 개화시켜 올바르게 이끄는 것이 어른 된 도리이며, 이것은 제이의 개인적인 문제가 아닌 전 사회적이고 범국민적인 선도 활동이라고 마음으로 선포하고야 말았다.

제후가 생긋 웃으며 제이와 사람들 쪽으로 돌아섰다.

"어허~ 제이야, 끼어들다니. 난 절대 네 녀석 일에 끼어들 생각 같은 거 없음이다."

"무슨……."

"어이, 잠깐! 너희들, 지금 나한테 시비 거는 거냐?"

제후가 술집 안을 난장판 개판으로 만들고 있는 뚱보 일행들을 향해서 소리쳤다.

"하! 어이가 없어서. 그래, 임마! 시비 건다, 시비 걸어. 그래서 어쩔래?"

"분명히 지금 너희들 나.한.테. 시비 걸고 있는 거다. 이유는 이 어른이 너무나 후덕하게 생기시고 잘나서 질투가 난 나머지 충동적으로 속상한 마음 탓이라고 하자꾸나."

"뭐야?! 이 빌어먹을 새끼가!"

"어이, 제이! 들었지? 얘들은 지금 나하고 볼일이 있는 거야."

화사한 미소를 가득 피우고 있는 얼굴로 제후가 다시 제이 쪽으로 소리쳤다. 아무 일 없었다는 듯이 밝게 웃고 있지만 역시 용서할 기분이 나지 않는 느글거리는 놈들이라 두 눈만은 싸늘하다. 제이도 제후의 그런 얼굴과 방금 전 확인시켜 준 그 말들에 어쩔 수 없다는 표정이 되었다.

"그리고 니들, 나한테 고마워해야 하는데."

또다시 알 수 없는 금빛 머리칼의 소년의 장난 같은 말소리. 무슨 말인지 이해하지 못하는 뚱보 일행이었다. 저런 엉뚱함 때문에 생각처럼 먼저 주먹부터 날리지 못하는지도 모르겠다.

씩씩거리면서도 어리둥절한 표정의 뚱보를 바라보고는 제후가 활짝 웃으며 말했다.

"주위를 좀 살펴보라고."

"어? 어엇?!"

조용히 싸움 구경을 하는 것으로 보였던 술집 안의 손님들이 적대적인 눈으로 그들을 험악하게 주시하고 있다. 지금까지 계속 이런 시선으로 바라보고 있었던가? 일부에선 주먹을 꺾으며 뼈가 어긋나는 소리로 공포 분위기를 내는 장정들도 보인다. 아마도 민제후가 나서지 않았다 한다면 저들이 나서서 제이를 괴롭히는 뚱보 패거리들을 작살내 버렸을 것이라는 예상은 어렵지 않았다.

"어때?"

"이… 씨발. 그렇다구 겁먹을 줄 알아! 내가 누군 줄 알고! 죽어!"

뚱보는 그가 보기엔 한주먹거리도 안 되어 보이는 제후가 빙글빙글 웃으며 염장을 지르자 앞뒤 잴 것도 없이 갑자기 깨진 맥주병을 던져 시야를 가린 뒤, 바로 앞에 놓여 있던 나무 의자를 들어 휘둘렀다. 갑작스런 상황에 사방에서 비명 소리가 작렬했다.

순식간이었으므로 피할 여유가 없었으니 곧 둔탁한 소음이 들리고 저 금발의 기생 오라비 같은 놈은 마루 바닥에 헤딩하며 쓰러질 것이다. 그럼 저 면상에 떠올라 있는 재수없는 웃음기를 가차없는 발길질로 없애주리라. 어차피 어떤 사고를 쳐도 그의 아버지가 다 알아서 해결해 줄 테니 설사 고삐리 한두 명 죽였다고 문제될 것은 없다… 그렇게 생각하는 뚱보였다.

그런데 격탁음이 들려야 할 그 시점에 의자가 '부웅' 하고 바람을 가르는 소리만이 들려왔다. 그리고 의아한 뚱보의 눈에 보인 것은 그 민제후라는 놈이 몸을 뒤로 공중돌기를 하며 피하고 다시 한 번 뛰어올라 칵테일바 위로 가볍게 내려앉는 모습이었다.

타탁!

"으익! 진짜 큰일 날 뻔했잖아. 그런데……."

뚱보의 디룩디룩한 얼굴 속에 묻혀 있는 두 눈이 경악에 물들어 커다래졌다.

어떻게 그 순간 저런 움직임이 나올 수 있지?

사람들의 감탄과 경악 속에 정신없는 뚱보의 귀로 얼음 조각이 뚝뚝 떨어질 것 같은 민제후의 목소리가 들려왔다.

"너… 진짜로 죽일 셈이었어?"

처음 그가 의자를 휘둘렀을 때 여자들이 놀라 지른 비명 소리가 곧이어 민제후에 대한 감탄의 비명 소리로 바뀌었다는 사실은 귀에 들어오지도 않았다. 말문이 막힌 뚱보에 눈에 그나마 짓고 있던 싸늘한 미소조차 지운 연약해 보이는 소년의 얼굴이 비춰지고 있었다. 그렇지만 표정만은 살벌하다.

"도무지 용서할 가치가 안 보이는군."

제후가 차가운 표정으로 교복 마이와 넥타이를 벗어 한쪽에 던지며 칵테일바 위에서 뛰어내렸다.

제3장 개론 (CANON) II

"올바른 선도는 한 사람을 구제하는 것이 아니라 한 나라를 구하는 것이지."

"뭐라 주절거리는 거야!"

뚱보가 둔해 보이는 몸짓으로 흥분해서 길길이 날뛰었다. 잠시 동안이지만 닭 잡을 힘도 없어 보이는 제후에게 주눅 들어 있었다는 것이 자존심 상하는 모양이었다. 저 하얗고 비리비리한 놈이 생각보다 재빠르다는 사실만 인정할 뿐 다른 것은 보이지 않았다.

뚱보는 민제후가 자신보다 아주 조금 더 잘생기고, 아주 조금 더 귀공자 같고, 진짜로 아주아주 조금 더 카리스마적이라는 사실만으로도 살고 싶지 않을 만큼 밟아줘야 한다고 되새기고 있었다. 물론 이 세상 어딜 가도 자기 자신이 제일 잘생기고, 부자고, 인기 좋고, 강한 남자였다. 하지만 정말 아주 근소한 차이로라도 자신의 위치를 위협하는 놈은 살려둘 수 없다는 신념에는 변함이 없었다.

"제기랄. 네가 나와 맞먹을 정도로 좀 생겼다는 건 인정하지만 나한 테 안 돼, 짜샤! 내가 얼마나 완벽한 미남인 줄 알어? 게다가 우리 집은 말이야."

"아아~ 알어알어. 니네 아버지 시의원이고 니네 집 무지 빵빵하다고?"

뚱보는 이상하게 상대의 눈초리에 움츠러드는 자신감에 짜증을 내며 지금껏 자신의 권력 세계를 구축하고 있던 조건들을 일일이 열거했다. 그렇지만 그 말에도 상대는 전혀 놀라거나 겁먹지 않고 어이없다는 얼굴로 피식 웃고는 지겹다는 듯 손가락으로 귓구멍을 후비며 손을 휘젓고 있지 않은가.

'이, 이상하다. 왜 아무 반응이 없는 거야? 씨팔. 저 새긴 촌새끼라 말귀를 못 알아듣는 모양이군. 이쯤에선 벌벌 떨면서 잘못했다고 빌어야 정상인데.'

뚱보는 자기 집안의 힘과 권력을 우습게 보는 듯한 제후에 대해 그렇게 결론을 내리고 있었다.

한편 제후는 욕심으로 누렇게 뜬 두 눈을 디룩디룩 굴리는 그 뚱보를 차갑게 쳐다보고 있었다. 처음에는 어려서 그렇겠거니, 그 다음에는 풍족한 가정에서 사람을 깔보는 환경에서 커서 그랬겠거니 했지만, 마지막에 실제로 자신을 죽일 마음까지 먹은 뚱보를 보고 가만둘 수 없다고 생각하게 되었다. 죽어버리라고 소리치는 뚱보의 눈에 순간적으로 떠오른 것은 진짜 살기(殺氣)였다.

살기. 죽여 버려야겠다는 의지라니. 단순히 자기 마음에 들지 않는다고 사람을 해하겠다는 흉악한 마음은 뒷골목 건달들도 쉽게 갖지 않는 것이다. 도대체 저 녀석 부모는 자식 교육을 어떻게 시킨 건지 그 부모라는 사람들 얼굴 좀 봤으면 싶은 게 솔직한 제후의 마음이었다.

'그런데 다른 사람들은……?'

제후는 차갑게 얼어붙은 눈으로 뚱보 일행들을 향해 걸어가면서 짧은 순간 주변을 둘러보았다. 아까는 잘 몰랐는데 뚱보의 말도 안 되는 잘난 척 대사를 듣고 웃다 보니 주변이 아까와 다른 류의 소란스러움으로 변한 것을 깨달은 탓이었다.

'어라? 뭐야, 저건?'

"맛 좋은 오징어, 땅콩 있어요~"

"자자, 걸어, 걸어. 뚱땡이한테 걸면 승률이 만땅! 그렇지만 저 학생한테 걸었다가 만에 하나 이기면 20배의 뻥튀기! 자~ 걸어, 걸어."

"이번 맞짱은 어떻게 보시고 계시죠?"

"네~ 이렇게 끝이 뻔히 보이는 판은 생전 처음입니다. 체격이나 배경 차이도 엄청나죠. 무모합니다. 하지만 무모하기 때문에 더 흥미진진하죠. 저 학생의 자신감으로 봐선 어떤 히든카드를 가지고 있을지도 모르는 일이니까요."

"네에, 그렇군요. 앞으로의 상황은 계속 지켜봐야 알 수 있다는 말이시군요."

'나참, 어이가 없어서.'

짧은 순간 시선을 돌려 주변을 바라보자 그 많은 사람들이 그들 주위로 공간을 터주고 구경하고 있지 않은가. 마치 권투 경기나 레슬링 경기를 지켜보는 것과 같은 분위기. 여유로운 아저씨들이 사람들 사이를 분주히 왔다 갔다 하는 것을 보아하니 이번 싸움판에 내기도 걸린 모양이었다.

난 오늘 이곳에 처음 온, 안면이 없는 사람이라 이건가? 섭섭하게 아까 제이가 싸움에 휘말릴 때와 이렇게 다르다니. 우~ 넘해.

아니다. 다 좋다. 다 좋은데 거기! 히히덕거리며 내가 지게 될 상황을 미리 예상하면서 떨어질 배당금 계산은 미리 하지 마쇼! 그리고 거기 아사미 군도 이 기회를 노려 팝콘을 유료로 팔지 말란 말예요! 술집에서 팝콘은 서비스잖아요! 그리고 또 거기, 중계 방송도 하지 마!

"이때다! 잡아!"

"어?!"

아차!

제후는 잠시 한눈을 팔다가 갑자기 뒤에서 나타나 자신을 뒤에서 움직이지 못하게 단단히 붙잡는 손들을 느끼고 순간 당황했다. 어느 때부턴가 안 보인다 싶었던 뚱보 패거리들이 군중들 사이로 숨어 있다가 이렇게 갑자기 달려들 줄은 생각도 못했었다. 저 니글거리는 뚱보에게 너무 집중한 탓이리라. 사람들 사이에서 안타까운 비명과 야유가 터져 나오고 있었다.

'전생에 이런 정신 상태로 다녔으면 진작에 골로 갔겠군. 역시 내가 요즘 너무 풀어져 다니는 건가?

하지만 그렇다고 해도 너무 이상하다. 보통 사람들보다 몇 배가 예민한 감각을 지닌 신체였다. 그런데 아무리 다른 데 정신을 팔고 있었다고 해도 이렇게 간단히 잡힌다는 것은… 아직 심각한 정도는 아니지만 마치 깊은 산속에서 핸드폰 전파가 간간이 끊어지는 것처럼 영혼과 육체 간의 접속이 불안전한 이 느낌.

제후가 오늘 벌써 여러 번 느끼는 이상한 감각에 꺼림칙해져 눈앞에 벌어져 있는 싸움보다 다른 것을 더 깊이 생각하자 녹색 비닐 재킷을 입은 뚱보가 출렁이며 다가와 니글거리는 말투로 떠들기 시작했다.

"크큭큭큭. 뭐야, 이거 너무 싱겁게 끝났잖아. 난 또 너무 살기등등하게 나와서 혹시나 하고 쫄았었는데 말이야. 으응~?"

"후후, 그래?"

반항 하나 없이 얌전히 잡혀 있는 제후는 그 말에 웃으며 대꾸해 줬다. 그러나 반항조차 없는 것을 이상하게 생각하지 못한 뚱보는 그 피둥피둥한 손을 들어 제후의 단정한 얼굴선을 느끼하게 쓰다듬는다.

"예쁘게 생겨 가지고 왜 그렇게 건방지지? 응? 안 그러면 내가 예뻐해 줄 수도 있는데 말야. 주제를 잘 알아야지. 어때, 예쁜이?"

"쿡! 너, 진짜 그쪽 취향이냐? 참 고.상.한. 도련님이네?"

"뭐, 뭐얏!"

민제후의 차가운 비꼼에 뚱보가 금세 시뻘겋게 달아올라 씨근거린다. 제후가 그것을 바라보며 북극 바람보다 더 한기가 느껴지는 눈으로 섬뜩한 눈빛을 번쩍였다.

"구역질 나는 그 손 치.워."

그 소리에 뚱보는 씩씩거리다 제후의 얼굴을 제이 때와 똑같이 내려치려는 듯 손바닥을 위로 쳐들었다. 그러나 그 순간, 제후가 자신을 잡고 있는 청년들 쪽으로 몸을 의지하더니 두 발을 번쩍 들어 뚱보의 출렁이는 뱃살을 힘껏 걷어차 줬다. 그러자 그와 함께 뚱보의 배에서 북소리가 요란하게 들리며 비명 소리와 바닥을 굴러 멀리 날아갔다.

"이, 이 씹탱이!"

"너희들도 너희들의 고상한 도련님과 같이 날아봐!"

제후는 뒤에서 붙잡고 있는 청년들 쪽으로 교묘히 몸을 틀어 한쪽 팔을 빼낸 후, 나머지 한쪽 팔과 어깨를 붙잡고 있는 청년 쪽으로 휘돌아 업어 메쳐 날렸다.

"흐이얍!"

"우아아아악!"

우당탕탕탕!

예전에 비리 교사 개차반에게서 배운 기술을 써먹게 되다니, 세상일이란 참 알 수 없다고 자조하며 제후가 재빨리 몸을 돌렸다. 아직 멀었다. 이제 시작일 뿐이었다.

"야, 새끼들아! 니들 뭐야! 저 새끼 잡아! 내가 니들 놀고 먹으라고 돈 들여 끌고 다니는 줄 알아!"

뚱보가 넘어져 있는 곳에서 벌떡 일어나며 악에 받쳐 소리소리 지르고 있었다. 어딘가에 세게 부딪쳤는지 코가 뭉개져 그 디룩디룩한 얼굴이 코피로 범벅이었다. 그러나 반성의 기미는커녕 아직도 자기 잘난 맛에 날뛰고 있었다. 저런 놈들한테는 역시 매가 특효약이다. 자기도 약자가 될 수 있다는 것을 가르쳐 줘야 할 것이다.

"우아아아!"

"흥!"

제후가 손에 깨진 맥주병이며 주머니칼이며 뭐든 무기가 될 만한 것들을 잡고 달려드는 뚱보 무리들 사이를 이리저리 피해 뚫고 들어갔다. 다른 녀석들에게는 볼일이 없었다. 그래서 요란법석한 다른 행동들은 삭제한 채 깔끔하게 장애물만 발길질과 주먹으로 처리하며 뚱보를 향해 달려갔다. 점점 뚱보에게 다가가자 뚱보의 얼굴이 새파래지며 겁에 질려 자기 일행들에게 소리소리 지르는 것이 보인다.

"우어어! 다가오지 마!"

"너, 맞으면 얼마나 아픈 줄 알어?"

드디어 뚱보의 코앞까지 다다른 제후는 싸이한 미소를 지으며 뚱보의 멱살을 잡아 일으켜 주먹을 날렸다. 핏물을 토해내는 것이 이빨이 몇 개 나간 모양이다.

"어때? 아프지? 그런데 너, 아까 제이의 손가락을 뭐? 라이타 불로 바짝바짝 태운다구? 나도 아직 사람 손가락은 안 태워봤는데 내가 네 손가락으로 시범해 보일까? 응?"

"살려줘! 괴물이야!"

인간은 정말 이상하다. 권력의 정점에 가까이 서 있는 인간들일수록 한꺼풀 벗겨보면 이렇게 약하디약하니. 인간이란 존재는 원래부터 본능적으로 다른 인간 위에 군림하는 것을 꿈꾸는지도 모르겠다. 그러니 이렇게 약한 녀석까지 자기 힘이 아닌 주변을 이용해서라도 남들 위에 올라선 것처럼 보이게 하는 것이 아닐는지.

하여튼 이런 아이들의 교육 첫 번째는 남들의 아픈 모습이 자신의 모습이 될 수도 있다는 것을 알려줘야 한다. 이번 기회에 버릇을 단단히 고쳐 놔야 해.

그런데 그때, 겁에 질려 있던 뚱보 녀석이 갑자기 핏물을 머금고 있는 이를 드러내며 배시시 웃는다.

'엇?'

"죽어, 새꺄!"

예민한 오감이 뒤에서 육중한 뭔가가 무섭게 떨어지고 있다는 것을 경고해 주고 있었다. 평소의 기준대로라면 충분히 피할 수 있는 시간적 여유. 그러나 제후의 눈에 순간적으로 당혹감이 서리기 시작했다.

'이, 이익! 하필이면 이런 때!'

다리를 움직여야 한다는 의지가 육체를 벗어나는 이 느낌!

낮에 손이 움직이지 않아 놀랐던 그 낯선 감각이 다시 찾아왔다. 제후가 이번에는 움직이지 않는 두 다리를 원망하며 두 눈을 질끈 감았다.

빠악!

"크흑."

아찔한 통증이 등허리를 강타하자 온몸에 기운이 빠지면서 바닥이 가깝게 다가왔다. 찰나간에 시야가 깜깜해졌다가 다시 빛 속으로 돌아오는 감각이 끔찍하다. 바닥에 심하게 부딪쳤음인가? 입 안이 터졌는지 찝찌르한 피 맛이 났다.

"제, 젠장."

"우우우~"

"뚱땡이, 비겁하다!"

"꼬마야! 어서 일어나, 마! 너, 내 돈을 이렇게 홀랑 까먹고 말 테냐!"

바닥에 웅크린 채 사리는 몸 위로 어지러운 발길질이 날아왔다. 주변의 다른 취객들의 야유 소리가 들린 듯하지만 제후는 정말 그런 소리가 들렸는지 알 수가 없었다. 어느새 귓가도 멍멍해져서 소리가 제대로 들리고 있는 것인지도 의심스러웠으니까. 다만 한 가지 확실한 것은 뚱보 패거리들에게 무자비하게 밟히고 있다는 사실뿐. 어느 정도의 시간이 흘렀을까? 제후는 잠시 정신을 잃은 사이 어느 정도의 시간이 흘렀는지 그것도 알 수가 없었다.

"캬하하하~! 이 괴물! 죽어죽어죽어! 뒈져 버려!"

그러나 그 어지러운 정신 상태 속에서도 야유에도 아랑곳하지 않는 뚱보의 광기 서린 목소리만은 선명하게 들려온다.

그 얼굴이 너무나 쉽게 상상된다. 누런 눈을 희번득 치켜뜨면서 핏물을 질질 흘리는 이를 드러내며 미친 듯이 웃고 있겠지?

"너희들 뭐 하고 있어! 돈만 축내는 밥버러지 같은 새끼들! 더 밟아!"

퍼억!

"컥! 쿨럭쿨럭."

제후가 고통에 몸을 틀다 잘못해서 뚱보의 발길질에 정통으로 맞고 말았다. 배를 걷어차여 마룻바닥을 몇 걸음 정도 주르륵 밀려나니 눈앞이 새하얘지는 것 같았다. 연약한 원판의 육체로 밟히니 그 고통이 훨씬 더 끔찍하다. 떨리는 손끝으로 입을 막고 엎드려 토악질을 하듯 기침하자 입에서 비릿한 뭔가가 주르륵 흘러나온다.

'피?!'

민제후의 맑은 동공이 순간적으로 커다래졌다.

'예전에도 이와 같은 비슷한 일이 있었던 것 같은… 으윽!'

"푸헤헤헤~ 노랑머리 새끼. 어때? 잠시 잘난 척 까불더니 그 위세 당당함은 어디로 갔을꼬? 품위는 지나가는 똥개한테 던져 줬냐? 푸히히히! 오우~ 이런, 이젠 피까지 토하고. 이거 불.쌍.해.서. 어~쩌~지?"

사람들이 심하게 채여 고통스러운 듯 웅크리고 있는 소년을 안쓰럽게 생각하다가 이번엔 재수없는 말만 내뱉는 간신배 웃음소리의 뚱보를 역겹게 쳐다보았다.

다들 생각 같아서는 뛰어나가 말려주고 싶었으나 사정이 안 좋았다. 이번 판은 일방적으로 한쪽이 공격한 것이 아니라 '싸움'이었다. 물론 한쪽이 처음부터 너무 머리수가 많아 불공평했지만, 지금 쓰러져 움직일 생각을 안 하는 저 소년이 인정하고 시작한 것이라 구실이 없었다. 다른 곳이라면 모르겠지만 이 동네에서는 적어도 이렇게 시작된 싸움엔 끼어들지 않는 것이 묵계이니. 대한민국이 법치주의 국가이며 경찰이 시민을 보호하는 나라라지만 그것이 어디 이 나라 구석구석 뻗어 있는가? 어느 세계이든 마찬가지이겠지만 그런 정의보다 우선시되는 게 존재하는 곳도 있는 법이다. 그리고 이 동네가 그중 하나였다.

이제 방법이라고는 저 소년이 기적적으로 벌떡 일어나 슈퍼맨처럼 저 능글거리는 뚱보와 기생충 같은 일당을 때려눕히고 이기는 것이 유일했다. 사람들은 뚱보의 재수 뚝뚝 떨어지는 말투에 다들 그렇게 되기를 기원하였지만 그것은 지금의 상황으로선 정말… 불가능해 보인다. 그런데 그때,

"푸후후후후후."

어디선가 기분 나쁜 웃음소리가 흘러나왔다.

누구의 목소리인지는 잘 모르겠지만 음침한 음성. 사람들은 그 웃음소리의 주인공을 찾으려고 사방을 살펴보다 유력한 한 사람을 발견하고 의아한 표정을 가득 떠올렸다. 주변의 눈이 향한 곳에 민제후가 어깨를 들썩이며 키득거리고 있는 것이 아닌가. 이런 상황에 무엇이 그렇게 우습고 재미있다는 것인지. 하지만 참을 수 없다는 듯 터뜨리는 키득이는 그 웃음소리는 모두의 머리칼을 쭈뼛 서게 할 만큼 음침하다.

"끈질겨. 정말 끈질기군. 큭큭큭."

전혀 다른 사람같이 분위기가 완전히 다른 그 소리에 뚱보가 얼굴을 구기며 이를 갈았다.

"저게 어디에서 귀신 흉내를 내. 씹탱!"

"날 또 죽이고 싶다고? 우리 인연은 정말 질기구나."

"내가 언제 널 봤었다는 거야, 새꺄! 시발탱이. 좋아! 전에 봤는지 안 봤는지는 잘 모르겠다만 대신 다시는 보지 않도록 아예 묻어주지! 얘들아, 저 미친놈 아주 보내 버려!"

뚱보가 알 수 없는 소리만 혼자 주절거리며 키득대는 민제후의 섬뜩

한 모습에 뒷걸음질치며 소리쳤다. 어쩌면 저 비리비리한 자식이 강제 경과는 비교도 할 수 없을 정도의 독종, 괴물일지도 모른다는 불길한 예감. 저런 놈은 일찌감치 없애 버리는 것이 이로울 거라 생각되자 독심(毒心)이 반사 작용처럼 일어났다. 게다가 자신의 잘생긴 얼굴을 이지경으로 만들어놓았으니 그 대가도 톡톡히 치러주리라.

"우아아아!"

"쿡쿡. 아니, 이번엔 안 되지. 이번엔"

뚱보 패거리들이 아직 바닥에 웅크려 고개를 숙이고 있는 제후에게 달려들었다.

"이번엔 내 차례야!"

고개를 번쩍 든 민제후의 눈이 '광기(狂氣)'라는 이름으로 불러야할 기묘한 예기로 빛을 뿜었다. 전혀 다른 사람의 얼굴! 그리고 번개 같은 손놀림! 맞고만 있던 몸이라고는 믿어지지 않을 정도의 속쾌한 행동에 사람들의 눈이 전부 휘둥그레졌다. 제후가 휘돌아 일어서서 달려드는 아이들 사이로 쏘아져 들어가는 모습은 탄성을 자아낼 만큼 아름답기까지 했다. 그리고 그의 두 손에 각각 쥐어져 있는 두 개의 부서진 의자 다리는 그 무리들을 전광석화처럼 강타하며 훌륭한 무기로써의 역할을 다하고 있었다.

"뭐 하는 거야, #$&@들아! 그깟 미친놈 하나 못 당해내?"

자기 애들이 민제후의 손에 하나둘 '억' 소리를 내며 쓰러지자 뚱보가 시뻘게진 얼굴로 펄펄 날뛰었다. 그러자 그 소리에 무대포로 달려들던 패거리들이 파바박 뒤로 물러서 민제후의 주위를 감싸며 노려보았다.

잠시의 소강 상태.

그러나 제후는 아무 감정이 없는 것인지, 아니면 정말로 정신이 나갔는지 당장 눈앞에 닥친 위험엔 아랑곳하지 않고 무리들 너머의 뚱보만을 향해 시선이 고정되어 있었다.

소년의 입가에 걸린 표정은 자상한 미소 같았으나 눈에 걸린 표정은 잔혹하다. 이미 초점없는 그 눈에는 뚱보의 모습은 다른 모습으로 변화되어 투영되고 있었다.

죽이진 않겠다고, 대신 멀리 가서 다신 오지 말라고 말하던 누군가의 얼굴.

죽여달라던 자신을 그 자리에서 죽이지 않고 대신 다른 의미로 철저하게 죽였던, 자신의 소중한 것과 소중한 사람들조차 처절하게 부숴 버린 잊지 못할 그 표정으로.

"…보고 싶었다. 정말로."

증오마저 담고 있지 않다면 생기없는 인형 같은 멍한 제후의 얼굴이 이런 상황에서 어울리지 않게 천진난만한 미소를 생긋 지었다. 그리고 그때를 같이하여 다시 뚱보 패거리들이 제후에게 일제히 달려들었다.

갑작스런 공격! 사방에서 숨을 들이키는 소리가 들렸다. 그러나.

휘리릭! 퍽! 퍼퍽! 퍽!

"악!"

"커컥!"

"크헉!"

제후가 달려드는 아이들을 향해 비릿하게 비웃으며 몸을 숙여 밑으로 파고들자 곧 어지럽게 휘두르는 그의 팔동작에 여지없이 짧은 비명소리가 둔탁한 소음과 함께 날아올랐다. 양손에서 곡예를 하듯 날아다니며 움직이는 두 개의 곤봉이 감탄스럽다. 마치 홍콩 무협 액션 영화를 보는 듯한 느낌에 뚱보는 넋이 나갔다. 무섭도록 붉게 충혈된 두 눈을 한 금빛 머리칼의 인물. 그가 어느새 장애물들을 전부 해치워 버리고 자신을 향해 쏟아져 오고 있다는 것도 알아차리지 못할 만큼이었다.

빠악!

"크아아악!"

어느새 코앞으로 다가온 민제후의 하얀 얼굴이 흐릿하게 보였다 싶은 순간 뚱보는 한쪽 팔과 한쪽 다리가 부서지는 고통에 비명을 질렀다. 자기 몸의 뼈가 부러지는 소리를 듣자니 눈앞이 깜깜해지는 공포가 엄습해 왔다. 게다가 정말로 미쳐 버렸는지 잔인한 미소를 짓는 상대가 두 손에 각목을 들고 내려다본다.

"아직이야."

퍼억!

"크악! 커컥."

뚱보는 눈앞의 미친놈 발길질에 멀리 날아가 요란하게 구르는 자신의 몸을 느끼고 거의 정신이 나가 버렸다. 부러진 뼈들이 어긋나는 고통도 극심했지만 초점없는 눈으로 생긋 웃으며 내려보는 그 끔찍한 표정에 온몸이 떨려 제정신을 차릴 수가 없었다.

"사… 살려줘… 쿨럭!"

그 순간, 다시 민제후가 다가와 한쪽 발로 뚱보의 배를 힘껏 내리찍는다.

퍽!

"케객! 콜록콜록. 헤, 헤헤, 제발 살려… 줘. 넌 착한 놈이잖아… 난 나쁜 놈이지만 말이야… 헤헤… 쿨럭!"

피를 토하며 비굴한 미소를 억지로 짓는 뚱보의 경멸스러운 행동. 그러나 그것에 눈살을 찌푸리기엔 민제후의 잔인한 행동이 너무 강렬했다. 비록 행실이 못되고 그에게 위해를 가하려고 했던 인물이긴 했으나 이미 팔다리가 부러지고 피까지 토하며 바닥에 처참히 구르고 있는데 그런 상대를 웃으며 잔인하게 짓밟는 행위라니.

사람들은 이 순간 그 소년의 천진한 미소가 소름 끼친다고 생각했다. 바늘 하나 떨어지는 소리까지 들릴 것 같은 고요 속에 민제후의 명랑한 목소리가 울려 퍼졌다.

"아직이라니까. 부족해. 아직 한참 부족해. 너도 알고 있잖아?"

"크아악!"

발에 다시 있는 힘껏 힘을 주어 내리찍었다. 그리고 그 순간 제후의 눈이 위험한 붉은빛으로 번쩍였다.

"그렇지? 성우?"

뚱보의 눈이 공포감에 한껏 커다래졌다.

"아악! 잘못했어! 사, 살려줘!"

그때였다.

좌아아악!

"으헉!"

어? 어어?

온몸이 찬물에 흠뻑 젖어버리자 제후의 눈에 붉은 기가 점차 사라지고 있었다. 이가 딱딱 부딪칠 정도의 찬물 세례를 당한 제후는 어리벙벙하게 드는 정신에서 자기가 왜 이러고 서 있는지 의아했다.

'내가 또 뭐 하고 있었지?'

왜 뚱보의 푹신한 배 위에 자신의 예쁘고 깜찍한 발이 얌전히(?) 올라가 있는지, 왜 섬세하고 예쁜 자신의 두 손에 폼도 안 나게 망가져 부러진 의자 다리를 꼭 틀어쥐고 내려치려 하고 있었는지, 모든 것이 궁금할 뿐이었다.

'아하하하. 내가 또 뭘한 걸까요?

주변 사람들의 무서워하는 듯 뜨악한 표정을 받으며 제후가 머리를 긁적이고 있자 익숙한 목소리가 구원처럼 들려왔다.

"제이?"

제후는 뒤돌아서자 제이가 입에 물고 있던 담배를 손에 옮겨 들고 연기를 내뿜는 것을 볼 수 있었다. 한쪽 뺨이 좀 부어 있었지만 평소 마이 페이스로 돌아다니던 그 모습 그대로였다.

야, 그런데 너 웬 양동이를 들고 있냐? 그런 거 들고서 그런 거만둥이 포즈를 소화할 수 있다니 너도 참 인물은 인물이다.

"으이구~ 아주 떡을 쳐놨군."

한심하다는 제이의 눈매에 제후가 고개를 돌려 주변을 살펴보았다.

엉망진창으로 망가지고 어질러진 집기들과 바닥 여기저기에 쓰러져 신음하며 꿈틀대는 인영들.

잠시 그 말뜻을 이해하지 못하고 헤매던 제후는 머리 속으로 '두둥' 하는 소리가 울리자 순식간에 어색한 웃음 위로 새파란 안색이 덧씌워졌다. 만화적으로 표현하자면 이마 위에 패닉 상태를 표현하는 세로줄이 마구 나 있거나 굵은 땀방울이 뒤통수에 방울방울 달린 것과 같은 상태.

'히익! 설마 이걸 내가 했다고? 정신 나간 동안 내가 또 뭔 짓을 저지른 거야?!'

물에 빠진 생쥐처럼 쫄딱 젖어 도리도리 고개를 흔드는 민제후의 모습에 제이가 미간을 찡그렸다. 물방울이 똑똑 떨어지는 머리카락이 젖어 내려앉아 진한 갈색으로 보인다.

풀썩—

"어?"

제후는 갑자기 얼굴을 폭 내리덮는 수건의 감촉을 느끼고 고개를 들었다. 제후의 시선이 닿는 곳엔 무관심을 가장하며 담배 연기를 내뿜는 제이의 얼굴이 있었다. 비록 시선은 돌리고 있었지만 이 수건에 배어 있는 알싸한 향은 강제경, '제이'라는 소년의 담배 향.

어리둥절해 있던 제후의 눈동자에 따뜻한 기운이 번져 갔다. 수건을 던져 주고 시선을 피하는 제이의 그 모습이 왠지 쑥스러워하는 것 같다고 소년은 생각했다.

제이의 목소리도 겉으로는 냉랭하게 들렸지만 그 속에 어린 걱정은 제후의 안위 때문이었다라는 걸 충분히 느낄 수 있다. 혼자만의 세계에 틀어박혀 있던 녀석이라 이 정도의 호의를 보이는 것도 많이 어색한 모양이다.

피아노 말고 같은 또래에 제대로 된 친구가 없는 것을 아는 〈시티 오브 조이〉의 사람들은 그것이 놀랍기도 하고 신기하기도 하면서 이상하게 안심이 되기도 하는 이상한 기분에 사로잡혔다. 그것은 제이가 어느새 저 금빛으로 반짝이는 이상한 머리를 가진 소년에게 마음을 열었다는 뜻이니. 그런데.

"야, 이 자식아! 남의 영업장에서 눈이 뒤집혀서 어쩌겠다는 거야? 앙?"

에?

"미친 자식, 생글거릴 땐 땡글땡글한 눈이 어떻게 미쳐 버리니까 그렇게 길게 쭉 찢어져? 너, 열받으면 웬만한 인간은 심장 쪼그라들어서 너한테 말도 못 붙이겠다?"

하지만 그 순간 민제후와 〈시티 오브 조이〉의 사람들은 제이의 뼈 있는 독설을 째릿째릿하게 노려보는 시선과 함께 들을 수 있었다. 기대하던 따뜻한 우정의 안부 인사는 멀리멀리 날아가 버린 듯.

"저, 저기……."

"아, 그건 그렇다 치고. 너, 저것들 어떻게 치울래? 띠발~ 미칠려면 혼자 있을 때 곱게 미칠 것이지. 쳇!"

담배를 입에 물고 팔짱을 끼며 투덜대는 강제경.

제후는 그런 제이의 모습을 보고 마음 가득 따뜻함이 번지는 걸 느꼈다.

투덜대는 것처럼 그렇게 다 불만투성이는 아닌 것 같다는 생각이 드는걸. 긴 머리카락으로 얼굴이 가려진다고 안심하는 모양이지만. 후후후, 나의 이 레이저빔 같은 시선에서 벗어날 순 없지. 약간 붉어진 그 얼굴은… 기뻐하는 표정이렸다?!

"뭐, 뭐야?"

제이가 갑자기 엄숙한 표정으로 자기를 뚫어지게 쳐다보는 민제후를 깨닫곤 위험 신호를 느낀 듯 슬금슬금 뒷걸음질쳤다. 그러나 민제후라는 인간이 그 정도에 물러설쏘냐! 제후는 그 모습에 눈이 가늘어지다 한번 째려본다. 그리고는 갑자기 이를 드러내고 씨익 웃으며 다가가.

'꽈아악~ 안아주는 거쥐! 푸헤헤헤~!'

"끄아아악! 너 이 새끼, 뭐 하는 거야?!"

"우우웅! 이뻐이뻐, 너무 이뻐 죽겠어! 부비부비부비~"

"끄아아아아악~!"

제이의 비명이 〈시티 오브 조이〉에 가득 찼다. 사람들은 방실방실 웃으며 고목 나무에 매미 붙듯 제이에게 달라붙어 부비부비 공격을 퍼붙는 흠뻑 젖은 예쁘장한 소년의 모습에 식은땀을 흘려야 했다. 물론 제이는 계속 거센 반항과 함께 두드러기 돋는다고 비명을 지르긴 했지만.

그러나 그 모습을 지켜보는 사람들은 저렇게 싫어하고 괴로워하고 있는데 왠지 즐거워 보이는 이유가 뭘까 하고 심각한 생각에 빠져들게 하는 광경이었다.

'아웅~ 이쁜 것! 입은 좀 거칠지만 그것도 다 사랑의 표현이란 걸 이 형아는 다 안단다. 내가 무사한 것에 안심하고 또 자기 일에 관심 가져 준 일에 어린아이처럼 기뻐하다니. 아, 아니지! 이 녀석 아직 어린애 맞잖아? 인제 고등학교에 막 입학한 녀석이니. 아~ 이 녀석, 내 딸내미 삼았음 좋겠다. 사내 녀석인데 왠지 딸 같은 느낌이얌. 쿡쿡쿡.'

"그리고 제이야, 담배는 내가 안 된다구 했지? 벌로 내 찐한 사랑의 키스를 받아라."

"으아아악! 비켜, 이 변태 자식아!"

아, 싫어하니 더 해주고 싶어. 나 이러다 진짜 이상한 놈이 되는 거냐? 그런데 진짜루 잼있네, 이거?

"어라?"

"이봐, 꼬마야. 제이가 싫다고 하잖냐?"

"마담 말리에?"

제후는 갑자기 몸이 공중으로 붕 뜨는 것을 느끼고 뒤돌아보자 털보 마담이 자신의 목덜미를 잡아 들어 올린 것을 발견할 수 있었다. 제이는 이미 제후의 손아귀에서 빠져나가 경기 일으킨 모습으로 헥헥대며 경계하고 있고.

'음, 이번 거사는 틀어져 버렸군. 뜻밖의 방해자를 생각하지 못했음이야. 쳇!'

"훗! 이거 놓으시죠. 당신한테 이렇게 잡혀 있어야 할 이유 따윈 없어요."

"이, 이유… 따위가 없다고라고라고라?"

얼굴을 실룩이면 어쩌겠다는 거유? 공포 분위기 조성해도 하나도 안 무섭수다. 게다가 보아하니 나랑 나이 차이도 별로 안 나 보이는데 정 그럼.

"이유가 왜 없. 어! 우리의 사랑스럽고 귀여운 제이를 꽈악 끌어안고 부비부비까지 했는데!"

"에?"

"그리고 뽀뽀까지 하려 하다니! 나도 아직 못해본 것을!"

절규하는 털보를 본 적이 있는가? 갈색으로 그을린 울퉁불퉁한 팔 근육에 힘을 주며 역설하는 모습이 처절하고 애절해 보이기까지 한다.

그 덕분에 생각보다 쉽게 마담의 손에서 빠져나와 바닥으로 뛰어내린 제후는 '흐음' 하며 다가서 팔짱을 끼고 마주 보았다. 같은 주제로 차분하게 대담을 시도한다.

"마담, 제이를 어떻게 생각하죠?"

"어떻다니? 그 녀석은 세상에서 가장 귀엽고, 예쁘고, 깜찍하고, 무엇보다도 뛰어난 음악 천. 재. 지!"

"아, 거기에 내숭쟁이에, 부끄럼쟁이, 그리고 폼 잡으면서 뒤로 호박씨 까고, 무관심한 척하면서 걱정하고, 조그마한 관심에도 디게 기뻐하는 순진한 귀염둥이라는 것이 빠졌잖아요."

"오~ 그래, 잘 아는군. 너, 맘에 든다."

그런 대사는 역시 싸늘한 얼굴로 서로 팔짱 끼고 노려보면서 할 말은 아닌 것 같다. 제이와 아사미는 한쪽에서 식은땀을 흘리며 어색하게 서 있을 뿐이었다.

"자, 그럼 이제 가장 중요한 거."

겉으로 보기엔 더할 나위 없이 차가운 분위기에서 그렇게 잘도 닭살스러운 말을 주고받더니, 이제야 진짜 그 분위기에 어울리는 대사가 나올려나 보다. 그러나 대사가 분위기와 조화를 이루려고 하니 이번엔 제후가 방긋 웃으며 말한다. 그럼 안 어울리…….

"당신, 제이를 뭘로 생각하고 있지?"

…어울린다.

웃고 있지만 질문을 하는 그 눈에선 지금까지와 다른 폭풍 같은 한기(寒氣)가 쏟아졌다. 그것은 상대의 대답 여하에 따른 앞으로의 상황이 달라질 것이란 암시.

이제 어느 정도 주변을 정리하고 있던 사람들조차 그 분위기에 하나둘 고개를 돌렸다. 마담 말리가 제후의 눈을 쏘아보았다. 그러나 그 소년의 얼음 덩이 같은 시선도, 그 눈과 차별화된 별개의 표정인 듯 방긋 웃고 있는 표정도 미동이 없다. 털보 마담이 제후의 얼굴에 흡족하다는 표정으로 호쾌하게 웃음을 터뜨린다.

"당연한 거 아닌가. 제이는 자랑스런 나의 '아들'이야! '썬(son)'! 크하하하!"

"후후, 다행이군요. 만약 진짜 '변'씨 성을 가진 양반이면 묻어버리려고 했거든요. 저도 제 '아들' 주위에 벌레가 꼬이는 건 원치 않아서 말입니다."

"아이구~ 그럼 동생이라고 불러야겠군. 내 아들을 자네도 아들로 생각하고 있었다니. 그런데 묻어버린다니. 농담이 참 살벌하구만."

"아, 형님도. 농담이라뇨. 사나이가 어찌 허언을 할 수 있겠습니까? 그리고 해충 한두 마리 묻는 것쯤이야 가벼운 삽질이죠. 아하하하~"

털보는 제이의 친구라는 녀석이 참 독특하다고 생각했다. 소란스러움을 느끼고 깨어났지만 정작 그 소년이 뚱보 패거리들을 해치우는 걸 보지 못했기에 민제후를 단순한 괴짜 친구로 여기고 있는 털보 마담의 그런 생각은 정신 건강상 정말 이로운 것이라 할 수 있었다. 그러나 지금껏 그 소년의 무위(武威)를 지켜봤던 관중들은 그 부분에서 오싹함을 느껴야 했다. 어쩐지 장난으로라도 이상한 대답을 했다면 정말 생매장을 시도했을 거라는.

"무슨 헛소리들이야!"

그 둘의 호형호제로 묘하게 조성된 화기애애한 분위기가 깨진 건 화가 머리 끝까지 난 제이에 의해서였다. 일을 벌여놓고 정리할 생각을 안 한다는 구박에 제후는 결국 억지로 끌려가 빗자루를 들어야 했다. 그러나 제후는 곧 자기 일행들에 의해서 업혀 나가는 뚱보의 목소리에 다시 고개를 돌렸다.

"크, 후히히힛, 너, 내가 누군 줄 알아?"

아까까진 비굴 포즈더니 핸드폰으로 불렀는지 까만 안경 아저씨들이 나타나 업고 나가자 다시 팔팔해진 뚱보였다. 제후는 자기가 만든 난장판이라고 사람들이 주장하기에 그냥 그런가 보다라고 생각하고 있었지만, 기억도 안 나는데 자신이 했다고 인정하기에는 혼란스럽고 무섭기도 했는데, 그 사건의 중심 인물이 집안의 권력을 믿고 으스대니 그것이 짜증이라는 형태로 나타나려 했다.

으… 저 시끄러운 뚱땡이. 가뜩이나 맞아서 그런지 여기저기 쑤시고 위장도 쓰리구만.

"날… 건드린 걸 후… 회하게 될… 거야! 우리 집이 어떤… 쿨럭. 곳인데! 넌 이제 죽었어!"

보기에도 정말 많이 아파 보이는데 주둥이는 멀쩡하게 살아 있었다. 아직까지 멍청한 선민 사상에 빠져 자신은 일반 서민들과 달리 특별하다고 생각하는 모양이다.

'조금 심하게 망가진 모습인데도 저 녀석에겐 가책도 안 느껴지는 군. 그것에 대한 기억이 안 나기 때문인가?'

"그래, 난 너희 집이 어떤 곳인지 모르겠다. 어떤 곳인데?"

제후가 뚜벅뚜벅 걸어가며 차분하게 물어보았다. 뚱보는 좀 이상하다는 느낌이 들었지만 여전히 의기양양한 얼굴로 소리쳤다. 이제 어느 정도 안정이 돼서 그런지 목소리도 많이 떨리지 않고 그 긴 문장을 빠르게 말할 수도 있었다.

"쿠, 쿨럭. 헤헤! 낙성건설이다, 새꺄! 그리고 시의원인 우리 아버지가 널 가만 놔둘 것 같애? 우리 아버진 여태까지 내가 해달라는 건 다 해줬어. 이번에도 마찬가지야. 네 녀석 뭐 하는 놈인진 모르지만 네놈 집안을 아주 쑥대밭으로 만들어 버리겠어. 푸히, 히히, 힛!"

낙성이라.

"낙성건설이라… 흠. 제후 아우, 자네 좀 더럽게 걸린 것 같은데? 사실 낙성건설이라 하면 저렇게 으스댈 만하지. 대(大)성전그룹 직속에 거의 속해 있는 거나 마찬가지인 회사잖아! 그런데 그 집 아들을 저 지경으로 떡을 쳐놨으니. 쯧쯧, 정말 그 집에서 가만히 있을 것 같진 않군. 아우도 들어본 적 있지?"

'알죠. 어느 정도는.'

마담 말리에의 말에 제후가 속으로 대꾸했다.

이번에 제법 큰 공사에 대한 하청을 따내려고 성전기업 담당자에게 꽤 큰 뇌물을 먹이다 자체 감사에서 드러난 기업이다. 회사 규모는 제법 크지만 벌써 아주 오래전부터 경영 내용도 불투명하고, 뇌물, 불법적 거래와 폭력 조직과의 연계 등 잡음이 많았던 회사다. 장 회장이 선대 회장과 친분이 없었다면 벌써 예전에 잘라냈겠지만 이제는 그 도가 너무 지나쳐 장문수 회장, 즉 '망할 영감님'도 어떻게 처리할까 고민

하던 기업이니. 아들이 인간 같지 않다 그랬던가? 그렇다면 그 아들이란 놈이 이 뚱땡이의 아비가 틀림없을 것이다.

그런데 왜 아직까지 부정직한 그런 기업이 날뛰고 있냐고? 그야 그 영감이 나한테 다 떠넘기고 놀러 갔으니까 그렇지. 망할 영감탱이!

제후가 피식 웃음을 터뜨렸다. 결국 또 뒷정리를 하고 있구나란 허탈함이었다.

"쯧! 그나저나 자식을 이따위로 키워놓다니. 그 아버지란 작자도 알 만하군 그래."

그런데 한편 뚱보는 제후의 반응이 이상하다고 생각하고 있었다. 항상 자기 집안이 어디인지 알며 겁을 먹거나 주눅 들어하던 사람들만 봐왔었는데. 하지만 이 건방진 촌놈은 모든 것을 다 듣고도 태연했다. 깡촌에서 며칠 전 상경한 녀석일까?

이런저런 불길함에 사로잡혀 있는 뚱땡이는 곧 얼굴 아주 가까이에서 민제후의 얼굴을 볼 수 있었다.

약간 살벌한 미소. 가까이에서 보니 새하얀 얼굴에 놓여 있는 두개의 눈동자가 마치 보석이 박혀 있는 것처럼 맑다는 어이없는 생각이 스쳐 갔다. 그러나 그 생각이 막 떠나기도 전에 제후는 뚱보의 얼굴 가까이에 자신의 얼굴을 들이대며 속삭이듯 중얼거린다.

"잘 들어둬. 낙성건설 내일부터 아주 쪼. 끔. 힘들어질 거다. 네 아버지한테 그렇게 전해."

"뭐?"

자기 자식이 저런 짓을 벌이고 다니는데 여태껏 해달라는 대로 다 해줬다? 저 뚱보 자식 말을 들으니 저들 부자 마음에 들지 않는 사람이면 수단 방법 안 가리고 그 사람의 집안까지 엉망으로 망가뜨리며 살아왔던 모양인데. 구역질 나는군. 그렇다면 회사도 뻔할 것이다. 자세한 것은 곧 성전특수감사팀이 밝혀내겠지. 그리고 모든 것이 밝혀지면 자금줄부터 철저히 막아주지!

'어디 이 한국 땅에서 성전그룹 돈 없이 기업 운영 한번 해보시지.'

"그리고 망신당하고 싶지 않으면 그 의원 직도 사퇴하라고 해. 자진 사퇴하는 것이 겉보기에도 좋을 것이라고!"

민제후라는 소년의 눈이 잔인한 빛으로 반짝였다.

"또 한 가지. 네가 말한 잘난 너 중에 네가 스스로 이룬 게 뭐지?"

이제 이성을 상실하고 폭주하던 때완 달리 완전히 냉정을 되찾은 모습으로 질문한다. 지저분해지고 핏자국까지 보이는 차림새, 거기에다 찬물 세례로 인해 쫄딱 젖어 수건을 덮고 있는 모양으로 어떻게 저런 당당한 자세가 나올 수 있는지.

뚱보는 제후의 그런 모습에 멍한 눈을 했다. 생각해 본 적 없었고, 누구도 물어본 적 없는 질문. 결국 아무 말도 못한다. 제후의 두 눈이 가늘어졌다.

"멍.청.이."

제후가 시선을 모로 던지며 뒤돌아섰다.

"이, 이익! 그 딴 게 무슨 상관이야, 새꺄! 다 내 거야! 힘, 권력, 돈, 여자들까지! 너도 가만두지 않겠어! 으아아악!"

뚱보가 사람들에 의해서 업혀 나갔다. 그러나 나가는 도중에도 온갖 욕설을 쏟아내고 저주의 말을 퍼붓는다. 제후는 그 행렬에 손에 들고 있던 긴 싸리빗자루대에 턱을 괴고 손을 흔들어줬다.

"후우~ 태풍이 휩쓸고 지나간 것 같군."

아사미가 그런 제후 옆으로 다가와 팔짱을 끼고서 덜컹거리는 입구를 바라보며 말했다.

"킥! 어쩌다 한 번씩 괜찮잖아요? 아까 보니까 벌이도 좋아 보이던데. 서비스 팝콘까지 돈 받고 팔았었죠, 아마?"

"아아, 그건 기물도 파손되는데 그 정도 수입도 올리지 못하면 손해가 나니까라고 해두지. 사소하게 그런 일로 꽁해 있는 건 아니지?"

여전히 빗자루대에 턱을 괴고 뚱보가 사라져 간 입구에서 시선을 떼지 않는 제후였다. 그 모습이 마치 한참 장난치며 놀다 들어온 지저분한 동네 개구쟁이 같다. 벌청소를 하는 꼬마 골목대장이라 할까? 물론 겉모습만.

아사미가 그런 소년을 바라보며 사람 좋은 미소를 지었다.

"하지만 정말 죽을 뻔했다구요."

"하하~ 설마. 그리고 네가 그대로 쓰러졌다 해도 그냥 좀 심하게 다치는 정도로 끝났을걸."

정말 죽을 고비 여러 번 넘겼다니까 그러네, 이 양반이.

"아니었다면요."

"아, 그렇다면… 하지만 뭐 어쨌든 지금은 이렇게 멀쩡히 살아 있잖아. 게다가 넌 악당도 멋지게 쓰러뜨린 히어로가 됐고. 결과는 모두 오케이란 소리지. 그럼 됐잖아?"

제후가 괴고 있던 턱을 들고 아사미라는 일본계 청년을 올려다보았다.

인심 좋은 동네 아저씨, 아니, 마음 착한 옆집 오빠 같은 얼굴을 해서 통통 던지는 무책임한 발언이라니. 저 총각도 보통은 아니야. 전에도 생각했지만 저렇게 순해 보이는 사람이 제일 위험할 수 있는 것이다.

"아사미, 혹시 형이나 동생, 아니, 한국인 친인척이나 뭐 그런 거 없어요? '김성민'이라고."

"뭐? 아니, 없는데. 왜?"

"아, 아뇨."

흐음, 아니구나. 평범하고 수더분한 사람이 가장 위험 인물일지도 모른다는 경계를 갖게 했던 한 인간이 떠올라서 혹시 친척 간이 아닐까 생각했더니만. 하기사 김 비서한테 남동생이 있다는 소린 들어본 적이 없으니까. 게다가 '사토우 아사미'는 일본 사람이니 그 둘이 인연이 있을 리는 절대 없지. 하지만… 역시 느낌이 너무 비슷해.

챙겨주는 듯하면서 일에 대해선 챙길 건 다~ 챙기고, 사람 좋아 보이면서 은근히 갈구는 것 하며, 성실한 주제에 보여지는 그 박력, 그리고 가장 기분 나쁜 건.

'사람들이 인간성 좋다고 엄청난 착각을 하게 만들지! 으~'

제후는 총수 사택 집무실에서 도끼눈을 뜨고 자신을 혹사시키던 김 비서를 생각해 내곤 온몸을 부르르 떨었다. 그의 머리 속 영상 속의 김 비서는 날아다니는 온갖 종류의 보고서와 프로젝트 계획서 속에서 채찍을 휘두르는 양복 입은 악마였다. 우웩~

"너 뭐야? 왜 그런 요상한 얼굴을 해가지고 손을 흔들어대는 건데?"

아사미가 어떤 표정을 해야 할지 갈피를 못 잡고 떫은 듯한 어정쩡한 표정으로 바라보자 제후가 웃음으로 얼버무리며 열심히 청소하는 척했다.

이미 자정이 훨씬 넘은 늦은 시각. 술집으로서는 이른 감이 있었지만 이미 온갖 난장판을 이루며 싸움판이 휩쓸고 지나가서인지 손님들이 빠져나가고 있었다. 그러나 손님들 중 어느 누구도 투덜대는 사람은 없었다. 그 순간에는 좀 살벌했지만 영화 같은 한판의 구경거리와 그것에 걸렸던 내기에서 별 기대 없이 제후에게 돈을 걸었던 사람들이 엄청난 배당금에 감격하여 한차례 쏘기도 했기 때문. 게다가 한동안 볼 수 없었던 그 동네 최고 인기 스타인 제이의 최고의 무대도 보지 않

있는가. 한마디로 감동적인 천재의 공연, 가슴 졸이게 만든 반전의 싸움판, 넘쳐 나는 공짜 술에, 실컷 떠들며 스트레스까지 날려 버렸으니 아쉬움이 없었다는 말이다.

"냐하하하~ 아녀요, 아녀요. 청소합시다, 청소! 청소를 해야지 안 하면 제이한테 맞아 죽는다. 룰루루~"

"아까 그 뚱뚱한 아이한테 뭐라고 한 거니?"

제후가 유행가 곡조에 자기 맘대로 곡조를 붙여 흥얼거리며 비질을 하다 아사미의 질문에 우뚝 멈춰 섰다. 지나가는 투로 말하는 목소리. 단순한 의미였던 것 같아 제후도 생긋 웃으며 돌아서 가볍게 대꾸했다.

너무 예민할 필요는 없겠지.

"별 얘기 아니었어요. 그냥 충고 몇 마디를 했을 뿐인걸요."

"그래? 네가 그렇다면 그런 것이겠지만, 아닌 것 같던데."

청년이 근처에 넘어져 있던 의자를 세워 거꾸로 뒤집어 앉아 등받이에 팔과 머리를 기대며 중얼거렸다. 어느새 〈시티 오브 조이〉엔 군중이 썰물처럼 빠져나간 직후의 나른함이 포근하게 내려앉고 있었다. 그 속에 아사미의 목소리가 유쾌한 퀴즈 풀이처럼 울린다.

"가벼운 추측에 의하면 넌 아주 큰 결정권을 가진 사람이야. 그렇지? 아아~ 그렇다고 그렇게 노려보진 말아줘. 단순한 호기심이었어."

사토우 아사미.

"픽! 노려보긴 누가 노려봤다 그래요? 그냥 쳐다본 것뿐이라구요. 그리고 내가 뭐라구요? 냐하하하! 그런데 난 그냥 평범한 고등학교 2학년인데 어쩌지."

"그래. 평범한 고등학생은 모두 눈빛만으로 사람을 얼려 버릴 수 있지."

"……."

정말 이런 타입의 인간들은 짜증난다. 대처하기 까다로워.

제후가 다시 돌아서서 청소하기 시작했다.

"…전 정말 평범한 학생입니다."

"하지만."

"주변 환경은 상관없잖아요? '민제후'만 보시죠. 지금 상태론 아직 제가 스스로 일궈놓은 것이 하나도 없어요. 만일 집에 돈이 많다고 해도 그건 아버지 돈이지 제 돈은 아니죠. 또 만일 제가 대통령 아들이래도 아버지가 대통령이지 제가 대통령은 아니에요."

아사미의 부드러운 선이 담긴 얼굴이 또 다른 감탄을 담고 비질을 하는 소년을 바라보았다. 요즘 애들 중에 이런 확고한 생각을 가진 십 대가 몇이나 될까?

"저만 보세요. 무슨 뜻인지 아시겠죠?"

"후후, 그래."

"네. 지금 제가 어떤 위치에 있든 앞으로 제게 주어진 미래와 가능성을 생각한다면 그런 건 모두 하찮은 거죠. 살아간다는 것은 그런 것 같아요. 내일 당장 나에게 어떤 놀라운 사건과 멋진 만남이 기다리고 있을지 모르는 거니까. 그런 걸 생각한다면 정말 멋지지 않나? 그렇기에 날 때부터 주어진 것에 뻐기며 다닐 필요는 없는데. 내가 만들어온 결과물이 아니라면 자랑스러울 것이 없겠죠. 아, 물론."

있으면야 좋지. 냐하하하~!

"물론 저도 주어진 조건은 최대한으로 이용해 보려고 생각은 하지 만. 캬하하하!"

갑자기 하늘을 향해 고개를 들고 요상한 웃음을 터뜨리는 민제후의 모습에 아사미는 식은땀을 흘려야 했다.

"너… 좀 이상하다는 소리 안 들어봤니? 세상 달관한 노인네 같다가 갑자기 철없는 애들 같기도 하다는."

"어? 나 십대 맞는데? 원래 아니었는데 이젠 진짜 고딩이거든요. 아니었다가 될려고 하니 애로점이 많았지만 감정에 충실해지면 된다는 요령을 깨닫고 멋진 십대가 되기 위해 피나는 훈련을 한다는. 음, 그리고 여기에서 포인트가 '21세기 십대가 갖추어야 할 말투와 행동 패턴, 생각의 깊이에 대한 심오한 고찰'이라는 이름으로."

"아아, 알았다, 알았어. 오늘은 너의 명랑 강연은 그만 다음 기회로 미루자, 제발! 머리 속이 복잡해."

이런, 쩝! 아사미 총각, 자네는 오늘 정말 큰 기회를 놓친 거네. 내가 가장 열과 성의를 다해 연구하던 주제인데.

"그런데 아사미, 정말 한국인 국적의 친척 없어요?"

"응?"

정말 김 비서랑 분위기가 많이 비슷하다니깐.

민제후의 눈이 느닷없는 그의 질문에 황당해하는 '사토우 아사미'라는 부드러운 인상의 청년을 잔잔하게 담고 있었다. 오늘 안 좋은 일이 여럿 있기도 했지만 유쾌한 털보 마담 형님도 그렇고, 음악을 즐기며 바텐더로 자유롭게 삶을 영위하는 일본계 청년도 그렇고, 이런 좋은 사람들과 인연이 닿은 하루였으니 오늘은 결코 실패하지 않은 날이었다. 무엇보다 강제경이라는 녀석과 가까워질 수 있었던 하루였지 않은가.

그런데 그때 어디선가 날아오는 공기가 찢어지는 날카로운 소리!

슈숙!

'어딜!'

제후가 뒤에서 날아오는 물건에 자신도 모르게 반사적으로 몸을 피하며 뒤로 다리를 날렸다.

퍽!

"어, 어라?"

"끄… 으억. 제후 아우… 너무하이. 나의 특제 음료를 선보일 기쁨에… 장난을 좀 친 것뿐인데."

아이구! 그러게 왜 갑자기 뒤에서 그런 장난을 치시는 거유. 이건 내 잘못이 아니라구요. 반사 작용이었어, 반사 작용!

제후는 자신의 발차기에 옆구리를 맞고 끅끅거리는 덩치 큰 털보 마담 형님을 바라보며 어쩔 줄 몰라 했다. 그런데 그때.

"그러게 내가 안 될 거라고 그렇게 말했잖아, 마담. 쯧쯧."

"아, 제이야! 이걸 어쩌지?"

제후는 미안함과 난처함에 어색하게 웃으며 굳어 있다가 제이가 마담이 떨어뜨릴 뻔한 음료수 잔을 아슬아슬하게 받아 들며 나타나자 안도의 한숨을 쉬었다. 그러나 제이는 냉정하게 털보 마담을 무시하고 입에 불 안 붙인 담배를 물고서 제후에게 음료수 잔을 내밀었다. 그리고 그 결과 사람들은 구석에서 손수건을 입에 물고 삐쳐서 우는 마담을 보아야 했다.

꽃무늬 레이스 손수건. 쿨럭! 우리 집 장 여사와 같은 취향이신 듯.

"마담은 신경 쓰지 마. 저래 봬도 감수성이 예민해서 그런 거니까. 몸은 보시다시피 왕튼튼하니 더 걱정할 건 없고. 그것보다 이거나 마셔 봐."

마담이라 불리는 이유가 혹시 저런 행동에서 출발한 건 아닐까? 그런데 그 찰랑이는 하얀 액체는 뭐고?

"마담이 '아우' 준다고 만든 특제 음료라더군. 마셔봐. 대신 먹고 나서 뿅 가진 말구. 쿡쿡쿡."

아, 그것이 그 말로만 듣던 〈시티 오브 조이〉의 마담 특제 음료란 거야? 아사미가 만들어준 것도 정말 맛있었는데 저건 어떤 맛일까?

'그거야 먹어보면 알겠쥐! 냐하하하, 원─샷!'

목으로 쿨덕쿨덕 넘어가는 소리가 참으로 스무스하게 들린다. 그리고는.

"우, 우와~!"

기대한 것 이상의 맛! 정말 끝내주는 환상이다. 맛도 맛이지만 향긋하고 마음을 진정시켜 주는 향기에서부터 무엇보다 뚱보에게 밟혔던 충격으로 조금 상한 듯 따끔거리던 위장이 편안해지는 느낌. 그것은 정말 좋은…….

"어, 어라?"

시선이 흔들렸다.

어떻게 된 일? 누가 이 건물을 통째로 뒤흔들기라도 하는 거야? 아님, 지진인가?

쿵!

"어? 씨발. 정신은 멀쩡한데 몸이 못 버티잖아, 원판 자시…….""

정신이 점점 아득해져 온다. 그러는 도중 마지막으로 간간이 들려오는 목소리.

"저 자식 괜찮을까? 내상이 심한 건 아니겠지?"

"괜찮아, 괜찮아, 크하하하하! 내 약재 음료를 뭘로 보는 거냐. 예민한 신경도 신경이지만 저 녀석은 좀 편하게 자야 내일 멀쩡히 돌아다닐 수 있어. 진정제 역할을 하는 향풀과 속을 다스려 주는 약액을 썼으니 아침까지 푹 자겠지. 그런데 제이, 넌 참 특이한 친구를 사귀었구나. 크하하하하!"

"누, 누가 친구야!"

후~ 제이 녀석, 언젠가 내가 너한테 꼭 형 소리를 듣고야… 이런…….

그러나 그 기억을 끝으로 제후의 의식은 검은 침전 속에 묻혀 버리고 말았다. 부디 편안한 잠 속으로 빠져들기를. 정말 수많은 일이 복잡하게 벌어진 하루였으니.

*　　　*　　　*

'우~ 여긴 어디야? 내가 왜 이런 곳을 헤매고 있지?

제후는 막연한 공간 속을 헤매다가 초조한 마음으로 무엇인가 찾아 헤매고 있음을 깨달았다. 뿌옇게 의식한 그 생각에 의문을 갖고 나니 그제야 주변을 돌아볼 여유가 생겼다.

하지만 이 막연한 두려움과 초조함은 무엇이지?

"앗!"

제후는 멍하니 서 있는 그 아공간에서 갑자기 눈앞에 조금 전까진 없던 문이 나타나자 깜짝 놀랐다. 그래서 생각났다.

여긴… 예전에 꿈속에서 봤던 그 장소? 그렇다면 이곳은…….

"내 꿈속."

생각에 잠겨 있는 소년의 눈동자에 공중에 떠 있는 문의 형상이 어렸다.

하지만 곧 제후의 의식은 그 순간 그 모든 것을 날리며 그냥 그러려니 하고 넘기고 있었다. 기묘한 것들이 날아다니고 땅도 없고 하늘도 없는데도, 제후는 전혀 이상하단 느낌을 받지 못했다. 아니, 그것이 현실에선 있을 수 없고 벌어질 수 없는 황당무계한 사건이라는 것조차 의식하지 못하고 담담했다.

‘문이······.’

몽롱한 정신으로 생각한다는 것이 쉽지가 않았다. 그리고 그런 저항 속에서 힘들게 생각 따윈 하고 싶지 않다고 느꼈다. 그러나 이곳이 꿈 속이라는 것을 생각한다면 그 모든 것이 너무도 당연한 일이었다. 우리가 꿈을 꿀 때 현실에서 있을 수 없는 일들이 눈앞에서 벌어지면 ‘말도 안 돼! 이건 과학적으로 있을 수 없는 일이야. 고로 이것은 꿈이거나 사기 행각이 틀림없어!’ 라고 소리치지 못한다는 것을 기억해 보라. 그러면 쉽게 이해가 될 듯싶다.

그렇기에 제후가 잠시나마 이 세계를 ‘꿈’ 이라고 자각한 것 자체도 놀라운 것이었다. 하지만 잠시 ‘꿈’ 이라고 깨달았다는 것, 단지 그것뿐, 현실감에 마비가 왔는지 그 이후는 다시 모든 것이 허무하게 잊혀져 버렸다.

화려한 하얀 음각이 조각된 여닫이 문.

제후는 무언가에게 이끌리듯이 자신이 무엇을 하는지 깨닫기 전에 이미 문을 열고 있었다.

끼이익—

뭐라고 표현할 수 없는 방이 있었다. 아니다. 그것을 ‘방’ 이라고 할 수나 있을까? 방이라면 적어도 벽이 있고 바닥과 천장이 있는 정육면체의 공간을 떠올리게 되는데 이곳은 그런 곳하고는 전혀 거리가 먼 곳이었으니.

“이게 뭐야?”

웃기네. 게다가 이 느낌은··· 혹시 물?!

“어엇! 문이······?!”

문 안쪽 세계에 발을 들여놓고 그 신기함에 빠져 있는 사이 민제후의 뒤에 위치해 있던 문이 그만 스르륵 사라져 버리고 말았다. 원래부터 벽이란 건 있지도 않았으니 문이 사라지자 그 자리도 그냥 공간의 연속이 되었다.

허탈한 기분. 하지만 다시 될 대로 되라는 기분. 어쨌든 좋은 건지 나쁜 건지 알 수 없는 여러 가지 짬뽕된 기분에 취해 제후는 다시 그 이상 공간에 대한 탐색을 계속했다.

"이거 바다 아냐?"

정신을 차려보니 민제후의 눈앞에 펼쳐져 있는 것은 물결을 느낄 수 있는 끝없이 무한한 검푸른 액체. 수면이 있다고 생각되는 위치에서 환상적인 오라를 뿌리며 쏟아지는 짧은 빛의 파장이 환상적인 분위기를 연출하고 있었다. 어찌 보면 너무 공허해 보이기도 했지만.

마치 아주 깊은 심해 속에 잠겨 있는 느낌.

단지 느낌만이 그런 것은 아니었다. 제후는 이곳이 아주 어둡고 어두운 심해 한가운데라는 확신이 들었다. 피부를 물결치며 흐르는 차가운 해류가 머리 속까지 얼려 버릴 정도의 한기를 안겨줬다. 눈을 감고 느끼는 그 공간은 정말로 깊고 깊은 바다. 의지할 것이 없어 심해에 늘어뜨리고 있는 두 다리가 점점 무거워지고 있었다.

가라앉는다.

저 깊고 깊은 바다 속 침전 속으로.

동경(憧憬)의 아늑함으로.

'그런데 잠깐! 나 지금 물속에 있는데… 어떻게 숨을 쉬었지? 허억. 꼬르륵!'

하필이면 이럴 때!

그 순간, 다시 반갑지 않은 자각이 스치고 지나가자 갑자기 숨이 막혀왔다.

짠물이 위장을 가득 채우겠다는 심보인지 무섭게 들이닥치고, 그가 움직이는 대로 입과 코에서 부글부글 끓어오르는 형상의 공기 방울들이 폐에서 탈출하기 시작했다.

'숨… 막혀. 이 끔찍한 기분에서… 제발 날 꺼내줘. 우, 우욱!'

입에서 미친 듯이 터져 나가는 하얀 공기 방울이 목을 잡고 괴로워하는 민제후의 눈동자를 가득 채웠다. 조금 전까지만 해도 자신을 시원하게 감싸던 차가운 해수였다. 그러나 지금은 그 존재의 차가운 조롱과 비웃음이 찌를 듯이 느껴진다.

이제 그것 때문에 죽을지도 모른다 싶자 발 밑으로 빨아들일 듯 입을 벌리고 있는 시커먼 심해가 너무나 무섭고 고통이 되어 다가왔다. 이젠 잔잔한 해류를 이루던 해수조차 격랑을 이루며 온몸을 찢을 듯이 조여오기 시작했다. 제후는 그 모든 것이 숨이 막히고 괴로워서 고통에서 벗어나고자 필사적으로 고개를 흔들었다. 그리고 그때.

'저건… 빛? 빛이다!'

이제 더 이상 생각할 것도 없었다. 가느다란 한줄기였지만 탈출구를 발견한 제후는 자신을 삼키려 하는 그 심해에서 온몸을 허우적거리며 그곳을 향해 헤엄쳐 갔다.

필사적이었다.

숨이 막히는 고통 때문만은 아니었다. 갑자기 소름 끼치게 차갑고 무심한 그 바다에서 탈출하고 싶었다. 잠시나마 푸근함을 느끼고 다가서려 했던 존재에게서 내쳐진 그 차가움이 왜 이렇게 큰 충격이 되는지 왜 그런지 모르겠지만 제후는 그냥 그렇게 외부에서 밀려드는 찢어질 것 같은 감정과 압력에 끌려 다니고 있었다.

그것은 '민제후'라는 소년의 감정은 아니었다. 적어도 지금의 '민제후'의 것은 말이다. 과거, 누군가가 거쳤던 감정의 행보를 되밟아가는지도 몰랐다.

"푸핫!"

드디어 그 검은 바다에서 벗어난 건가?

"콜록콜록콜록. 캑. 캑."

허헉. 잘못했으면 진짜로 주, 죽을 뻔했네. 그런데 내가 왜 갑자기 바다에 뛰어들어 있었던 거지? 도무지 알 수가 없는…….

불공평해.

어?

너무 불공평해.

난 할 수 없어. 자신없어.

당신들이 미워.

그렇지만 무서워. 흑흑.

"시, 시끄러!"

방에서 정신없이 울려대는 소리에 제후는 머리가 깨질 것만 같았다. 제후가 그 참을 수 없음에 양손으로 귀를 막고 소리 질렀다.

"젠장! 이번엔 또 뭐야, 이 엄청난 자기 비하의 방은?"

그 끔찍한 압력의 바다에서 벗어났다 싶었더니 어느샌가 다시 이상한 방 한복판에 던져져 있다. 어떻게 이곳으로 옮겨지게 된 것인지는 중요하지 않았다. 이번엔 방다운 방이었다. 좀 드넓어 방이라기보다는 학교 강당 같아 보였으나 어쨌든 바닥과 벽과 천장이 존재했다.

어서 와. 기다리고 있었어.

그리고 그때였다. 또 다른 목소리가 들려오자 머리를 깨뜨릴 것만 같던 소음이 순식간에 멎은 건.

꾀꼬리 같은 목소리는 아니었지만 제후는 지금 그것보다 아름답게 들리는 소리가 없었다. 적어도 그 목소리는 머리를 징징 울리게 하지 않는다.

고개를 돌려 뒤돌아보니 검은 실루엣을 볼 수 있었다. 커다란 의자에 다리를 꼬고 앉아 깍지 낀 손을 무릎 위에 올려놓은 거만한 자세. 체격과 모습은 보이지 않았다. 그냥 검은 느낌의… '사람'이었다.

'뭐야, 저 인간은? 우에~ 얼굴이 보이지 않아. 부분적으론 보이는데 전체적인 모습을 알 수 없다니. 음, 머리 끝부터 발끝까지 시커먼 게 '먹물 사나이'라고 불러줘야겠군.'

제후가 상대방의 호칭을 정하고 뿌듯해하자 그 '먹물 사나이'가 민제후의 겉으로 보기에만 고뇌에 차 있는 듯한 진지한 모습에 친절한 설명을 아끼지 않았다.

아, 이 울림이 신경 쓰이나 보지?

'울림? 아~ 저 징징 울리는 시끄러운 소리들을 말하는 모양이군. 음, 그러고 보니 아까까진 별로 궁금하진 않았는데 지금은 갑자기 궁금해졌어. 저것들은 대체 무엇이지? 그리고 아까 그 차갑고 텅 빈 바다는?'

제후가 '먹물 사나이'의 말에 생각에 빠져 있다가 그 '먹물 사나이'가 이상하게 기분이 나빠지는 미소를 짓는다고 느껴지는 순간 대답을 들을 수 있었다. 그런데 아주 의외의 말.

글쎄, 저걸 뭐라고 해야 좋을지. 그냥 '가짜'를 맞이한 '진짜'의 마지막 염(念)이라 해두지.

'진짜?'

가짜와 진짜. 존재에 대한 꿈. 예전에도 한번 들었던 듯한.

민제후의 동공이 커다래지자 '먹물 사나이'가 비릿한 속삭임을 전했다.

저건 '진짜'의 외침이야.

먹물 사나이의 소리가 무엇을 말하는 것인지 그제야 확실히 알았다.

"그럼 원판의……."

그래. 내가 말하는 원판, 그러니까 '진짜' 민제후의 살아 있을 때의 감정들이야. 그 심해는 바로 그의 의식 세계였고, 내가 복원해 놨지. 멋지지 않아? 원판 제후가 살아 있을 때 그가 느꼈던 차가운 상류층의 환경. 그리고 그의 가족, 친척들에게서 느끼는 엄청난 압력과 잡아 먹힐 것만 같은 조롱과 비웃음. 쿡쿡쿡.

제후의 눈이 방어적인 자세와 함께 적대적인 시선으로 입을 열었다.

"넌 누구지?"

뭐? 아하… 하하하하하! 정말 웃기는데. 눈물이 날 것 같아. 정말 웃겨. 하하하하!

'먹물 사나이'가 배를 잡고 웃는 통에 제후의 얼굴이 눈에 띄게 굳어졌다. 처음에는 나이가 많은 사람일 거라 생각했는데 이상하게 상대가 점점 어려지는 느낌이 든다.

미안해. 크흐흑. 쿡쿡. 하지만 너무 웃겨서 말이야. 그건 내가 가장 잘 알고 있는 것 같은데? 그렇게 멜로 드라마의 한 장면 같은 말은 하지 말라구. 너무 웃어서 눈물이 다 나잖아.

'바로 예전의 나?!'

벼락을 맞은 것처럼 그 느낌이 뇌리로 파고들었다.

삶에 대한 증오와 익숙한 복수심, 그리고 지금과 달리 겉으로만 묘하게 활달한 천성이 섞여 있는 건조한 인간. 예전 그의 모습임이 틀림없었다. 그때와 달라진 것이라면 말투와 행동이 어려졌다는 것 정도였다. 중년에 접어들던 그의 평소 심각한 얼굴과 딱딱한 말투였으니까.

넌 모든 걸 잊고 싶었겠지. 하지만 난 잊지 않았어. 그래서 너는 나란 존재를 이렇게 꽁꽁 묶어 시커먼 의식 밑바닥에 가둬 버렸어. 하지만 내가 여기에서 찾아낸 것이 뭔 줄 알아? 바로 저것들이야. 내가 없었으면 점차 새로운 영혼의 파장으로 없어져 갈 다른 영혼의 사념.

또 다른 '나'가 입꼬리를 올리며 웃었다.

바로 네가 말하는 '원판'이겠군.

제후가 침묵을 지키며 그냥 바라만 보자 그가 자리에서 일어나 천천히 다가왔다.

아, 오늘 일은 하나의 알림이었어. 날 더 이상 망각하는 건 곤란해. 쯧쯧쯧.

곤란하다는 말과 함께 검지손가락 하나를 들어 흔들어 보이는 상대.

자신의 육체조차 통제할 수 없게 만들 만큼 영향력이 있단 소린가? 여전히 뚜렷한 형체를 알아볼 순 없지만 정확하게 일치하는 키로 민제후와 마주 보았다.

넌 '가짜'. 난 그 가짜에서 파생된 또 다른 '가짜'.

"......"

하지만 난 '진짜'의 염(念)을 받아들였어. 똑같은 '가짜'라면 '진짜'에 가까운 존재가 승리하지. '가짜'란 '진짜'가 나타나면 사라지는 존재거든.

무슨 소리인지 알 수가 없다.

또 다른 '나'가 혼잣말을 하듯 중얼거리며 뒤돌아 걸음을 옮겼다.

앞으로 우리가 받아야 할 빚이 산더미야. 그런데 넌 모든 것을 다 잊었다는 얼굴로 행복해하고 있어.

"...복수 같은 건 생각해 본 적도 없어."

쿡쿡쿡. 그래, 서두를 필요는 없겠지. 몇 년을 절망 속에서 증오와 복수심에 미쳐 살았는데 조금 더 기다리게 된 것쯤이야. 쓸개를 씹고 장작 위에서 잠을 자면서 잊지 않는다는 것이 무슨 의미인지 이제야 알 것 같아.

하지만 이제부터는 내가 널 천천히 지켜볼 거야.

이를 갈며 말하는 상대방의 목소리에서 끓어오르는 감정이 느껴진다.

아주 천천히.

웃는 건지 우는 건지 모를 음성으로 공중에서 떨어져 나오는 그 소리가 가슴을 흔든다.

'쿡! 웃기고 지랄하고 자빠졌네.'

"웃.기.지.마. 난 내 마음대로 살 거야. 누가 그런 시시껄렁한 복수 따위에 미쳐 귀중한 시간을 낭비할 줄 알아? 내 몸을 빼앗고 싶은 모양인데, 맘대로 해보셔. 잠깐잠깐씩 마비 좀 일으킨 것 가지고 겁먹을 줄 알았냐? 헹! 눈 뜨고 가위눌렸다 생각하지 뭐. 그리고 내가 그렇게 만만하냐? 맘대로 해봐 맘대로! 배 째라, 배 째!"

베에~ 본인이 싫다는데, 버티겠다는데 지가 어쩌겠어. 자아, 이럴 땐 'YOU WIN'이란 자막이 나오면서 브이자를 그리며 씨익 웃어줘야 한다.

푸하하하핫! 넌 역시… 큭큭… 웃기고 황당한 놈이야.

"응. 요즘 그런 칭찬 많이 들어."

큭큭큭. 그런 점이 참 마음에 든다니까. 그래서… 나는 네가 더 재.수. 없.어.

짜식! 저것도 '나'라더니, 눈빛 하나만은 끝내주게 살벌하네.

"'마음대로 살겠다'는 건 '엉망으로 살겠다'는 뜻이 아니야. 그건 '내 자신에게 충실하게 살겠다'라는 뜻이야. 절대로 '되는대로' 사는 게 아니라구. 너도 그걸 이해해 줬으면 좋겠어. 이제 모두 전생이고 하니 모두 잊는 것이……."

시끄러, 시끄러, 시끄럿!

'먹물'이 고개를 숙이더니 점차 커져 가는 하이톤으로 악을 썼다. 불끈 쥔 두 주먹 관절이 하얗게 되고 온몸을 간질 환자처럼 부들부들 떠는 것이 금방이라도 쓰러질 것만 같다. 그러자 또 다른 '나'의 고통이 순간이나마 제후의 몸을 꿰뚫고 지나갔다. 그리고 그때야 깨달았다.

'아! 또 다른 나는 내 안에서 이렇게 살고 있었던가.'

그는 증오와 복수에 미친 괴물이 아니라 상처받을 대로 받아 복수라는 목적조차 없으며 쓰러지고 말 것 같은 불쌍한 영혼의 단면이었다. 하지만 난 새로운 삶을 새롭게 충실히 살아야 한다는 자기 합리화로 나의 일부를 이렇게 잘라내어 죄수처럼 가둬놓았던 것이다. 스스로의 상처는 끌어안고 인정할 수 없었다.

슬픔이 밀려왔다.

어떻게 잊을 수 있단 말이야! 그때의 그 아픔을, 그 고통을, 그 슬픔을. 내가 사랑하는 사람까지 그렇게 처참하게 짓밟혔는데. 어떻게! 어떻게! 어떻게!

"뭐? 무, 무슨 소리야 그게?"

방금 이상한 소릴 들었다.

기억에는 없는 이상한 말. 하지만 내 입에서 반사적으로 튀어나오는 말은 너무나 격렬하다. 마치 건드리면 안 되는 금지를 건드렸다는.

'내, 내가 왜 이러지?

뭐야? 너, 정말 다 잊어버린 거야? …큭큭. 그렇군. 나라는 존재를 만들어 기억하기 싫은 그것들을 전부 끌어다 주었군. 아니, 밑바닥에 묻어둔 그 기억에서 내가 만들어진 건가? 어쨌든 이제야 알겠어. 견딜 수 없는 기억과 증오를 전부 나에게 떠넘겼기 때문에 넌 그렇게 태연할 수 있었던 거야. 하긴… 이해할 수는 있어. 그렇게라도 하지 않았으면 진짜로 미쳐 버렸을 테니까. 하지만.

희미한 형태 사이로 그의 두 눈이 예리하게 반짝였다.

용서할 수는 없어.

"무슨 소리냐구, 그게!"

날 미치게 하려 했던 거면 성공했어! 어서 말해!

나는 너고, 너는 나야. 넌 날 버렸지만 난 버려질 수 없어. 기다리지.
언젠가 네가 스스로 날 찾는 날이 올 거야. '힘'은 거의 모두 내가 갖고 있
으니까. 비밀이라고 생각해도 좋아. 그럼 이만. 잘 가라구. 후후후.

그의 인사에 제후는 자신도 모르게 자신의 몸을 내려다보았다. 점점
사라진다.

'사라져? 사라지다니?'

입을 열고 뭐라 말하려 했으나 목소리도 터지지 않았다. 의식도 점
차 흐릿해져 왔다. 무언가 자신을 맑은 공기 속으로 끌어 올리고 있었
다.

'안 돼! 아직 대답을 듣지 못했어! 묻고 싶은 것이 있단 말이야!'

대답은 모두 네 안에 있어.

그것이 놓치고 만 그 아공간의 줄에서 마지막으로 들은 답이었다.

*   *   *

뭐가 내 안에 있다고?

"우… 추워."

싸늘하다. 난방이 고장났나? 왜 이렇게 춥지? 분명 내가 어제 잠들
땐…….

"우앗! 맞다. 외박했어! 큰일이다. 장 여사가 날 죽이려고 할 거야.

아니야. 장 여사보다 김 비서가 더 난리가 났을 텐데… 어?"

제후가 벌떡 일어나 앉아 무단 외박을 했단 것에 대해 걱정하다가 주변을 둘러보았다.

어제 분명히 마지막 기억은 〈시티 오브 조이〉라는 술집에서 그 특제 음료라는 것을 마시고 강제로 잠들어 버렸다는 것이다. 그래서 그런가? 꿈도 뒤숭숭한 걸 꾸었는지 온몸이 찌뿌둥하다. 꿈 내용은 기억이 잘 안 나지만 단편적인 기억을 짜맞춰 보았을 때 어디 놀러 가서 물에 빠져 죽을 뻔한 내용이었던 것 같다.

그래도 정말 약 효과가 있었던 모양이네? 다친 속이 많이 괜찮아졌어.

"그런데 그보다……."

탄성을 내지르며 눈앞의 풍경을 보았다.

"여기 새벽은 굉장하잖아! 하아~"

정말 장관이었다.

〈시티 오브 조이〉가 창고 같은 것을 개조하여 만든 건물이라 그런지 벽면마다 분리되어 열린 그 창으로 아스라한 새벽의 바다 안개가 잔잔하다. 멀리 뱃고동 소리와 바다가 보이는 가운데, 청소하려고 의자를 올려놓은 테이블까지 하얀 안개가 가득 들어와 있다.

마치 안개의 바다 속에서 잠을 잔 기분이다.

그리고 그때, 그 안개의 바다와 너무나 잘 어울리는 잔잔한 음률이 상쾌한 새벽 공기를 울렸다.

"멋지다."

눈에 보이는 풍경과 절묘하게 어울려서 그런지, 아니면 그 음률 자체가 새벽의 청량함이라 그런지 제후는 자신도 모르게 그렇게 중얼거렸다.

'마치 더러운 때를 씻어내는 듯… 가슴속 깊이 정화(淨化)되는 것 같아.'

그러나 한 가지 걸리는 건…….

제후가 자리에서 일어나 옆 테이블 의자에 걸쳐진 교복 상의를 집어들고 철제 계단을 타고 이층으로 올라갔다. 아직 아스라한 새벽빛만 희미할 뿐 햇살이 비치지 않아 창가에서 먼 계단 쪽은 어두웠다. 한 계단 한 계단 오르는 것이 마치 신성한 의식처럼 느껴졌다. 바다 안개가 가득한 그 공간을 감싸는 피아노 음률이 너무나 맑고 아름답다.

"아! 이건……."

마침내 위층으로 올라선 제후의 눈에 보인 것은 환상의 바다 위에 펼쳐진 그랜드 피아노의 실루엣.

이층은 거의 건물 골조만 남겨놓고 모든 창이 분리되어 있어 마치 바다 위에 떠 있는 듯한 착각이 들었다. 그리고 그 속에서 마음을 가라앉히는 아름다운 선율이 푸른 바다에 비해 한없이 작고 작은 한 인영에 의해 창조되어 새벽을 깨운다. 어젯밤 소란스럽고 시끄럽던 장소라곤 도저히 믿어지지 않는, 장대하고 순수한 힘이 이곳을 감쌌다.

'제이.'

얼마나 그렇게 서 있었을까?

제후는 아주 오랜 시간, 시간이 멈춘 듯 제이의 피아노에 넋을 잃었다.

"파헬벨의 「캐논(CANON)」이다."

"……!"

굵직한 남자 목소리가 들려와 고개를 돌리자 팔짱을 끼고 빙그레 웃는 털보 마담 말리에가 보였다. 투박한 입술 사이로 유난히 하얀 이가 반짝인다. 윽!

'에구, 눈 버렸다.'

말리 형님, 당신 근육이 멋진 건 잘 아니까 이제 제발 난닝구 하나만 입고 돌아다니진 마시구려. 그 팔뚝의 문신도 하나도 안 멋있어요. 쿠엑! 하트라니.

제후가 억지로 양쪽 입꼬리를 올리고 두 눈의 눈꼬리를 밑으로 처지게 하여 간신히 웃는 얼굴 비슷하게 만들었다. 웃는 얼굴을 간신히 조합하여 눈인사를 한 다음 겨우 고개를 돌렸다. 그래도 제이의 피아노 소리가 눈과 귀를 씻어주고 마음을 빼앗아가고 있어 곧 마음의 평정을 되찾을 수 있었다. 뒤에서 마담의 호탕한 목소리가 들려왔다.

"제이가 그러더라고. 이게 「캐논」이라는 거라고. 후후."

"「캐논」……."

"어때? 끝내주지?"

안개에 녹아 있는 듯 평온하게 건반을 누르는 제이의 모습이 음률에 취해 멍한 제후의 눈에 그림처럼 담겼다.

"새벽이 돼서 그 망나니, 아니, 손님들이 빠져나가면 이렇게 가게의 모든 창과 문을 열어 담배 연기와 술 냄새를 빼버리곤 하지. 그럼 아주 죽이는 전망이 들어와. 이 가게는 창고를 개조해 만든 것이라 온 창을 모두 열어젖히면 새벽 안개가 바다와 함께 볼 만하단다."

아름다운 정경.

청량한 피아노 연주.

"제이는 「캐논」을 치고 있으면 가슴속이 씻긴다고 하더라. 몸과 마음이 깨끗이 정화되는 것 같다나? 저 녀석, 힘든 일이 있거나 나쁜 마음이 들 때면 이렇게 여기와 와서 웃고 떠들다가 캐논을 치지. 그리고 나서 다시 숨 막히는 삶 속으로 빠져든다고 했어. 나는 피아노가 지금껏 그 아이를 버티게 만든 친구라면… 「캐논」은 제이, 바로 저 아이의 본질이라고 생각한다.”

　‘오～’ 하는 표정으로 고개를 돌려 바라보니 마담이 헛기침을 한다. 말해 놓고 나니 쑥스러운가 보다.

　“험험! 이런, 낯 뜨거운 말을 주책없이 펑펑 해버렸구만. 뭐, 어쨌든 저 녀석 덕에 나도 팔자에 없는 클래식 음악을 간간이 듣게 됐지. 피아노란 것이 이렇게 뿅뿅 날리게 멋진 것인지 처음 알게 됐다니까. 크하하하～!”

　훗, 네. 모두 다 제이, 저 녀석의 피아노 탓이죠. 공기 속에 녹아든 이 선율이 사람을 이리도 순수하게 만드니.

　“난 고상한 감상 따윈 잘 모르지만, 제후 아우…….”

　내가 음악 따윈 관심없다고 큰소리칠 때의 장 여사의 말. 음악에 마음을 담아 마음을 움직인다. 그 말에 의하면 저 녀석이야말로 진짜.

　“저 녀석은 정말 천재야!”

　‘천재다!’

　눈을 빛내며 고개를 번쩍 들었다.

　혼자 생각에 빠져 있다가 말리에의 말과 자신의 생각이 한순간에 일치하자 정신이 맑게 들었다. 그런데 묘한 동질감에 바라본 말리에의 얼굴이 침중해져 있다. 그 이유가 바로 내가 계속 걸려한 바로 그것이라면.

　“그렇지만 제이는 스스로 그 천재성을 죽여가고 있어.”

　역시.

　“잘 모르지만 점점 이곳에 올 때마다 달라져 가는 제이를 난 느끼고 있거든. 나 같은 무식쟁이도 느낄 정도라니 말 다했지 뭐냐. 하지만… 제이 스스로는 그것을 잘 모르고 있지.”

　그렇겠지. 저런 식으로 여기 와서 가끔씩 자신의 재능을 달래가며 자기도 모르는 사이 어른들이 원하는 고정된 틀에 맞춰가고 있으니. 자유로움을 모토로 하는 저 녀석의 천재성이 사라져 가는 것은 물고기가 물에서 살 수 없는 것만큼이나 너무나 당연한 일인 것이다.

완벽하고 훌륭하지만 지금의 제이의 음악은.

'너무나 공허하다.'

"응? 뭐예요? 그래서 나더러 뭘 어쩌라고요?"

저런 눈으로 바라보다니. 나더러 뭘 어쩌란 거야? 부담스럽게. 자기 인생, 자기가 알아서 사는 거지 누가 뭐라 할 수 있겠어. 천재가 되든 바보가 되든, 그것 모두가 자기가 알아서 책임져야 할 인생의 숙제라는 말이다. 누가 뭐라고 끼어들 수 있는 문제가 아니라구.

"게다가 저 자식, 날 별로라고 생각한다구요."

그러나 그 소리에 껄껄 웃는 털보 마담이었다.

"저 녀석이 이곳에 친구를 데려온 적은 한 번도 없었다. 분명 저놈은 알게 모르게 아우를 편하게 대하고 있는 거야. 그래서 내가 부탁하는 거다."

마담이 어깨를 툭 치며 손에 힘을 꽉 쥐었다. 제후의 얼굴이 약간 찌푸려졌다.

"아우가 제이를 도와줬으면 좋겠어."

아, 젠장! 이렇게 되면 꼼짝없이 걸려든 꼴이잖아. 그런데 난 왜 이렇게 키득거리고 있는 거지. 이런! 나 드디어 미쳤나 봐!

"하아~ 앞으로 더 미움받게 생겼는걸. 그런데 형님, 나 비싸요."

"내 특제 음료 평생 보장권을 주지! 그럼 손해 보는 장사는 아니지 않나?"

씨익 웃는 마담 말리에. 제후가 교복 상의를 팔에 끼워 걸쳐 입고는 그를 쳐다보지도 않고 스쳐 지나가며 미소 지었다.

흐트러진 금갈색 머리칼. 그리고 그 밑에 숨은 깊은 시선이 고정된 곳은 바다를 배경으로 안개가 밀려드는 창가 앞 피아노.

"네, 그 정도라면."

딩~

마지막 건반을 잔잔하게 누르고 여운을 느끼면서 패달에서 발을 뗐다.

고개를 들어보니 바로 옆 활짝 열어젖힌 창으로 안개의 바다가 보인다. 몇 년 간 보아온 정경이지만 볼 때마다 감탄하게 된다.

아름다워. 자연은 저리도 자유로우면서 너무나 아름답고 경외롭다. 하지만 인간은 아니야.

'이제 「캐논」은 그만 칠 때가 되지 않았을까? 아무리 해도 결국… 나도 인간이니까. 사람은 혼자선 살아갈 수 없어. 그런데… 난 지금까지 무엇 때문에.'

제이가 두 손에 얼굴을 묻고 키득거리며 마음의 결정을 내리기로 했다.

특고에서 유학을 권유해 왔다. 진보가 없는, 아니, 퇴보해 가는 무언가를 그들도 발견한 것이겠지. 그러나 그보다 더 중요한 것은 그것이 아니다. 난 지금까지 성전재단에 의해 키워져 왔고, 먹고 살았다. 그들이 원하는 건 내가 하고 싶은 음악이 아니더라도 난 그들이 찬사를 보내는 천재의 연주를 보여줄 수 있으니까.

"킥킥. 그래, 이제 세상과 타협할 때가……."

"별 주접을 다 떠는군."

반사적으로 고개를 획 돌렸다. 이 순간 가장 듣기 싫고 보기 싫은 인간의 목소리가 들려왔다.

"민.제.후."

안개에 젖어 약간 촉촉한 금빛 머리의 소년이 그 자리에 서 있었다.

찌르는 듯한 시선에 거만한 자세.

비웃는 것이 확실한 민제후의 그 자세에 제이는 기분이 확 구겨졌다.

"너, 지금 뭐라고 했어."

"주접이라고 했다. 못 들었냐? 주.접."

너무나 당당하게, 그것도 깔아뭉개는 어조로 말하는 폼에 제이는 적의가 확 일어났다. 하지만 뭐라 말하거나 화내기 전에 이미 다시 시작되는 민제후의 비아냥.

"아주 생 쇼를 해라, 생 쇼를 해."

"뭐, 뭐?"

"네가 천재 소년이라고? 지랄하고 자빠졌네. 골 빈 어른 몇이 치켜세워 준다고 눈에 뵈는 게 없군. 그것도 실력이라고 고뇌하는 척은. 쳇!"

제이는 눈앞의 소년이 어제까지 살랑살랑 빙글빙글 웃고 다니던 제후가 맞는지 어리벙벙해서 화낼 타이밍을 놓쳐 버렸다. 너무 어이가 없어 화도 웃음도 안 나온다.

지금까지 여러 가지 종류의 비난과 설교를 들어왔지만 이런 종류의 것은 아니었다. 그의 연주를 한 번이라도 들어본 적이 있는 사람이라면 누구도 그의 실력에 대해서 한 치의 의심도 보이지 않았다. 설교란 것들도 하늘이 내린 그런 재능을 불성실한 태도로 소중히 하지 않는다는 것들이었지, 이렇게 실력도 없는데 폼만 잡고 있다는 식으로 깎아내린 적은 한 번도 없었던 것이다. 그리고 그것은 제이 자신도 마찬가지였다. 그도 자신의 재능에 대해선 의심을 품어본 적이 없었다.

그런데 지금 바로 자신의 앞에 서 있는 저 오만방자한 소년은 어떤가?

장난으로 툭 던진 연주 대결에 느닷없이 가볍게 응해 버린 황당한 녀석. 국내 콩쿨에선 자신이 참가한다는 소식이 들리면 출전을 포기하는 명문 학생들도 속출하건만.

그렇지만 '무식하면 용감하지' 라며 웃어 넘기며 얼마 안 남은 연주 발표회 때 하늘과 땅의 차이를 알려주고야 말겠다고 무시하고 있었는데.

"하! 기가 막혀서."

"너 따윈 나도 이길 수 있어."

"......!"

상대를 말자고 고개를 돌려 버리자 둔탁한 것으로 머리를 얻어맞은 것 같은 강한 충격에 다시 고개를 홱 돌렸다. 제이의 시선이 닿은 그곳엔 금갈색 머리칼을 가진 단정한 선(線)의 귀족적인 소년이 두 손을 주머니 속에 찔러넣은 채 비웃으며 서 있다.

"야! 민.제.후!"

제이가 서리가 내려앉을 정도로 매섭게 노려보았다.

감히… 감히 피아노를 상대로.

'내게 도전을 해?!'

하지만 그의 서슬 퍼런 시선에도 제후는 코웃음을 치며 마주 쳐다봤을 뿐이다. 입꼬리에 걸린 비웃음. 그리고 무서운 의지의 눈.

그 둘 사이의 공기가 새벽의 차가운 공기를 더욱 얼려 버리는 듯했다.

"피아노 전공 연구 발표회. 이제 얼마 안 남았지? 그때 이후로 벌써 시간이 많이 흘렀네? 후후, 그럼 그때 보자구. 제이. 아니, 강.제.경."

하지만 제후는 그런 분위기에 아랑곳하지 않고 미소 지으며 뒤돌아 걸음을 옮겼다. 게다가 더 이상 피아노 앞의 소년을 그가 안주하는 세계의 이름인 '제이'가 아니라 차가운 현실 속의 이름, '강제경'이라고 강조하며 부르고 있었다.

"난 너 같은 건 눈 감고도 이길 수 있어!"

이 사이로 내뱉는 그 목소리에 제후가 고개 숙여 피식 웃고는 다시 제경에게로 돌아섰다.

"아니, 그래 가지고선 어림도 없지. 전력 질주해."

제후의 두 눈에선 좀 전의 차가움은 사라져 있었다. 그러나 깊이와 그 뜻을 알 수 없는 고요함이 더 아슬아슬하다.

"장난처럼, 기분에 따라서가 아니라 전심전력을 기울여야 할 거야. 네 재능의 밑바닥까지 모두 다 끌어모아. 모아서 완벽하게 네 것으로 만들어. 그게 날 이길 수 있는 유일한 방법이야. 하지만 만약 그것을 이루지 못하면 날 어떻게도 하지 못할걸? 뭐, 그것도 네게 약간의 재능 비스므레한 것이라도 있다는 가정 하에서지만. 쿡쿡쿡."

키들거리는 금갈색 머리칼의 소년은 마치 동네 장난꾸러기처럼 맑고 꾸밈없는 유쾌한 모습이었지만 그의 말뜻에는 비열함마저 느껴졌다. 민제후의 눈빛이 잔인한 즐거움으로 반짝였다.

"그리고 네가 나에게 패배한다면 미안하지만 성전특고에서 나가줘야겠어."

"뭐?"

"천재니 어쩌니 떠들어대던 녀석이 피아노 전공도 아닌 사람에게 정면 승부에서 패했다면 더 이상 존재 가치가 없지. 그러니… 음… 당연한 거잖아?"

두 손바닥을 펴들면서 가볍게 으쓱하는 모습이 얄밉기까지 하다.

"네가 그렇게 잘난 척하던 것들이 얼마나 가벼운 무게인지 알려주지."

그 눈이 공허함이 담긴 음악은 진정한 감동을 주지 못한다고 말하고 있다.

민제후. 저 녀석은 대체 누구지? 첫 만남에서부터 가장 신경 쓰이는 존재. 게다가 어째서 저 녀석이 날 이리도 뒤흔드는 거냐? 왜 자꾸 내 인생에 사사건건.

"…너, 누구야?"

"나? 민제후. 알잖아. 하

하하! 왜 그래? 혹시

내가 신분을 감추고 있던 세계적인 피아니스트가 아닐까 의심스러운 거야? 그것에 대해선 안심해. 나 피아노에 대해선 완전 초짜니까. 들어는 봤나? 2주 벼락치기라고. 아아, 그리고 만약 내가 지게 되다면 네 앞에서 무릎 꿇고 기어가 싹싹 빌지. 그래야 공평하겠지? 안 그래?"

제후가 아무 일 없다는 얼굴로 생긋 웃는다.

제경은 지금까지의 후원과 생계 수단을 걸게 하고, 자신은 특급 클래스 전체의 명예를 걸었는데도 저렇게 웃을 수 있다는 것에 어이가 없었다. 그는 그렇다 치더라도 가뜩이나 클래스S 편입에 대한 의혹도 받고 있으며 다른 아이들과 달리 서민이라고 눈총을 받는 제후가 특급 클래스의 명예조차 엉망으로 추락시켜 놓는다면 어떤 일을 당할지 모르는데.

'그런데 어째서?'

하지만 그 알 수 없는 대단한 녀석은 방긋방긋 웃으며 손을 흔들고 뒤돌아서 나갔다. 제경은 계단을 내려가는 민제후를 향해 다급하게, 그러나 차분히 가라앉은 목소리로 물었다.

"어째서지? 불가능하다는 걸 알잖아. 기적이 있지 않는 한 네가 날 이긴다는 건 불가능해."

제후가 걸어가다 우뚝 멈춰 섰다. 하지만 그대로 돌아선 채 고개만 약간 뒤쪽을 향해 기울여 싸늘하게 말했다.

"지금 내 걱정할 때가 아니잖아. 발표회가 끝날 때까지 우린 라이벌이자 적이야. 게다가 난 속이 텅텅 빈 네 피아노 따윈 겁나지도 않아. 네 걱정이나 해. 아! 그리고."

반짝이는 머리칼의 뒷모습이 자신만만하게 웃는 듯 보였다.

"기적을 일으키는 게 내 전공이거든."

*　　　　*　　　　*

사각사각사각—

성전 총수 사택의 수많은 방 중의 하나인 아담한 서재. 그곳에서 종이 위를 굴러가는 연필의 사각거림이 쉴 새 없이 들려오고 있었다.

동쪽으로 나 있는 맑은 창으로 이제 막 동이 터오르는 햇님이 보이고 있었으나 밝기가 조절된 스탠드가 아직까지 책상 위를 비추고 있다. 게다가 바닥 여기저기 널려 있는 악보와 오선지들. 그것들을 보아하니 그 연필 소리의 주인공은 밤을 샌 듯싶었다.

"으음."

끼룩?

세계가 인정한 최고 기량의 피아니스트, 음악계의 퍼스트 레이디 장혜영.

그 장혜영 여사가 안경을 벗으며 고개를 들었다. 밤샘 작업을 했기 때문인가? 그녀가 목과 어깨가 뻐근한지 목 뒤를 주무르자 창가 앞에서 깃을 다듬던 금웅이 의아한 얼굴로 고개를 발딱 들고 눈동자를 또 르르 굴렸다. 작은 소음에 혹시나 기다리던 주인이 왔나 싶어 두리번 거리는 모습이다. 장 여사는 금웅의 그 모습이 너무 귀여워 자기도 모 르게 빙그레 웃었다.

정말 영물이었다. 금웅은 어제 그의 주인인 제후가 돌아오지 않자 그녀의 옆에서 주인이 들어올 때까지 자지도 먹지도 않고 기다리고 있 는 중이었다. 사람 말귀도 알아듣는 것이 충성심도 뛰어나 신기할 정 도였다. 그녀는 다만 그런 영물이 왜 덜렁덜렁해 보이는 자기 아들을 따르는지 의아할 뿐이다. 동물을 세심히 잘 챙기는 녀석은 아닌데.

장혜영이 그런 새끼 매를 바라보다 다시 안경을 고쳐 쓰고 책상 위 종이와 자료들로 시선을 돌렸다. 그런데 그때 들려오는 노크 소리.

똑똑—

"네."

혜영은 이 시간에 누군가 했지만 곧 문이 열리며 뚜벅뚜벅 걸어 들 어오는 한 소년의 얼굴을 보고 내심 더 놀랐다.

창가에서 밤새 제후를 기다리던 금빛 매는 문 뒤에서 나타난 한 소 년의 모습에 열광하며 날아가더니 소년의 어깨에 앉아 얼굴을 부벼대 며 너무나 기뻐하고 있었다.

그렇다. 바로 그 소년이 어제 무단 조퇴, 무단 외박을 하고 하루 만 에 집으로 귀가한 '민제후'였다. 작게는 장혜영의 어린 아들이지만, 크게는 이 가문과 나라의 주축을 담당하는 대(大)성전그룹의 최연소 총 수.

하지만 지금은 흐트러진 모습에 구겨질 대로 구겨진 교복 차림으로 서 있어 누가 봐도 한참 친구들과 뛰어놀 나이의 어린 학생의 모습이 었다.

그러나 혜영은 그 아이가 반가워서 부벼대는 금웅의 머리를 점잖게 몇 번 쓰다듬어 주고는 부드럽게 물리치는 것을 볼 수 있었다. 평소 그 새끼 매가 얼굴을 부비면 같이 장난치며 놀던 치기 어린 모습이 아닌. 뭔가 아주 중요한 이야기가 있는 모양이었다.

그 분위기에 금웅 닭둘기는 영물답게 빠른 눈치로 푸드덕 날아가 주인 옆에 얌전히 내려서서 그들의 대화가 끝나기를 기다렸다.

'훗! 이런, 무단 외박 이후 이렇게 자진 신고하러 올 줄 생각지 못했었는데 말이야.'

그러나 그녀는 잠시 그 소년을 힐끔 쳐다봤을 뿐, 시선은 여전히 책상 위에 널려 있는 종이 위에 있었다. 사각거리는 연필 굴러가는 소리만이 서재를 가득 메웠다.

"늦었구나."

그 늦었다는 말은 단지 늦게 귀가를 했다는 것인지, 그녀를 찾아온 것이 늦었다는 것인지 그 의미가 애매하다. 한동안의 잔잔한 침묵이 흘렀지만 둘 중 누구도 서둘지 않았다. 소년이 왜 이 자리에 있는 것인지 서로가 너무 잘 알고 있는 것이다. 하지만 역시 절차는 필요하다.

마침내 고요한 안색인 소년의 입이 열렸다.

"도움이 필요합니다."

정중하지만 비굴하지 않고, 요청이지만 당당했다.

소년의 말소리가 떨어지자 종이 위를 굴러가던 연필의 움직임이 딱 끊어졌다. 그리고 그녀가 시선을 들었다. 고개를 든 그곳엔 민제후의 눈동자가 물러섬없이 그녀를 강하게 응시하고 있었다. 그녀가 거절하지 않을 것이라는 확신이 담긴 표정과 미소. 장혜영의 얼굴도 그가 그럴 줄 알았다는 듯 서서히 입꼬리가 위로 올라갔다.

이른 아침, 맑은 유리창으로 서서히 밀려드는 아침 햇살이 그 소년의 모습을 황금빛으로 감싸기 시작했다. 그리고 그것은 또 다른 일대 전환점이 동시에 그 소년에게로 서서히 다가들고 있음을 암시하는 듯 보였다.

제4장 책임과 의무라는 이름의 무게

쿠오오오—

인천 국제공항.

청명한 하늘이 한가득 펼쳐져 있는 그 거대한 활주로 위로 수많은 국적의 항공기들이 하루에도 몇 번씩 뜨고 내리는지 셀 수도 없다. 아시아의 중심이 되기에 손색이 없다고 극찬을 받는 신공항. 한국이 장기적인 시야로 바다 한가운데에 섬 하나를 통째로 만들다시피 하며 완성한 공항이었다. 하지만 어느 평일 아침, 이 공항에 흐르는 긴장된 공기가 그 대규모의 화려한 공간을 다른 의미로 유명하게 만들고 있는 듯하다.

비행기에서 내리는 탑승자들 옆, 광활하게 펼쳐진 활주로가 보이는 유리 벽 너머로 각 국적의 항공기들이 이착륙을 하며 내는 소리가 괴성처럼 들려온다.

"그래, 지금 막 도착했네. 가능한 최선의 조치를 취한 후 가장 빠른 편으로 귀국했지."

게이트를 빠져나가기 직전, 한 젊은 남자가 휴대폰으로 통화를 하고 있는 것이 보였다. 지쳐 보이는 안색이지만 한 치의 빈틈도 보이지 않는 완벽한 비지니스 수트 차림. 휴대폰이 안 들린 다른 한 손에는 검은 서류 가방이 들려 있다. 유리 벽 너머로 이륙을 준비하는 항공기들을 향해 무심한 시선을 던지며 이것저것 보고를 받고 지시를 내리는 그의 모습은 마치 큰 전투를 앞둔 장수처럼 비장함마저 느껴진다. 그리고 일행인 듯, 통화를 방해하지 않기 위한 배려인지 조금 물러서 있는 다른 두어 명의 사내들에게서도 그에게 느껴지는 분위기와 별다를 바 없다.

"한 실장, 지금 상황은? 음… 음… 그래, 미국 쪽은 잠시 주춤할 뿐이야. 간신히 보류시켜 두었지만, 완전히 막으려면… 역시 막대한 손실을 감수해야겠지. 지금 상태론 임시방편일 뿐이야."

유리 벽에서 시선을 돌린 남자가 밖으로 빠져나가는 게이트 쪽을 바라본다.

김성민.

성전그룹의 수장의 최측근 보좌관.

성전의 이름이 한국에서 얼마나 막강 권력을 휘두르는지 3살짜리 꼬마도 알고 있다는 사실을 염두해 둔다면 그 직위가 어떤 의미인지 모를 이가 없었다.

창업주 장문수 회장의 신임을 얻어 젊은 나이에 그 위치까지 오른 사람.

하지만 지금의 성전그룹에서 그의 위치는 대외적으로 '대변인' 일 뿐이다.

전(前) 총수의 보좌관이었던 그가 새로 취임한 신임 총수의 보좌관까지 이어서 맡는다는 것은 주변의 보는 눈도 좋지 않았을 뿐만 아니라, 김 비서 스스로도 그가 평생 모시는 분은 장문수 회장뿐이라고 다짐해 왔던 사실이기에 그것은 당연한 것이었다. 그리고 외부적으로 지금의 신임 총수는 베일에 싸여 절대 비밀 유지가 되어야 하는 상황이다. 그런 상황에서 그가 현(現) 총수에 대해 알고 있다는 사실이 밖으로 유출되어서 좋을 것이 없었다.

민제후 회장.

지금은 아직 어린 학생에 경험도 미숙한 소년이지만 학업을 마치고 곧 성년이 되면 그를 보좌해 줄 유능한 비서와 측근들을 찾아 새로 임명해야 할 것이다. 그러나 그때까지는 김 비서, 바로 그의 몫이었다. 민 회장의 경영 감각을 일깨워 주며 그의 방향도 잡아주어야 하고, 설사 그 어린 수장이 실수나 잘못을 저지르더라도 그가 해결해야 한다. 물론 이번 일은 그 어린 주인이 고의적으로 벌인 일일 것이라는 확증에 가까운 심증으로 이가 갈리더라도 마찬가지다.

김 비서가 이를 악물고 그동안 서울에서 그의 지시에 따라 행동해 온 한지훈 실장에게 마지막 최후 통첩을 지시했다.

"지시한 사항은? 음… 그래, 좋아. 지금 곧 적당한 선에서 발표를 하게. 우리 성전만큼은 이런 극단적인 구조 조정이 필요할 거라 생각하지 않았었는데……."

잠시 머뭇거리던 김성민이 결단을 내리자 더는 망설임없이 차갑게 눈을 빛냈다.

"대규모 정리 해고를 각 계열사에 통보하고 세부적인 계획을 최대한 빠른 기간 내에 완성하도록! 그럼 몇 시간 뒤 본가에서 보지."

탁!

김 비서가 휴대폰의 폴더를 닫아 바바리코트 주머니에 쑤셔 넣고 검은 선글라스를 끼며 걸음을 옮겼다. 그의 걸음에 멀찍이 대기하고 있던 다른 일행들이 입을 굳게 다물고 게이트를 향해 함께 움직였다.

'도련님, 당신은 이제 싫어도 이 현실을 받아들이게 되실 겁니다.'

게이트의 문이 열렸다. 그리고 그와 함께 여기저기에서 펑펑 터지는 어지러운 카메라 후레쉬. 개미 떼처럼 몰려드는 취재 기자들의 고함 소리로 인천 국제공항은 누군가 그곳을 들었다 놓는 듯 정신이 하나도 없었다.

"김성민 씨! 성전그룹이 이번에 엄청난 규모의 인원 감축을 계획하고 있다고 하는데 그것이 사실입니까?"

"당신은 장문수 전(前) 회장의 최측근으로 알고 있습니다. 이번에 미국의 십수 개의 각 지사를 단 3일 만에 모두 돌아보고 왔다는데, 그 일이 이번 급진적 구조 조정과 어떤 관계가 있는 겁니까?"

"김성민 씨! 갑작스럽게 불안하게 돌아가는 성전그룹의 입장 표명으로 대대적인 파업과 농성 사태가 일어나고 있습니다. 대변인으로서 한 말씀 하시죠!"

"이번 구조 조정 방침은 새로 취임한 신비의 신임 총수의 경영 전략인가요? 말씀해 주십시오!"

어느 정도 예상은 했었지만 이 정도로 예민한 반응이라니. 아직 공식적인 발표가 없었음에도 불구하고 기자들은 상당히 정확한 정보를 확보하고 달려들고 있었다. 누군가가 정보를 흘리고 있음이 분명하다.

표정을 감추는 검은 선글라스 밑으로 김 비서의 입술이 딱딱하게 굳어가고 있었다.

김 비서 일행은 한참 만에 몰려드는 기자들을 힘겹게 헤치며 공항을 겨우 빠져나올 수 있었다. 한국 시간으로 그가 출국한 지 3일 하고 반나절이 지나 있었다. 아침 하늘은 아무 일 없다는 듯 여전히 여유로운 청명함으로 가득하다. 자동차 문을 열고 뒷좌석에 앉아 서서히 움직이기 시작하는 풍경들을 바라보았다. 그러자 그 풍경 위로 한 인물의 영상이 떠오른다.

반짝이는 금빛 머리칼의 귀족적인 용모의 소년.

분명히 일반 또래들과는 다른 비범함이 보이는 인물이지만, 아무리 그래도 아직 어린 학생일 뿐이다. 김 비서의 생각은 그러했다. 전문적인 경영 지식이나 감각 따윈 전무한, 철없고 유약한 부잣집 도련님. 게다가 김 비서는 죽을 뻔한 사고 이후 성격이 변할 수는 있다고는 하나 그 사람의 천성이나 본질까지 쉽게 변한다곤 생각지 않는다. 그러므로 이번에 그 소년은 자신이 친 말썽에 어쩔 줄 모르고 허둥대며 장 회장에게 혼날 걱정에 겁을 집어먹고 울음을 터뜨릴지도 몰랐다. 바로 예전처럼.

하지만 이번 일을 계기로 그 소년이 좀 더 자기 자신의 어깨 위에 놓인 책임과 의무를 확실히 깨닫게 된다면 더 바랄 것이 없다고 생각되기도 했다. 장 회장님은 그런 걸 생각하고 그 소년에게 그 무거운 짐을 지우신 게 아닐까? 그것 말고는 다른 이유를 생각할 수가 없다. 그러나 그가 생각하고 있는 이유가 맞다고 하더라도 너무 말도 안 되고 어이가 없는 점이 많다. 단지 장 회장이 손자의 심성을 고치기 위해 이런 어마어마한 손실과 많은 직원들의 생계를 걸었을까?

"으윽."

김 비서는 다시 엄습해 오는 신경성 위통에 신음을 흘렸다.

오늘 그는 회사를 정상 궤도로 올려놓기 위하여 엄청난 결단을 어린 회장님에게 결제받아야 한다. 그리고 그 소년은 수천 가구의 생계를 발판으로 한 가지 교훈을 배우게 될 것이다. 높은 위치에 있는 자들은 그 높음만큼 말 한마디, 행동 하나가 사회적으로 얼마나 큰 파급을 몰고 올 수 있는가를! 그가 앉아 있는 자리가 장난이나 실수였다는 말로 용납되지 않는 위치임을!

　육중한 검은 승용차에 몸을 싣고 본가로 향하면서 김 비서는 다시 한 번 이를 악물었다.

　서울로 진입하는 그 고급 승용차 위로 인간사와 관계없는 태양은 무심한 햇살을 찬란하게 뿌리고 있었다.

*　　　　*　　　　*

　"저 바보… 또 자냐?"

　아침 전공 연구 자율학습을 마치고 교실로 돌아온 예지의 눈이 전망 좋은 창가 옆 책상을 향해 반짝였다. 이제는 화를 낸다기보다 아예 체념의 눈빛.

　창가로 따스한 햇살이 커튼처럼 내려와 한 남학생을 감싸고 있는 모습이 보였다. 전망 좋은 창가에서 불어오는 시원한 솔바람과 졸기에 딱 좋은 조건을 형성시키는 햇빛의 온기. 거기에다 지루한 오전의 전공 연구 자율학습을 생각한다면 그 시간에 수면의 욕구를 충족시키고 있는 것을 십분 이해할 수도 있었다. 하지만 그 남학생의 요 최근 정황을 면밀히 살피던 예지는 도저히 이해할 수 없는 상황이었다.

　"야, 민제후! 일어나!"

　예지가 전공 연구를 마치고 하나둘 들어오는 아이들로 클래스가 점차 분주해지자 제후에게 다가가 소리쳤다. 그러나 미동도 없다.

　책상에 두 팔을 포개고 그 위에 고개를 파묻는 자세로 앉아서 수면을 취하는 가장 기초적이고 기본적인 초식이다. 그러나 또한 가장 힘들고 어려운 고난이도의 경지이기도 하다. 이미 대한민국의 수만 명의 고등학생들이 체험해 보았을 테지만 이 기본 자세는 여러 가지 허점이 많이 있다. 물론 초보자도 별 어려움 없이 구사할 수 있는 가장 취하기 쉽고 안정감있는 자세라는 장점이 있으나, 오랜 시간 그 자세를 유지하게 되면 어깨와 허리가 뻐근한 근육통이 유발될 수 있다. 남자에게 허리는 생명이라 하지 않는가. 정말 중요한 허점이 아닐 수 없다.

그리고 두 번째로 두 개의 팔을 포개고 그 위에 신체 중 가장 단단한 골격 구조물인 머리가 올라가기 때문에 혈액 순환이 되지 않아 두 팔이 전기가 흐르는 듯 저려올 수가 있는 것이다. 그래서 여학생들에게 가장 권하고 싶지 않다. 두 팔에 혈액 순환이 잘 되지 않으면 손이 차지는데 여자는 손발이 차면 안 좋다고 하니 되도록 팔을 책상 위로 늘어뜨리고 수건 등으로 얼굴을 보호하며 엎드리는 응용 자세를 권한다.

또 가장 중요한 허점 중의 하나가 바로 이마에 자국이 난다는 것이다. 팔을 감싸고 있는 옷감의 재질을 선명하게 이마에 박아주는 그 허점은 안정감있고 잠이 가장 솔솔 잘 온다는 이 기본 자세의 장점을 미련없이 포기하며 각각의 응용 자세를 창출, 고수하는 학생들을 속출시킬 만큼 위력적이었다. 특히 그 옷감 재질이 우둘두둘한 골덴 소재라고 한다면, 세 번째 허점은 가히 치명적이다.

그런데 신기하게도 제후는 그 기본 자세로 거의 하루의 대부분을 보내고 있는 것이다. 물론 그 이후의 모습을 살펴도 팔이 저린다거나 이마에 자국을 남기는 경우는 절대 없었다. 이미 수면 욕구가 자세에 좌우되는 지경에서 벗어나 경지에 오른 것!

그러나 한예지라는 소녀가 이런 심오한 내용을 알 리가 없으므로 그녀는 그 자세에 대한 감탄은 없고, 단지 하루 온종일 잠하고 원수진 것처럼 퍼질러 지는 그 모습에 이마를 찌푸릴 뿐이었다.

제후가 누명을 쓸 뻔한 일이 있은 후 무단 조퇴에 결석까지 해서 걱정을 많이 했던 예지였다. 그래서 그가 또 결석을 하면 집으로 한번 찾아가볼 생각까지 하고 있었는데 다행스럽게도 그 다음날은 제후가 가장 먼저 학교에 나와 있었다. 물론 그때도 이렇게 엎드려 자고 있는 포즈였다. 하지만 그때까진 별 생각 없이 반갑고 기쁘기만 했는데.

'그날은 수업이 모두 끝날 때까지 저 자세였지. 으휴~'

정말 대단한 신경줄이 아닐 수 없었다. 수업은 완전 생무시하고 잠만 자니. 그러나 선생님들도 나중엔 한숨만 쉴 뿐 그대로 내버려 두기 시작했다. 제후를 무시하고 괴롭혔던 패거리들도 그때 사건 이후로 조용해져서 더욱 그의 수면을 방해할 존재는 찾아볼 수 없었다. 예지만 빼고.

그리고 오늘 예지는 단단한 결심을 하였다. 오늘이 제후가 학교에 나와 잠만 자고 하고 종이 치면 종 치기가 무섭게 사라져 버리는 일과가 시작된 지 벌써 3일째. 오늘만큼은 그 이유를 알아내고야 말겠다.

"야! 너, 오늘도 잠만 잘 거야? 일어나!"

예지가 독한 마음을 먹고 미동도 없는 민제후의 뒷머리칼을 잡아 힘껏 들어 올렸다 났다. 곧 이어 조금—사실은 아주 큰—둔탁한 쿵— 소리와 함께 뭔가가 쩌억 금 가는 소리가 들려온다. 한동안의 터울. 그리고.

"끄아악!"

마침내 민제후라는 소년이 끅끅거리는 소리와 함께 이마를 붙잡고 바닥에 쭈그리고 앉아 현실 세계로의 귀환을 알려왔다.

"오~ 마침내 깨어나셨군. 말로 해선 안 되는 부류가 꼭 이렇게 한두 종씩 있다니까. 오호호호훗!"

보통 때 같았으면 이때쯤 마녀 어쩌구저쩌구 하면서 시끄러워졌을 텐데 오늘은 충격과 쇼크의 강도가 조금 셌나 보다. 아직까지 눈물을 찔끔이면서도 말을 못하고 버벅거리고 있는 금갈색 머리칼의 소년이 보였다. 그래서 의아한 예지가 무의식적으로 제후의 자리로 고개를 돌려보니…

책상에 금이 갔다.

"음… 좀 아프겠다."

그러나 전혀 미안함이나 죄책감은 느껴지지 않는 목소리였다. 뭐든지 최고급 지상 주의에 물들어 있는 특고의 책상을 박살 낸 제후의 머리 강도에 경탄을 보낼 뿐이었다. 민제후의 성격이 전염성이라면 특급 클래스의 프린세스인 한예지 양이 그 바이러스 첫 감염자라고 의심되는 광경이었다.

"어? 이게 뭐야?"

민제후를 잠에서 깨운다는 첫 과제를 성공리에 마친 그녀는 생글생글 웃다가 제후의 책상 서랍에서 삐져나온 종이 뭉치와 이어폰을 발견하고 꺼내 들었다. 서랍 속에서 교과서 대신 두툼한 한 뭉치의 오선지들과 CDP가 한가득 그 자리를 차지하고 있었다. 예지가 의아한 시선을 들어 이제야 겨우 제정신을 차려가는 민제후 쪽으로 잠시 시선을 던진 후 그 물건들을 살펴보았다.

'뭐, 뭐야?! 이것들은 대체!'

두툼한 서류 뭉치 같은 그것들을 살펴보며 예지의 두 눈이 점점 동그랗게 확대되어 갔다.

그것은 분명 악보가 분명했다. 그러나 단순히 악보라면 별로 놀라울 게 없었다. 이제 며칠 앞으로 다가온 클래스B의 전공 연구 발표회, 그곳에 특별 참가자 형식으로 출전하게 되어 있는 민제후였으니까. 그러니 그의 자리에서 피아노 악보 두어 개 발견됐다고 하는 것이 오히려 자연스럽고 당연한 일인 것이다. 하지만 이 악보는.

'이건… 누군가 작곡한 것 같은데. 게다가 이것은 원본.'

그녀의 손에 휘갈겨 내려쓴 여러 개의 악보 원본이 들려 있었다. 얼핏 봐도 상당한 수준의 음악적 센스가 느껴지는 습작 노트. 이 정도의 실력이면 분명 누군가가 목숨보다 귀하게 여기는 물건일 텐데 마치 잡동사니 모아 두듯 제후의 책상 서랍 속에 쑤셔 박혀 있다는 건.

"뭐 하는 거야! 만지지 마!"

탁!

멍하니 갈겨쓴 오선지 뭉치를 넘겨 보다 갑작스레 들려온 격한 목소리와 손끝의 따끔함으로 예지는 그 물건들을 그만 놓치고 말았다. 오선지들이 파라락 소리를 내며 바닥을 향해 흩어지고, CDP와 다른 물건들이 책상 위에서 요란한 소리를 내며 떨어졌다. 아직도 재생 중이었던 CDP가 부서지며 여러 개의 CD가 튕겨져 나와 나뒹굴었다.

'모짜르트?'

예지의 눈이 반짝였다.

"으윽~ 엉망이 되어버렸잖아. 챙피하게 왜 처다보고 그러는 거야. 쳇!"

예지가 멍한 상태에서 퍼뜩 정신이 들었다. 시선을 내리니 제후가 투덜투덜 궁시렁궁시렁대며 바닥에 쪼그리고 앉아 흩어진 악보와 CD를 긁어 모으고 있는 것이 보인다.

그것은 화가 났다기보단 부끄러운 모양.

약간 붉힌 얼굴을 반항적인 눈으로 감추며 악의없는 투덜거림이 그것을 더 확신시켜 준다. 하지만.

"그 습작 노트… 네 거야?"

"왜?"

예지가 혹시나 해서 물어본 질문에 제후가 뚱한 표정으로 돌아보았다.

'설마… 말도 안 돼. 민제후, 저 바보는 지난 주까지 자신만만하게 칠 줄 아는 곡이 「학교종이 땡땡땡」이었다구.'

하지만 제후는 그런 예지의 표정을 다르게 해석했는지 바닥에 떨어진 물건들을 대충 수습해서 일어서며 말했다.

"지금 형편없다고 말하고 싶은 거야? 쳇! 알아, 알아, 알고 있다고."

"아니, 난 저……."

"아, 위로할 생각일랑 말어. 아니지. 네가 장 여사처럼 놀리지나 않으면 다행이겠지. 으휴~"

무슨 소리야?

"그려. '집중력만 좋은 멍청이' 소리만 벌써 3일 밤낮이라구. 여자들이 벌인 게임에 희생물이 되어 억지로 피아노로 끌려 다니는 열흘 동안에도 들어보지 못했던 잔소리들이란 말이야. 그래! 나 무식하다, 무식해!"

띠껍다는 표현은 바로 저런 표정에 쓰이는 것일 테다. 팔짱을 끼고 한예지 쪽이 아닌 다른 방향을 쳐다보며 얼굴을 실룩이며 웃는 민제후의 모습이 보였다. 뭔가 상당히 억울한 일을 당하고도 어떤 정당한 사유에 의해 반발이나 항의조차 할 수 없는 설움이랄까?

'그런데 '집중력만 좋은 멍청이'라고? 어째서?'

내가 전문가도 아니고 잘은 모르지만 적어도 저 정도라면… 상당한 수준임이 틀림없다. 게다가 제후는 작곡을 전문적으로 공부한 지 며칠 되지도 않았는…….

"아!"

'그래, 알았다! 장혜영 씨가 말하는 '집중력만 좋은 멍청이'란 뜻.'

예지는 번개처럼 스치는 어떤 느낌에 그 말의 의미를 깨달았다. 그건 무시무시할 정도의 집중력을 뜻하는 것일 것이다!

목표를 정하면 다른 곳엔 시선도 돌리지 않는 엄청난 정신력!

아마도 장혜영 씨는 아들의 그런 모습을 처음 대하고 소름이 끼쳤을 터였다. 절대 음감으로 듣는 음(音)을 모두 기억하고 재현해 낼 수 있는 경이적인 재능뿐만 아니라, 스폰지가 물을 빨아들이듯 무섭게 음악적 지식을 흡수하는 그 모습이 얼마나 경악스러웠을까? 그리고 그녀는 믿기지 않는 사실에 그런 표현을 썼을 것이다.

예지는 부서진 CDP를 투덜대며 살펴보는 제후를 인간 같지도 않게 쳐다보았다. 신동민 말이 맞았다.

'저 녀석은 괴물이야!'

"우~ 아주 작살이 났잖아. 이거 AS 받으려면 어디로 가야 하나? 오늘 안으로 이거 다 들어야 하는데."

제후의 난처한 목소리를 내는 찌푸린 안색에 그제야 예지가 조금 미안한 얼굴로 말했다.

남의 귀한 자식 머리통 깨뜨린 일에는 아무렇지 않았어도 CDP 망가뜨린 건 양심의 가책이 느껴졌나 보다.

"아, 미안! 망가졌니? 급하면 내 거 빌려줄게."

"됐어. 어차피 오늘도 출석 체크하러 온 거야. 집에 가서 듣지 뭐."

말로는 그렇게 말하지만 실제로는 상당히 난처한 것이 분명했다.

계획에 차질이 생긴 걸까? 그런데 정말 이상하다. 제후가 발표회에 나가게 되었어도 이렇게 열심히 할 이유 같은 게 있을 리가 없다. 지난 주까지만 해도 이런 모습이 아니었는데.

게다가 아침 일찍 있었던 교내 행사에 대한 특별 학생 회의에서 클래스B Ⅰ 의 강제경이 실습 연구실에 처박혀 두문분출한다는 소문을 들었다. 거의 문제아로 찍혀 있던 천재가 이번에 정신 차리고 뭔가 큰 사고를 칠 것 같다며 예술 계통 교수들의 흥분한 모습을 보아야 했다. 그러나 예지가 주목한 점은 그런 사실이 아니었다. 강제경이 실습 연구실에 들어간 시기가⋯ 민제후가 이상한 행동을 보이는 시기와 거의 정확하게 맞아떨어진다.

우연일까?

아니면 정말 그 둘 사이에 무슨 일이 있었던 것일까?

"그런데 왜 그 많은 CD를 오늘 안에 들어야 되는데? 그것도 얼핏 보니 거의 모짜르트뿐인 것 같던데. 모짜르트 음악만 모두 모아 듣니?"

"아냐. 다는 아니고, 모짜르트의 협주곡과 표제 음악 정도."

자리를 정리하며 제후가 중얼거렸다.

'오늘 정말 놀랄 일만 생기네?! 하! 바보가 머리가 거의 깨질 뻔하고서도 대들지도 않고, 작곡도 한다는 사실을 알았으며, 하루 온종일 듣는 음악이 모짜르트라고? 뭐가 어떻게 된 거야?!'

하지만 예지는 놀라는 일도 민제후의 다음 대사에 의해 잠시 멈춰야 했다.

"시간이 없어. 하지만 그 녀석을 상대할 수 있는 사람은 모짜르트뿐이니까."

뭐?

"눈에는 눈, 이에는 이! 천재를 맞서려면 천재가 나서야 하잖아. 모짜르트라는 양반 정도가 아니면 누구도 그 녀석을 대적할 수 없어. 아직 어려서 그렇지만 같은 나이라면, 그땐 장혜영 여사조차 상대가 되지 않을 테니까. 껍질을 벗고 나오면 지금보다 더 훨훨 날겠지. 정말⋯ 무서운 녀석이야."

제후가 약간 맛이 간 게 분명하다. 평소 어리버리하고 순해 보이던 인상이 빠져 버릴 듯한 깊은 눈으로 흘려 버릴 듯하게 변해 있었다. 그리고 누군가를 향해서 무섭다고 하며 그렇게 피식피식 웃어대는 건 뭐란 말인가?

그 소년을 한 소녀는 넋을 놓고 지켜만 볼 뿐이었다.

"난 매개체일 뿐이야."

아직 오전 시간인데도 제후는 알 수 없는 말을 중얼거리며 시계를 보더니 가방을 챙겼다. 잠이 깼으니 이제 집으로 갈 모양이다. 조금 이르긴 하지만 그것이 요 근래 그의 생활 패턴이었다.

'그러고 보니 저 바보가 음악을 듣는 건 잠자는 도중… 아니었나? 뭐야? 그럼 무의식에서조차 쉬지 않고 모짜르트를 흡수하고 있다는 소리야?

아~ 나도 참! 말도 안 되지. 안 되고 말고. 한예지, 그런 바보 같은 생각을 하다니. 호호호, 세상에 그런 인간이 있을 수가 없잖아.

와장창!

그리고 마침 분위기를 쇄신시키는 날카로운 소음이 날아왔다.

어느 학교에서나 지나치게 활동적인 녀석들이 있기 마련. 농구공을 들고 장난치며 들어오던 남학생들이 공을 잘못 날려 교실 앞에 교내 방송을 하던 TV를 맞춰 주변을 엉망으로 만들어놓았다.

아휴~ 내가 못살아.

"너희들! 내가 교실에서 공 들고 장난치지 말랬지!"

"저기, 반장. 일부러 그런 건 아니……."

그때였다.

"시끄러—! 조용히 해봐!"

'어? 이 목소린… 제후?

《다음 뉴스입니다. 금융계에 소문으로만 떠돌던 성전그룹의 급진적 구조 조정 계획이 마침내 발표되었습니다. 오늘 오전 갑작스럽게 발표된 그 계획은 성전그룹의 전체적인 인원 감축을 기본으로 실시되는 것으로 알려져 사회적으로 엄청난 파장이 예상되고 있으며, 부당한 정리 해고를 반대하는 노조는 대규모 파업과 농성을 결의한 것으로 알려졌습니다. 현장 소식 부탁드립니다. 김경철 기자.》

채널이 농구공에 잘못 맞아 어느새 뉴스로 바뀌어 있었다.

《네, 김경철입니다. 오늘 오전 성전그룹 대변인 김성민 씨가 귀국했습니다. 미국의 십수 개의 지사를 최단시간 내에 둘러보고 돌아온 것으로 알려진 김성민 씨는 급격히 돌아가는 성전그룹의 정세에 대한 답변을 회피하며 급히 공항을 빠져나갔습니다. 한편 본격적으로 농성에 돌입한 성전 노조는 조금 전, 결의 성명을 발표하고 명동 성당을 점거하였습니다. 노조원들의 가족들까지 나와 대규모 정리 해고를 반대하는 모습을 곳곳에서 쉽게 발견할 수 있습니다. 그러나 무엇보다 이들의 가장 큰 관심사는 갑작스럽게 이루어진 이번 급진적 구조 조정이 새로 취임한 신임 총수의 신(新)경영 전략 중의 하나인지에 대한 여부입니다. 또한…….》

예지는 '성전그룹' 이라는 말에 고개를 황급히 돌려 제후를 쳐다보았다.

뉴스가 나가면서 보여진 자료 화면에는 농성을 하는 노조원들 사이에 끼어 있는 칭얼대거나 어두운 얼굴의 어린아이들의 모습이 비춰지고 있었다. 그리고 제후가 김 비서라고 부르던 남자의 모습도 잠시 비춰졌다.

그런데 이것들 모두 제후도 알고 있던 사실일까? 뉴스대로라면 제후가 직접 저 수천 명의 사람들의 생계를 끊어놓는다는 말인데, 그런 심한 짓을.

"민제후, 정말 네가······!"

무시무시한 표정!

예지는 평생 그렇게 무서운 표정의 사람을 본 적이 없었다. 튀어 나가던 말이 목구멍에서 막혀 숨을 멎게 했다. 바보 민제후에게 저런 모습도 있었던가?

본능적인 두려움에 예지가 흠칫 떨며 뒷걸음을 치자 뒤에서 익숙한 맑은 미성이 들려오며 자신의 어깨를 붙잡는다.

"드디어 그 '뭔가'가 시작된 모양이군요. 좀··· 힘드시겠네요."

돌아보니 유세진이 의미심장한 눈으로 미소 짓고 있었다. 제후가 잠시 그런 세진을 매섭게 노려보다가 챙겨놓은 가방을 한쪽 어깨에 메고 교실을 나가 버렸다.

아주 긴 시간이 지나간 것만 같았다. 그러나 이 모든 일이 한예지, 그녀가 민제후라는 소년과 마주한 지 채 10분도 되지 않는 시간 동안 벌어진 일들이었다. 요새 들어 항상 느끼는 것이지만 예지는 도대체 뭐가 어떻게 돌아가는지 어리벙벙하고 답답할 뿐이다.

그리고 다시 돌아본 유세진의 얼굴도 마찬가지였다. 항상 생긋생긋 예의 바른 미소의 모범생이었던 세진도 심각한 표정으로 이마를 살풋 찌푸리다 그도 마침내 민제후의 뒤를 이어 가방을 챙겨 들고 나가 버렸다. 아이들이 모두 그 모습에 얼이 나갔다.

특급 클래스 사상 무단 조퇴생이 둘이 되는 하루였다.

*　　　　*　　　　*

쾅!

성전 총수 사택 회장 집무실.

그곳의 문이 격렬한 소음을 내며 열어젖혀졌다. 부서지지 않았을까 걱정이 되는 소리.

절도있고 철저한 매너를 지키는 직원들과 고용인들로서는 그건 어림 반 푼 어치도 없는 행동이었지만 주변의 그 누구도 한 소년의 그런 행위를 저지하려는 이가 없었다. 그 이유는 교복 차림으로 뛰어든 그 소년이 바로 그곳의 최고 수장이기 때문이기도 했지만, 더 큰 이유는 그런 살벌한 표정으로 뛰어 들어온 그를 누구도 막을 만한 자신이 없었기 때문이었다.

공기가 살얼음판을 걷는 듯 변해 버렸다.

"오셨습니까? 학교는 어떻게 하시고요?"

역시 여기에 있었군.

제후는 자신의 서재 겸 집무실로 쓰는 사무실에서 김 비서를 발견하고 눈을 날카롭게 빛냈다.

"어떻게 된 일이야?"

가슴에서 끓어오르는 감정에 자칫 머리가 돌아버릴 지경이었지만 제후는 최대한 냉정을 유지하려고 노력하면서 단어들을 이 사이로 내뱉었다.

전생에 배운 가장 큰 교훈이 바로 그것이었다. 위급할수록 냉정한 시선으로 주변을 바라볼 것. 그렇지 않으면 더 큰 허점을 보이게 된다는 것. 상황을 냉철하게 응시하고 판단할 수 있어야만 막가파 패싸움에서도 승기를 쥘 수 있는 법이다. 그리고 한때, 그는 단 한 번 그 냉정을 잃음으로써 말 그대로 '모든' 것을 잃어버리는 너무나 큰 대가를 치러야 했다.

제후는 지금 눈앞에 아까 뉴스에서 보았던 울고 있던 어린아이들의 모습이 보이는 것만 같아 괴로웠다. 한 가정의 가장이 실직한다는 것이 어떤 의미인지 모를 제후가 아니었다. 고아로 자라왔던 제후였다. 게다가 죽기 직전엔 3년 간이나 노숙 생활을 하며 그런 비슷한 사연들을 가진, 무너진 가장들의 모습을 얼마나 많이 봐왔던가.

옛 기억에 민제후라는 소년의 눈이 불을 뿜듯 격렬해졌다.

'그래. 그러니까 어서 말해. 들어주지. 네가 말하는 그 이유와 상황이라는 모든 걸. 하지만 내가 그것들을 듣고 나서도 납득하지 못할 땐… 그땐 가만두지 않겠어!'

그러나 그런 제후를 바라보는 김 비서는 들고 있던 전화기를 내려놓으며 그 어느 때보다도 침착하게 말하고 있었다.

"혜영 아가씨께 들었습니다. 요즘 열심히시라구요? 요 며칠은 주무시지도 않았다고 하던데, 잠을 자지 않고 버틸 수 있는 인간은 없습니다. 전에도 누차 말씀드렸지만 자신을 아끼도록 하십시오."

"고양이 쥐 생각 하지 마."

"사실을 말씀드린 것뿐입니다."

김 비서의 눈이 싸늘하다.

한동안 두 사람의 시선이 날카롭게 오갔다. 그 둘의 위험한 분위기에 다른 직원들은 모두 슬쩍 자리를 피해주며 문을 닫고 나갔다. 정적이 흘렀다.

"도대체 무슨……."

"'책임' 과 '의무' 라는 말이 있죠."

제후가 입을 열자 김 비서가 재빠르게 말을 가로챘다. 그러나 신임 총수의 이름을 걸고 시행하는 느닷없는 대규모 정리 해고에 대한 해명치고는 밑도 끝도 없는 추상적인 답변이다.

"'책임' 이라는 말뜻은 '인간의 어떤 행위가 그 행위의 주체로 돌아가는 것' 을 이릅니다."

"그게 무슨 개 풀 뜯어 먹는 소리야!"

김 비서가 책상에서 돌아 나와 집무실 한가운데에 우뚝 서 있는 소년에게로 향해 걸었다. 제후의 항의가 있었으나 그의 목소리는 이미 거침이 없었다.

"그리고 '의무'는 '~해야 한다'라는 당위(當爲)의 형태. 칸트에 이르러서는 인간의 의지 및 행위에 부과되는 구속·강제로써 규정하게 되죠. 즉, '의무'란 사회 생활상, 사회적 질서를 유지하고 조정하기 위한 사회적·물리적·정신적인 강제 및 구속을 일컫는 말입니다. 무슨 뜻인지 아시겠습니까?"

알 게 뭐야! 그런 어려운 말 같은 건 모른다구!

하지만 김 비서는 행인지 불행인지 민제후에 대해 가지고 있는 훌륭한 고정관념으로 소년의 굳어진 표정을 자기 마음대로 해석해 버렸다.

"훗! 네. 생각하시는 그대롭니다. 제후 도련님 정도로 총명하신 분이면 충분히 이해 가능할 거라 생각했습니다. 당신께서 하신 일이 부메랑이 되어 다시 돌아온 것이죠."

"뭣?"

무슨 말인지 이해할 수가 없다. 김 비서가 지금 하는 말이 무슨 소리지? 내가 한 일이라니. 난 결코 저 수많은 사람들을 해고하라고 한 적이 없다! 젠장!

"허튼소리 그만 해! 모두 집어치우란 말이야!"

불길한 예감에 제후가 억지로 쓰고 있던 침착함을 던져 버리고 고함을 지르고 말았다.

"단군 프로젝트 말입니다."

"읏!"

자신을 놀리듯 알 수 없는 말만 지껄이는 김 비서, 그의 빙빙 돌리는 말투에 결국 참지 못하고 달려들어 멱살을 잡았던 제후는 김 비서의 평이한 어조에 몸을 움찔했다.

한동안 잊고 있던 그 일이 떠올랐다. 떠넘겨지듯 자신의 의지와 상관없이 올려진 자리. 그리고 그것에 대한 반발과 불만으로 저지른 말썽.

'하지만 그것이 이번 문제와 무슨 연관이 있다는 거야! 난 아직 완전히 독립된 지위자로서 사람들을 지휘하게 되어 있지 않다구! 단군 프로젝트 시행도 몰래 결제를 하긴 했으나 최종 과정으로 다시 한 번 성전 비서실의 재가를 받도록 되어 있는데.'

그렇다. 그래서 제후는 그 문제가 작은 해프닝에서 '성전' 이라는 거대한 제국에 심각한 타격을 주는 대형 사고로 발전할 것이라고 진심으로 생각해 보지 않았다. 그건 절대 불가능한 일이었으니까.

민제후라는 소년이 일으킨 그 작은 사고는 김 비서와 장 회장에게 보내는 반발과 경고, 이상의 의미는 없었다. 상식적으로도 성전그룹이라는 이름이 미성년인데다가 전혀 경험도 없는 한 소년의 한마디에 휘둘릴 리도 없었고, 전(前) 총수였던 창업주 장문수 회장도 그런 전권까지는 아직 민제후에게 위임한 상태는 아니었다. 물론 잘하면 어느 정도 약간의 손실이 있을 수 있다고 생각은 했었다. 그러나 장 회장의 안배와 성전의 구조상 제후의 행동에는 규제가 있었고, 그의 결정은 반나절도 되기 전에 모두 김 비서와 한 실장의 재가를 받게 되어 있었다. 그러므로 단군 프로젝트 시행이라는 결정은 그들의 식은땀을 조금 빼줄까 싶었던 짓궂은 행동이었을 뿐이었다.

하긴, 좀 더 솔직히 말한다면 진짜로 말아먹겠다는 생각을 안 한 것은 아니지만, 만약 중간에 장태현 이사가 음흉한 생각으로 끼어들어 그 프로젝트를 은밀히 진행시키지 않았다면 실제로 아무 탈 없이 해결되었을 작은 불씨였던 것이다.

그런데 지금 문제는 그 작은 불씨가 이젠 너무 어처구니없을 정도로 커져 버렸다는 것에 있었다. 게다가 그 상황의 다급함에 누구도 이 문제에 결코 좋지 않은 의도로 끼어든 누군가가 있다는 생각까지 하지 못하고 있었다.

그러나 제후는 앞뒤 사정이야 어떻든 지은 죄가 있는지라 이상하다는 생각을 하면서도 아무 말 없이 이를 악물고 김 비서를 쳐다보았다. 김 비서는 그런 제후를 바라보고 웃는 듯 마는 듯한 얼굴로 입을 열었다.

"단군 프로젝트로 인해 엄청난 손실이 예상되고 있습니다. 가히… 천문학적인 액수죠. 이미 체결된 계약을 포기하게 되면 이미 지급된 계약금 이외에도 수천만 달러의 위약금을 물어야 합니다. 또한 상당히 진행된 일부 계열사의 합병 문제는 잘못하면 소송이 걸려올 수 있습니다. 자, 이제 '책임' 과 '의무' 라는 말을 이해하시겠습니까, 도련님?"

머리 속이 텅텅 빈 듯한 느낌인 가운데 김 비서가 차가운 얼굴로 아직도 그의 멱살을 붙잡고 있는 제후의 손을 잡아 떼어냈다.

"전 현실주의자입니다. 전에 말씀드린 적이 있을 겁니다. 전 어떻게든 이 사태를 막을 거고, 회사를 다시 정상 궤도로 올려놓을 겁니다. 비록 어쩔 수 없이 구조 조정과 대규모 정리 해고를 단행해서 많은 이들의 원망과 지탄을 받더라도 말입니다."

김성민. 역시 예전의 내 생각이 맞았다. 저렇게 수더분하게 생겨서 평소 사람 좋아 보이는 인간이 비상시국엔 가장 무섭고 위험하다.

"「최대 다수의 최대 행복」 이론이죠. 이대로 회사가 휘청이면 모든 직원들이 괴로움을 당할 겁니다. 그렇다면 경영자로서 최선의 선택을 하셔야 합니다. 모두 함께 쓰러질 순 없습니다. 잔인하다 생각되어도.

이것이 제가 가르쳐 드리는 첫 번째 교훈입니다. 바로 '책임' 이죠."

"으윽."

제후가 김 비서의 박력에 밀려 일그러진 표정으로 한 발자국 뒤로 물러섰다. 악다문 입 안에서 비릿한 피 맛이 났다.

"그리고 두 번째는 수장으로서의 '의무' 입니다. 도련님께서 앉아 계시는 직위는 결코 가볍지 않다는 걸 빨리 깨달으시길 바랍니다. 저는 장 회장님의 결정에 많은 회의를 품고 있는 사람입니다. 그렇기에 더욱 빠른 시일 내에 도련님께서 성전그룹의 총수로서의 자세와 자질을 갖추시길 간절히 바라고 있다는 것을 알아주시길. 또 그 자리가 얼마나 큰 무게를 가지고 있는지 아직 실감이 나지 않을 거라는 걸 잘 알고 있지만 역시 아셔야 합니다."

김 비서가 제후의 손에 의해 흐트러진 넥타이와 옷매무새를 가다듬으며 사무적인 냉랭함으로 돌아보았다. 그 자리엔 당대 최고의 경제 거목의 보좌관인 '김성민' 이라는 인간의 눈이 최상의 상태로 빛을 발하고 있었다.

"이것이 '현실' 이라는 것을 말이죠."

김 비서의 마지막 말에 제후는 마치 따귀를 얻어맞은 것만 같았다.

'현실……!'

현실이라고? 꿈… 현실… 환상.

나는 과연 지금까지 민제후로 살면서 이것을 현실의 진짜 삶이라고 진지하게 생각했을까? 살 수 있다는 것, 다시 삶을 영위하게 된 두 번째 기회라는 것, 그것에 취해 하고 싶은 대로, 기분 내키는 대로 들떠 다녔던 것은 아닌지. 마치 마음껏 행동하고 말할 수 있는 환상이나 꿈속처럼.

맞아, 그랬던 것 같다. 다음번엔 결코 후회가 남지 않게 자신에게 충실하게 살겠다는 자기 합리화와 대의명분으로 난 내 행동이 다른 사람들에게 어떤 영향을 미칠지는 깊이 생각해 보지 않았었다.

그것이 다시 태어났기 때문일까? 만약 다시 살아갈 수 있는 기회 때문에 세월의 연륜과 신중함을 잃어버린 거라면… 너무나 허탈하다.

그때 김 비서의 마지막 목소리가 들려왔다.

"현재 성전그룹의 가장 빠른 손실 회복은 구조 조정밖에 없다고 생각됩니다. 물론 평생을 회사를 위해 일한 직원들에겐 미안하지만, 이것이 최선의 방법이니까요. 장 회장님과 연락이 닿지 않으니, 도련님께서 최종 결제를 해주시길 바랍니다. 그럼 이만."

김성민이 빈틈없는 옷자락을 반듯이 정리하고 목례 후 뒤돌아섰다. 그러나 그 순간 되돌아온 목소리.

"싫.어."

제후의 단호한 목소리에 뒤돌아서 나가려고 하던 김 비서가 날카롭게 휙 돌아보았다. 그런데 그곳에 서 있는 도련님의 모습은.

"그건 최선의 방법이 아니라 가장 쉬운 방법이겠지. 굴복할 수 없어! 아무리 어렵다고 해도 절대!"

결코 그의 예상처럼 울상이 되어 허둥대는 예전의 어린 소년이 아니었다.

강한 의지를 가진 존재. 어느새 당황스런 감정을 정리하고 자신이 할 일을 확실히 깨닫고 있는 존재의 의지였다.

"그래! 좋아, 좋다구! 내가 벌인 일이니 내가 해결하면 되잖아! 난 하는 데까지 해보겠어! 하는 데까지 해보고 그때 가서 길이 없으면… 아니, 어쨌든 지금은 내가 직접 다른 길이 없음을 깨닫기 전에는 절대 승복할 수 없어! 아무 문제 없이 성실하게 열심히 일하던 사람들에게 '당신은 이제 필요없으니 나가주시오. 그것이 회사를 위하는 일이오' 라며 내쫓겠다구? 헹! 엿이나 먹으라고 해!"

가운데 손가락을 당당히 들어 보이며 말하는 소년이라니.

그가 갑자기 진지함을 벗어던지고 평소의 민제후로 돌아와 있었다. 최근 비정상적으로 날이 서 있던 그의 신경을 생각한다면 평소 모습으로 돌아온 것이 다행스러웠지만 이제는 그 시기가 너무 불안하다. 이런 시점에서는 냉정하고 진지한 민제후가 더 안심이 될 듯한데.

"뒷골목 깡패 새끼 패거리나 기업이나 마찬가지야. 나를 믿고 의탁한 사람들을 지키지 않고 아끼지 않는다면 어느 누가 그 조직 사회를 위해 열심히 일할 거라 생각하는 거지? 게다가 필요할 때는 실컷 이용해 먹고 필요가 없어지니 헌신짝처럼 내버리겠다니. 안 되지. 절대 용납할 수 없어!"

책임과 의무의 무게라고? 그래서 어떻다는 거야. 그런 훌륭한 교훈을 배웠으니 쫓겨난 수천 명의 죄없는 직원들을 생각하고 이제부터 조용히 시키는 대로 하며 죽어 지내라? 웃.기.지.마. 절대 이대로 무너지지 않을 테다! 책임을 지라면 질 테야. 의무를 지키라고 한다면 빈틈없이 지켜주겠어. 단!

'내 방식대로야!'

"후후, 좋습니다. 그런 마음가짐이라면 우리 일이 좀 더 쉬워지겠죠?"

누구?

어이없어하는 건지, 밑도 끝도 없는 배짱과 자신감에 얼이 빠진 건지, 넋이 나간 김 비서의 뒤쪽에서 또 다른 누군가의 목소리가 들려왔다.

최고의 기밀이 유지되는 성전그룹 총수 사택 집무실에 어느 누가 감히 들어올 수 있단 말이지? 게다가 이 낯설지 않은 맑은 미성의 소유

자는.

'유세진?!'

검은 뿔테 안경에 푸른 검은 머리칼을 한 소년.

제후가 설마 하며 급히 고개를 돌린 그 자리에 푸른 이미지의 유세진이라는 묘한 인물이 홀연히 나타나 방긋 웃으며 서 있었다. 그리고 한쪽 어깨에 메고 있는 검은 가방과 테이블 위에 올려놓는 여러 권의 서류철에 의아함을 느꼈다.

"휴우~ 이거 옮기는 것도 일인데요. 한꺼번에 들고 오려니 힘드네. 아, 이 가방은 조심해야 되니 만지지 마시길. 이 노트북 하나에 수백만 달러 가치의 정보가 적어도 수십 개는 담겨 있거든요. 제 보물입니다."

'이거 도대체 뭐가 어떻게 된 거야? 유세진, 저 녀석이 왜 여기에?'

제후가 어색한 미소로 어리벙벙하게 서 있자 세진이 그를 힐끔 바라보며 피식 웃고는 고개를 숙였다. 그리고 흘러내린 푸른빛 도는 검은 머리칼 사이로 세진이 그 두터운 뿔테 안경을 벗어 들며 유쾌한 목소리로 말한다.

"이상한가 보죠, 제후 군? 뭐, 길게 말하기 시작하면 끝도 없이 길어질 이유겠지만… 짧게 핵심만 말하자면."

유세진이 고개를 들자 안경을 벗어 든 그 소년의 눈동자가 파르스름한 빛을 뿜었다.

"좀 더 재미있는 게임을 위해서라고 하죠. 일방적인 정세는 너무 재미가 없거든요."

제5장 계란으로 바위를 깨다

'재미있는 게임을 위해서?'

제후는 천사 같은 미소를 지으며 천진난만하게 웃는 세진을 깊이 바라보았다.

유세진. 처음부터 여러 가지로 이해할 수 없는 인물이었다. 시간이 갈수록 자신에게 확실한 적의를 갖고 있다고 판단되는 존재. 그리고 사람인지조차 의심스러울 정도로 교차되는 존재감과 무존재감.

그러나 제후는 그 모든 걸 모른 척 눈감고 유세진을 친구로 삼았다. 물론 그것이 세진이 원한 일은 아니었고 제후의 일방적인 행동이었다 해도 현재 세진이 '민제후의 친구'라는 이름으로 불리고 있는 것은 틀림없는 사실이다. 하지만 그 복잡한 상황들을 정리해 다시 생각해 보아도 유세진이 이렇게까지 제후에게 도움을 주겠다고 자발적으로 나선 일은 아주 의아한 일이었다. 세진은 아직까지 절대 그 누구도 '친구'라고 인정하지 않았으니까.

'그런데 재미있으니까라.'

"유세진, 내가 재미있어서 지금껏 옆에 있었던 거냐?"

"네, 그렇습니다."

방긋 웃으며 대답하는 세진의 모습은 그 말의 의미처럼 결코 차갑거나 냉정하지 않다. 겉과 속이 완전히 분리된 인간형이다.

쳇! 그것 참, 나야말로 재밌네.

"그래. 그럼 어때? 앞으로도 계속 내 곁에서 날 도와주는 건."

제후가 충동적으로 피식 웃음을 터뜨리며 물었다. 어떤 말이 돌아올지 세진의 답변에 기대가 되었다. 게다가 만에 하나 일이 잘되면 장문수 회장의 두 수족, 김성민과 한지훈을 능가하는 최고 인재 하나를 거두는 것이 될 테니.

그러나 돌아온 대답은 예상대로 '거절'이었다.

"그건 사양하겠습니다."

"이유는?"

"재수없어서요."

꾸엑~ 저런 말을 저렇게 예쁘게 웃으며 말할 수 있다니.

제후가 쇼크받은 얼굴로 눈을 끔벅이며 멍청히 서 있자 세진이 어깨를 으쓱하며 한마디 한마디 강조해서 말을 쏟아냈다. 웃으며 말하는 그 이유들이 제후에게 시퍼런 비수가 되어 그의 가슴에 푹푹 박히고 있다는 사실을 세진은 과연 아는지 모르겠다.

"민제후란 인간. 왜 하필 당신이 선택되었는지 모르겠습니다."

흐음, 재수없다는 말보다 좀 낫군. 그런데 내가 뭘 선택됐다는 말이야? 내가 이런 엄청난 집안에 태어났다는 점?

제후는 세진의 '선택'이라는 말을 잘 먹고 잘 사는 엄청 큰 부잣집에서 태어났다는 말로 제멋대로 해석해 버렸다.

유세진의 말은 그 순간에도 계속되고 있었다.

"어제 무심코 하늘을 봤습니다. 역시나 달라졌더군요. 이제 천운조차 당신을 기점으로 돌기 시작하는 것이 짜증납니다. 그리고 모두가 당신을 좋아하고, 당신의 영혼에 끌리는 것이 기분 나쁩니다."

이번은 연타 비수였다. 쿨럭.

"그러면서 무사태평 희희낙락 즐겁게 산다는 것도 마음에 안 들죠. 한마디로 제 마음에 제일 안 드는……."

여기까지만 봐도 유세진의 적의는 너무나 확실하다. 더할 나위 없이.

"가장 재.수.없.는 인간형이죠."

이번 것이 최고 결정타!

천사 같은 얼굴을 하고 생긋 웃으며 말한 그 마지막 발언에 제후는 돌이 되어 굳어버렸고, 김 비서는 황당하다는 수준을 넘어 석회 가루가 되어 부서지기 시작했다. 친구라는 위치에 서서, 그것도 도움을 주겠다는 미지의 카드로 나타난 인물이 가장 확실한 적대감을 가진 존재라는 것에 어이가 없다. 그리고 그렇게 상종도 하고 싶지 않은 인간이라면 왜 자발적으로 나서서 도움을 주겠다고 하는 것인지 이해할 수가 없다.

"푸, 푸하하하하하~!"

"도, 도련님?!"

김 비서는 갑자기 터뜨리는 민제후의 웃음소리에 깜짝 놀라 쳐다보았다. 저렇게 크게 웃음을 터뜨린 적이 없는 소년이었다. 항상 유쾌하고 장난기 넘치는 소년이었지만 어딘지 모르게 중후함을 풍기며 묘하게 점잖은 분위기도 함께 갖고 있던 그였던 것이다. 당연히 저렇게 배를 쥐고 킬킬대며 웃는 모습을 보인 적이 없었으니.

"킥킥킥. 아아, 미안미안. 갑자기 옛날 생각이 나서 말이야. 꼭 누구하고 똑같다는 생각이 들어서."

제후가 눈물을 닦으며 주절거렸다.

그래. 옛날의 성우, 바로 그 '현성우'와 너무나 똑같은 말. 하지만 그놈도 결국 내 옆에 남았던 녀석이지. 마지막은 서로에게 너무 불행했지만… 어쨌든 그 마지막 전까지는 그 녀석도 날 좋아했다고 생각한다.

지금은 이상하게도 옛 생각을 하는 것 정도론 격한 감정이나 증오심을 느끼진 않는다. 마치 나와는 상관없는 오래된 기록 영화를 보는 듯한 느낌만을 느낄 뿐.

제후가 감정을 정리하고 다시 세진을 쳐다보았다.

"뭐, 좋아. 어쨌든 이번만은 넌 내 편이란 소리겠지?"

"네."

"이번 일이 끝나면?"

"제후 군을 내 손으로 매장시켜 버릴지도 모르죠. 아니면 또 그 반대가 되거나."

세진이 손에 들고 있던 안경을 접어 교복 상의 주머니에 넣으며 밝게 미소 지었다. 그 눈이 새[新]시대를 향한 흥분으로 가볍게 흔들리는 것을 느낄 수 있다. 재미있는 장난감을 발견한 어린아이의 눈.

하지만 뭐든 좋아. 유세진의 숨겨진 의도가 뭐든 간에 중요한 것은 뛰어난 조력자가 한 명 생겼다는 것에 만족한다. 물론 성전그룹에는 수많은 전문가들이 넘쳐흐르지만, 지금의 나는 회사를 조각 내 다시 합체시키려는 전문가보다 틀에 묶임없이 새로운 방향으로 바라볼 수 있는 참신함이 더 필요하다. 게다가 세진은 마음 편한 '친구'니까. 비록 세진이 그의 내면에 날 찍어내려는 계획이 서 있다 하더라도 그 시기가 지금이 아니라면 신경 쓸 필요 없음이다.

"쿡쿡. 자, 그럼 이제 뭐부터 하면 좋을까?"

"사람부터 모아야죠. 당연한 말씀을."

제후가 입꼬리를 올리며 손을 내밀자 세진도 마침내 가면을 벗고 차가운 얼굴로 그 손을 마주 잡았다.

김 비서는 자신의 냉정함을 이리도 쉽게 무너뜨리는 눈앞의 두 소년을 황당한 눈으로 쳐다보고 있었다.

뭔가 가슴속 깊은 곳에서 끓어오르는, 패기라든가 막연한 믿음 같은 것들이 밀려들고 있었다. 그의 주인인 장 회장은 이런 것에 호탕한 감각으로 모든 것을 걸고 도박을 한 것일지 모르겠다는 그런 생각이 들었다. 이성적으로는 이해가 되지 않지만 이성 밑에 숨어 있는 제3의 감각이 부르짖는다.

'민제후, 저 소년이라면 정말 해낼지도 모른다!'

라고.

                    *   *   *

"동희야! 오빠가 그런 짓 하지 말랬지!"

"시져!"

그때 한 작은 원룸 주택에 두 개의 목소리가 앙칼지게 울리고 있었다.

특고 근처에 있는 작은 다세대 주택. 하지만 그 내부는 한 공간으로 트여 있어 침실과 마루, 부엌의 공간 경계가 따로 지어져 있지 않아 작은 평수임에도 학생들이 살기에는 조금도 작아 보이지 않았다. 오히려 혼자 자취를 하는 학생에게 원룸은 생활하기 편하고 아늑해서 장점이 더 많아 선호되기도 했다. 그런데 이럴 때는 조금 나빴다. 원룸이긴 해도 고급이 아닌 비교적 싼 편에 속하는 주택이라 방음이 안 되니 말이다.

"신동희! 처음에 오빠가 여기에 오면 어떻게 해야 된다고 했어! 말해 봐!"

"뿌우우~"

동민은 지금 어린 동생을 눈앞에 두고 지끈거리는 두통에 눈가를 문질렀다.

'말썽쟁이!'

오늘 하루 동민은 얼마나 식은땀을 뺐는지 몰랐다.

요즘 어린 여동생은 주말이 아닌데도 자주 그의 집으로 놀러 온다. 그런데 문제는 그것이 아니었다. 하나밖에 없는 여동생인데다가 나이 차도 많이 나서 정말 많이 예뻐하긴 하지만 올 때마다 말썽을 저지르고 다니기에 그것이 골치였다. 모든 것이 그 특별한 능력 때문이다.

"빨리 말해 봐!"

"우… 식물 키우지 않기. 빨래 갖구 장난치지 말기."

"그게 아니잖아!"

동민은 일부러 더 엄한 얼굴로 꾸짖으며 말했다. 그러자 꼬마 동희가 눈을 동그랗게 뜨며 반박했다. 그래 봤자 무표정이었지만.

"어라? 하지만 오늘 동희 그것밖에 안 했어요."

"아까 사람들이 소리 지른 건?"

"아항~! 글쿠낭. '사람들 앞에서 친구랑 놀지 않기'가 있었네?"

후우~ 한숨만 나온다.

동민은 조금 전까지 소란스러웠던 상황을 기억해 내고 얼굴을 찡그렸다. 순식간에 온동네에 귀신 소동을 만들어놨으니.

이곳 베란다에서 목 없는 사람이 걸어 다니는 것을 봤다는 등 꽃나무 가지가 갑자기 자라나 춤을 췄다는 등 놀라서 몰려온 사람들을 수습해서 돌려놓느라 진땀을 뺐던 것이다. 덕분에 해명하기, 시치미 떼기, 말발로 밀어붙이기에서부터, 오히려 먼저 더 화내기, 모른 척하기 등 갖은 기술을 구사해야 했으니. 민제후와 같이 다니기 시작하며 저절로 익히게 된 처세술이 이럴 때 더욱 유용하게 쓰일 줄 몰랐다. 덕분에 동민은 제후에게 고마워해야 하는 건지 목을 비틀어줘야 하는 것인지 묘한 감정의 싸움을 벌여야 했다.

　'제후, 그 녀석과 관계되고 나서 하루도 편할 날이 없는 것 같아. 동희가 그 녀석을 만난 이후로 이상하게도 그 특별한 기운이 더 세진 데다가 말도 더 안 듣게 됐으니. 에휴~'

　띠리리리~ 띠리리리~

　"어쨌든! 다시는 그런 장난치면 안 돼! 또 그러면 그땐 진짜… 오빠 화낸다."

　동민은 말끄러미 쳐다보는 동희에게 하나하나 주의를 주고 나서 머리를 쓱쓱 쓰다듬어 주었다. 미운 일곱 살이라지만 이럴 땐 깜찍하니 너무 귀여워 꼭 안아주고만 싶다.

　하지만 그때 다시 들려오는 전화벨 소리.

　'이크! 전화 끊어지겠다.'

　동민이 전화가 끊어질까 봐 뛰어가서 얼른 핸드폰을 집어 들었다.

　어쩌면 어머니일지도. 동희를 집에 보내야 할 시간이니까.

　씁쓰레한 미소가 떠올랐다.

　"여보세요?"

　《어이, 신동민! 나야.》

　이, 이런. 씨~

동민의 얼굴이 반사적으로 구겨졌다.

'민제후다!'

동민은 스멀스멀 스며드는 불안감을 억지로 삼키며 입을 열었다.

그냥 조용히 전화를 내려놓거나 안 들리는 척하고 끊고 싶지만 그런 쪽으론 별로 재주가 없는 데다가 직구밖에 모르는 신사적인 동민이 넉살과 변화구에 천재인 제후를 능가할 순 없었다.

"…왜?"

《자식, 딱딱하긴. 후후. 그런데 지금 급해서 설명할 시간은 없구. 음, 이리로 오면 얘기할게. 지금 이쪽으로 올 수 있지?》

"무슨… 아, 안 돼! 지금 동희가 와 있어. 집에 데려다 줘야 해. 그러니까 그냥 전화로 말해. 아니면 내일 학교에서 하던가."

《그건 걱정하지 마. 사람 보냈으니까 그 사람한테 부탁하면 동희는 그 어느 때보다 확실하고 안전하게 집에 돌려보내 줄 거야.》

"그게 무슨 소리야?"

어리벙벙한 얼굴을 하며 핸드폰을 다른 손에 고쳐 들자 그때 초인종 소리가 들려왔다. 정확한 간격을 둔 딱 3번의 벨 소리. 동민은 핸드폰을 든 채로 문으로 다가가 문을 열었다.

"신동민 군이십니까? 모시러 왔습니다."

정중하게 인사를 하는 단정한 수트 차림의 남자가 보였다. 이 사람은.

《도착했지?》

"야, 이게 어떻게 된 거야? 무슨 짓이야?!"

귓가에 민제후의 목소리가 들려오자 동민이 황당해 소리쳤다. 그러나 곧 자기 옆에 꼬마 동희가 강아지 모양의 인형 가방을 메고 말똥말똥 쳐다보고 있는 것을 알아채고는 창가 쪽으로 걸음을 옮겼다.

내가 뭘 줄 아는 거야, 이 자식!

"너, 내가 만만하냐?"

동민이 나직한 저음으로 으르렁거리듯 화를 냈다. 하지만…….

《응.》

상대를 잘못 골랐다.

동민은 어이없어하는 얼굴로, 허탈한 웃음이 터져 나왔다. 아직 이 어린 나이에 웃기는 짜장 같은 놈 하나를 잘못 만나 인생을 살면서 느끼는 오만 가지의, 아니, 오십만(萬) 가지의 인간의 오욕칠정(五慾七情)의 감정을 한꺼번에 느끼게 되니. 이것도 고마워해야 하는 건지 목을 비틀어줘야 하는 건지 알 수가 없다.

그러나 곧 이어 동민의 패닉 상태와는 상관없이 제후의 목소리가 다시 딱딱하게 들려왔다.

《창밖을 내다봐.》

"뭐?"

《어서.》

창밖은 왜?

"……!"

《보이냐? 귀빈으로 모셔오려는 거야. 그러니까 빨리 와라. 기다리는 사람들이 많다. 세진이도 벌써 와 있다구.》

동민은 정신을 차릴 수가 없었다.

새까만 데다 커다랗고 육중한 차체. 햇빛에 반사되는 광택이 눈이 부시다. 최고급과 로얄, 귀족적이라는 단어를 한눈에 느끼게 하는 세련된 디자인의 리무진. 이런 평범한 보통 주택가에 저런 자동차가 서 있다는 것 자체가 언밸런스이고 불안할 뿐이다. 벌써 동네 아이들과 아줌마들이 자동차 주위에 신기하다는 얼굴로 몰려들고 있었다. TV

속에서 국빈들이나 탈 듯한 그런 자동차와 자신을 기다리는 비서들을 보고 동민은 벌어진 입을 다물 줄 몰랐다. 그러나 동시에 더욱 화가 솟구치는 느낌이다.

'민제후, 내가 겨우 돈 따위에 팔릴 거라고 생각했다면 큰 오산이야!'

"너… 만만하다는 것이 이런 의미였냐? 만약 그렇다면…….."

《아냐.》

치밀어 오르는 뭔가에 감정이 격해진다 싶을 때 들려온 제후의 진지한 목소리.

《친구잖아.》

그것에 동민은 눈앞이 맑아지는 것을 느꼈다.

정말 무슨 일이 있는 건가?

《친구라서 그런 거다, 임마.》

"…무슨 일이야?"

《도와줘.》

으윽―! 이 자식, 진짜 또 무슨 사고를 친 모양이다.

"이 새끼, 너 또 뭔 사고를 친 거야?"

《아주 큰 거.》

잘났다.

《그러니까 도와줘. 신동민, 네 도움이 필요해.》

"시끄러, 이 자식아! 내가 네 해결사냐! 끊어!"

동민이 험악하게 종료 버튼을 누르고 핸드폰을 침대로 던져 버렸다. 열려진 창가로 시원한 바람이 들어와 동민이 입고 있는 니트 사이로 스며든다.

뒤에서 들리는 소리를 보아하니 자신을 데리러 왔다는 그 사내는 동희와 친해진 듯 꼬마 동희의 재잘거리는 소리가 계속해서 들려왔다. 그는 급한 일인 듯싶은데도 서두르라는 재촉이나 동희에 대한 짜증도 내지 않고 차분히 기다리고 있었다.

동민이 팔짱을 끼고 생각하다 다시 도지는 '민제후 편두통'에 미간을 눌러 달랬다. 전생이란 것이 있다면 수백 년 전에 자신은 민제후란 자식을 괴롭히던 악덕 심술꾼이었을 것이란 생각이 들었다. 그래서 현생에 그 업보를 갚으라고 이런 것이야!

"어디로 가면 되는 겁니까?"

동민이 재킷을 찾아 들며 냉정함을 되찾은 목소리로 말했다. 시원하게 생긴 그의 얼굴이 비범함으로 가득 빛나고 있었다.

＊　　　　＊　　　　＊

저녁을 향해 다가가는 태양이 그 마지막 빛을 강렬하게 뿌리는 가운데, 서울 하늘 아래 서 있는 수많은 빌딩들이 그 빛을 반사하며 찬란한 영광을 앞 다투어 뽐내고 있다. 한국 경제의 증거물인 듯 당당한 대형 건축물들의 릴레이.

물론 세계 경제 중심 도시의 하나인 뉴욕이나 맨하탄 같은 곳의 고층 빌딩에 비교할 순 없겠지만, 전쟁 이후 밑바닥에서부터 시작한 한국 경제가 단 반세기 만에 이룩한 이 모든 것을 어느 누가 감히 하찮다고 말할 수 있겠는가. 오히려 점차 세계의 주도권을 조금씩 아시아로 끌어오고 있는 이 작은 나라의 경제가 경탄스럽다. 이미 많은 아시아 국가들이 모범으로 삼고 있는 경제 모델. 그리고 그 중심에 바로 대(大)성전그룹이라는 제국이 있음을 누구나 알고 있음이다.

"그게 무슨 소린가, 유 군?"

한국 경제의 기둥이라고 불리는 성전그룹의 총본산인 성전 밀레니엄 중앙 센터, 그리고 그곳 최고층에 가까운 어느 사무실. 그곳에 한 중년의 남자가 석양으로 아름답게 빛나는 전망을 바라보며 서 있다가 보좌관이 전해준 작은 소식에 고개를 돌렸다.

"네, 그것이… 무슨 일인지 총수의 사택으로 단군 프로젝트 기획팀이 호출되었고, 현재 진행 중에 있던 구조 조정 기획안이 갑자기 동결되었다는 소식입니다. 물론 이것들 모두 외부에 기밀로 붙여지고 있는 사항입니다."

"확실한가?"

"네. 믿을 만한 정보통에 의한 것이니 확실합니다."

유진한의 보고에 장태현 이사가 고개를 끄덕이며 생각에 잠겼다.

'무슨 속셈인 것일까? 이제 와서 뭘 어쩌겠다는 것인지.'

"흐음."

장태현 이사가 턱을 쓰다듬으며 책상을 돌아 소파에 몸을 묻었다. 중년이지만 다른 사내들처럼 배가 나오거나 살이 찐 모습이 아니었기 때문에 소파에 기대고 있는 그 모습은 자연스럽고 중후함마저 느껴진다. 그러나 아쉬운 점이 있다면 눈에 가득한 탐욕과 시기, 목적을 위해서라면 어느 누구라도 짓밟을 수 있는 소름 끼치는 잔인함이 담겨 있다는 것이었다.

장태현이 테이블 위의 고급 케이스에서 꺼낸 담배를 입에 물고 불을 붙이며 연기를 깊이 들이마셨다가 내뿜었다. 그의 입가에 비릿한 비웃음이 피어 올랐다.

"그 꼬맹이 녀석이 날뛰는 모양이지. 신경 쓸 필요 없어. 그냥 놔두게. 어차피 이젠 장 회장, 그 늙은이가 와도 절대 막지 못해. 큭큭큭."

장태현은 손가락에 들고 있는 담배가 보석같이 빨갛게 빛나는 붉은 점에 의해 점점 잿가루로 변해가는 것을 바라보며 희열을 느꼈다. 마치 이 성전그룹 같지 않은가. 활활 타오르며 사라지는 것이 아니라 이 담배불처럼 소리없이 침식해 들어가 나중엔 재밖에 안 남는 상황.

하지만 이 담배와 다른 점은 바로 나, 장태현이 있다는 것에 있다. 난 이 성전그룹이 타 들어가며 사람들에게 혼란과 불안이 가득할 때 이런 상황까지 몰고 온 무능한 신임 총수를 몰아내고 회사를 일으켜 세우는 신경영자가 될 것이다. 성전그룹이 갑자기 시행하는 구조 조정이 어리석은 경영 실책 때문에 야기된 것이라는 걸 폭로하면 성전의 신용은 떨어지고 주가는 폭락할 것이다. 그럴 때, 혜성처럼 장태현이라는 새로운 인물이 나타나는 것이다. 즉, 사람들이 불씨에 놀랄 때, 성전이 재가 되기 전에 옆에서 지키고 있다가 재빨리 가로채는 것이지. 바로 알짜배기만.

'그렇게 생각하자면 김성민, 그 젊은 놈이 보통이 아니었어.'

장 이사는 불쾌한 기억에 미간을 찡그리며 소파에서 일어나 책상 쪽으로 걸어갔다. 책상 위에는 조금 전까지 그가 대충 훑어보고 있던 단군 프로젝트 진행 상황에 대한 상세한 보고서가 놓여 있었다. 아무리 실행 스타트만을 남겨놓은 프로젝트라 하더라도 장태현의 일사불란한 은밀한 지휘와 지시가 없었다면 하루 반나절이라는 시간 동안 총수 비서실의 눈을 피해 이렇게 진행시킬 수 없었을 것이다. 그의 유능함이 이런 악의적인 동기로 발산된다는 것이 아쉬울 뿐이다.

그러나 현재 장태현은 완벽하게 보였던 자신의 계획 태반을 망쳐 놓은 김성민이라는 한 젊은이에 대해 역한 불쾌함만이 가득했다.

'그놈이 아니었으면 지금쯤 회사가 흔들리기 시작하면서 긴급 간부 회의가 소집되었을 거야! 그랬으면 새로 임명된 그 말도 안 되는 꼬맹이 자식을 끌어내리는 도화선이 됐을 텐데! 빌어먹을 자식.'

김성민.

단순히 장문수, 그 늙은이의 개인 줄로만 알았더니 상당히 약삭빠른 놈이었다. 보고를 받자마자 직접 미국으로 날아가 단 3일 만에 모든 진행을 막아내고 수습해 내었다. 그래 봤자 임시방편일 뿐일 테지만, 그 정도로 시간을 벌어놓을 수 있었다는 것은 그가 단순한 비서의 그릇은 아니었다는 것을 증명한다. 그리고 그 벌어놓은 시간 동안 완벽한 수습을 위해 그룹의 전체적인 구도를 수정하며 앞으로 다가올 연쇄 충격에 대비하려고 하니.

'솔직히 장 늙은이의 개만 아니었으면 탐이 나는 인재이긴 하지.'

하지만 역시 안 돼! 그 젊은이는 절대 두 마음을 먹을 성품이 아니다. 그렇다면 다음 기회에 절대 제거해야 할 표적 1순위.

"그러나 제까짓 것들이 날뛰어서 뭘 어쩌겠다고. 곧 지쳐 쓰러지겠지. 이미 배가 오래전에 떠났으렷다. 크하하하하!"

그의 니글거리는 웃음에 유진한도 진한 웃음기를 머금은 약삭빠른 눈으로 고개를 숙이고 물러섰다. 마치 고양이가 손아귀에 쥔 쥐들이 살아 나가려고 발버둥치는 꼴을 지켜보며 여흥을 즐기는 눈이리라.

"큭큭큭, 오늘 간만에 우리 예쁜이들 궁둥이나 두들기러 가볼까?"

단골 룸살롱 마담이 새로 싱싱한 애들이 들어왔다고 꼭 들러달라고 했던 콧소리 애교가 생각나 키득거리며 밖으로 향했다. 그가 보기엔 이미 게임은 거의 끝나가고 자신의 승리가 확실시되어 보이니 자축의 의미로 약간의 알코올과 영계 소녀들의 살맛을 보는 것도 괜찮다고 생각되었다.

장태현 이사. 그의 비열해 보이는 얇은 입술이 완만한 회선을 그리며 하늘을 비웃는다.

아름다운 숲.

자연에 최대한 가깝게 만들어놓은 작은 호수.

그리고 그 호수 속에는 갖가지 토종 어류들이 한가롭게 헤엄을 치고, 그 위를 거슬러 올라가면 절경을 이루는 폭포가 있다.

물론 이것들 모두 인공적으로 만들어 자연을 그대로 축소해서 옮겨놓은 풍경이었지만, 그 규모가 비교적 작다는 것 이외엔 어느 곳에서도 인공적인 냄새를 맡을 수는 없다. 게다가 주변 환경과 너무나 조화롭게 이루고 있어 그 풍경 사이로 위풍당당한 거대한 대저택이 서 있다는 것이 결코 이질적이지 않았다. 오히려 너무나 아름다워 처음 이곳에 방문하는 이들은 한동안 넋을 잃고 바라보는 풍경이 바로 이것이었다.

그러나 이 저택은 성전그룹 총수 사택의 일부인 본관 건물일 뿐. 그 외에 각각의 분위기와 건축 양식이 다른 네 개의 별관이 동서남북 네 방위로 배치되어 있고, 또 그것들에게 계절마다 각기 다른 아름다움을 감상할 수 있는 네 개의 정원이 딸려 있다는 것을 아는 사람은 별로 없다. 아무리 넓다 해도 사유지이고 비공개 지역이기에 관계없는 일반인은 출입할 수 없기 때문이다. 그래서 지금 이 순간에도 이런 장소가 서울 하늘 아래 존재한다는 걸 모른 채 살아가는 사람들이 대부분이다.

그런데 그 돈과 권력, 힘의 결정체로 보이는 그 저택에 오늘은 이상하게도 평소의 아늑한 고요가 아닌, 팽팽하게 끊어질 듯한 긴장감과 초조한 기운만이 가득했다. 특히 해가 질 무렵, 아스라한 햇살이 사그러져 가고 하늘에는 성급한 별무리가 벌써 총총이 떠오르고 있는 시점의 한 집무실의 분위기는 마치 시한폭탄과 같았다.

팔락팔락—

서류 넘기는 종이 소리만이 서재 안의 정적을 깨뜨리고 있었다.

총수의 개인 집무실로 쓰이는 서재. 그리고 그곳 중앙에 위치한 작지도 크지도 않은 테이블. 이곳에 한참 즐겁게 뛰놀아야 할 나이의 세 명의 소년들이 앉아 심각한 표정으로 컴퓨터와 수북이 쌓인 서류들을 놓고 머리를 싸매고 있는 도중이다.

"후우~"

탁! 파라락!

그때, 그중 한 소년이 보고 있던 서류 뭉치를 테이블 위에 팽개치듯 거칠게 던져 버리며 벌떡 일어섰다.

상당히 큰 키에 샤프하고 이지적인 외모.

가느다란 모발이 피곤해 보이는 그의 얼굴을 부드럽게 내리덮고 있었다. 바로 신동민, 성전특고 '천재 집단(Genius Group)'이라고 불리우는 클래스A I 의 리더이자 특고의 전체 수석을 놓지 않는, 상상을 뛰어넘는 지성의 인물이었다. 그러나 그런 자의 얼굴에 지금 절망에 가까운 체념과 피로함이 가득하다.

동민이 일어서서 끼고 있던 얇은 무테 안경을 벗고 손가락으로 눈가를 지그시 눌렀다. 소리는 잘 안 들리지만 중얼거리는 입 모양으로 봐서는 누군가를 향해 신나게 욕을 퍼붓는 중인 것 같다. 그 모습에 다른 두 아이들이 동민에게 시선을 던지자 동민이 고개를 번쩍 들고 그들 중앙에 앉아 있던 금갈색 머리칼의 인물을 매섭게 노려보았다.

"미친놈."

동민의 악이 받친 낮은 목소리에 민제후라는 소년이 빙긋 웃으며 대답한다.

"알아."

"정신 나간 새끼."

"맞아."

"네가 제정신이냐!"

"모두 옳은 말이다."

자신의 잘못을 순순히 인정하는 제후의 모습은 평온해 보이기까지 하다. 동민은 욕을 퍼붓다 그 모습에 헛웃음이 나오는 것을 삼키며 팔짱을 끼고 돌아섰다.

'잘못에 자책하고 허둥대는 것보다 수습이 먼저니까. 아직 막연하지만… 난 내가 해야 할 일이 뭔지 알아. 과거에 연연하는 것보다 미래를 개척할 거다. 다시는 같은 실수를 되풀이하지 않겠어!'

제후의 그런 결심이 눈이 담겼음인가? 동민은 제후의 그런 모습에 다시 입을 꾹 다물고 이제 거의 식어버린 커피를 머그잔에 따라 들었다. 제후는 그런 동민을 보고 다시 차분하고 결연한 의지로 입을 열었다.

모두 내가 감당해야 할 짐이다.

"모두 내 실수야. 현실을 현실이라고 제대로 인식하지 못했고, 내 행동이 어떤 파급 효과를 미칠지 알지 못했지. 하지만 난 아직 뭔가 길이 있을 거라고 생각해. 이대로 저 많은 사람들을 길바닥으로 내몰 순 없어. 그래서라도 난… 물러설 수 없어! 물러서고 싶지 않아! 그러니까 도와줘."

"아하하, 나참."

흔들림없는 민제후의 눈동자가 동민을 무섭게 응시하고 있었다. 말도 안 되는 상황에서 아직 학생일 뿐인 그들에게 뭘 어쩌라는 것인지도 황당한데, 제후는 처음 그 질문에 씨익 웃고 말 뿐이었다.

'나까지 꼭 저 무대포 성질에 감염될 것 같군. 쳇!'

동민은 우두커니 서서 철없이 대형 사고를 친 성전그룹의 최연소 회장인 '민제후'라는 이름의 친구를 내려다보았다. 갑자기 그의 입에서 싸늘한 어조가 뚝뚝 떨어지기 시작했다.

"좋아, 잘 들어. 먼저 현 상황을 말하자면… 아주 절망적이다."

그의 말에 뭔가 열심히 노트북에 열중하던 유세진조차 고개를 들어 동민의 얼굴을 바라보았다.

"이건 더 이상 능력의 문제가 아니야. 길은 직선 코스, 단 하나뿐인 프로젝트거든. 창업주이신 장 회장님께서 심혈을 기울여 준비하셨던 기획안이라 하더니, 정말 어이없게도 곁가지나 갓길조차 없어."

눈을 빛내며 듣는 제후의 모습을 확인한 신동민은 벗어 던졌던 무테안경을 다시 쓰며 허리를 굽혀 컴퓨터 모니터로 상황을 보여주었다. 되도록 알아듣기 쉽게 한 그 간략한 설명이, 계속해서 뜨는 어지러운 자료와 함께 계속되었다. 안경으로 인해 오히려 돋보이는 그의 샤프한 이미지 속에 얼음 같은 눈빛이 예리하게 빛났다.

"전문 용어는 모두 빼자. 간단하게 설명하지. 지금까지 우리가 지겹게 쳐다봤던 단군 프로젝트라는 것은 엄밀히 말하면 그 시작이 이번이 아니야. 이미 십여 년 가까이 그 토대를 닦아왔다고 보아야 돼. 그런데 그 마지막 단계, 즉 오랜 세월 동안 철저히 기획해 왔던 그 계획을 최종적으로 실행시키는 단계에서 멈춰 선 것이지. 조율해 왔던 합병, 기술 제휴, 연구소 인수 및 공장 설립과 자금의 이동 문제까지. 음, 그 마지막 단계가 가장 큰 부담이 되는 중요한 고비였기도 했지만, 마침 한국에 갑자기 들이닥친 IMF 속에서 이런 대규모 사업을 시행할 수 없었을 거야. 그래서 향후 10년 간 보류라는 쉽지 않은 결정을 장 회장님이 내리셨다는 것이고."

뭔가 굉장히 어렵다. 전문 용어는 모두 빼고 설명했다니 못 알아들을 건 아닌데, 난 이것마저 복잡하다.

"그러니까 뭐야? 결국에 경기가 안 좋아지고, 돈도 부족해서 나중에 하자고 던졌다는 말 아니야?"

"네. 뼈대만 말하자면 대체로 맞습니다."

제후가 옆에서 들리는 목소리에 고개를 돌리니 세진이 새까만 무심의 눈을 빛내며 의자에 기대 있는 모습이 보였다.

"굉장히 의외의 방법으로 진행된 프로젝트입니다. 준비를 모두 마친 뒤, 실행 단계가 거의 동시에 최종적으로 이루어진다니. 거의 정신 나간 인간이 준비한 기획안이라고밖에 생각되지 않는군요. 이 기획안은 성공, 아니면 실패! 그 두 가지밖에 없습니다."

'젠장! 그렇다면 뭐야, 그 영감탱이!'

그래. 내가 처음부터 알아봤어. 미친 늙은이였던 거야. 맨날 나 잘났다, 내가 최고다를 온몸으로 부르짖으며 다니더니 말년에 노망이 나서 이런 이상한 계획이나 세우는 변태 행각을 벌였던 것이 틀림없어! 으아아아~

그러나 그때 들려오는, 결코 평범한 학생으로만 치부할 수 없는 두 인물의 대화.

"장 회장님은 마지막에 하나의 '신화'를 이룩하시려던 것 같군. 정말… 그분의 뜻은 짐작할 수가 없을 정도다."

"네. 이건 성공만 하면 한국 경제의 판도를 아주 뒤집어 버릴 수도 있는, 하나의 '혁명'입니다."

뭐?

"하지만 그만큼 위험 부담이 너무 크고, 너무 이상향을 바라보는 것 같습니다. 아무리 성전그룹이라는 거인의 이름이라 하더라도… 현재 위치에선 단군 프로젝트는 자살 행위나 마찬가지인, 쓰레기 기획일 뿐이죠."

"훗! 그래. 그런 면에서 김 비서님의 판단은 너무나 정확했어. 이 정도 진행 상황에서 이렇게 훌륭한 대처는 나도 힘들었을 정도야. 게다가 상식적으로 믿을 수 없을 만큼 치밀하고 신속한 진행을 보자니… 누군가의 악의적인 손길이 미쳤다는 뜻인데… 훌륭해! 뭐, 도덕적으로 그 대처가 안타깝지만."

"아니죠. 살아남아야 하는 상황에서 인정 따윈 둘 수 없는 겁니다. 저라면 틀림없이 더한 짓도 벌써 했을 겁니다."

제후는 갑자기 유세진과 신동민, 두 아이들이 의견을 나누다가 단군 프로젝트가 미친 짓은 틀림없지만 먼 미래에 준비된 상황에서라면 또 다른 의미를 지녔을 것이라며 흥분을 감추지 못하는 것을 보고 어리벙벙한 얼굴로 쳐다보고 있었다.

'흐음, 그러니까… 복잡한 말 다 떼어버리면 잘되면 아주아주 좋은 거란 말 아닌가? 무조건 잘되면 장땡이란 소리지?'

"그럼 막지 말고 진행시켜 버리지."

제후의 심드렁한 목소리.

갑자기 정적이 찾아왔다. 고요함.

제후를 제외한 다른 두 소년들이 이해가 안 가는 듯한 얼굴을 하다가 마침내 이를 악물고 얼굴을 구겼다.

"야, 이 자식! 너 지금까지 설명을 뭘로 들은 거야! 그게 가능하면 여기에서 우리가 왜 이렇게 끙끙대고 있겠어! 엉? 그리고 저 밖에서 정신 없이 일에 파묻혀 있는 직원들은 다 해태 눈이냐? 그게 가능만 하면 멀쩡한 계열사 정리하고 핵심 직원 수천 명씩 자르게 생겼냐! 나가 죽어라, 죽어!"

신동민이 제후에게 달려들어 뒤에서 팔을 걸고 목을 졸라대며 흔들어대자 제후가 헤롱헤롱한 얼굴로 외쳤다.

"그, 그러니까… 성전그룹의 이름으로 못하면 다른 곳에서 도와주면… 으아아! 그니까 더 큰 빽이 있음 되지 않을까?"

"멍청한 자식! 그러니까 당장 어디 가서 이렇게 사서 하는 미친 짓을 도와주겠다는 빽을 찾냔 말이야! 게다가 성전그룹보다 더 큰 빽을 어디 가서 찾아!"

그동안 맺힌 것이 많았나 보다. 동민이가 원없이 민제후를 꼴통이라고 부르며 목을 잡고 흔들자 한쪽에서 그 움직임을 멈추게 하는 청아한 목소리가 들려왔다.

"아, 그렇군요! 해답은 정말 의외로 간단할 수 있습니다."

"뭐?"

'쿵' 소리가 나며 제후의 머리가 테이블에 박혔다. 유세진의 놀람에 동민이 잡고 흔들던 민제후의 머리를 놓아버린 탓이다.

에구구~ 동민이 자식. 그렇지 않아도 곧 치매가 올 나이가 아닌가 싶어 가끔 오는 건망증에도 섬뜩섬뜩한데. 우~ 뇌 세포가 25,223개나 죽었다. 콜록콜록.

"아~ 어쩌면… 어쩌면 말입니다, 아주 가능성이 없지는 않을……."

"그러니까 성전그룹을 받쳐 줄 수 있는 빽 말이야……."

제후가 흔들리는 머리를 고정시키려고 노력하며 확고하게 말하자 시선들이 금갈색 머리를 한 소년에게로 한꺼번에 쏠렸다. 동민이도 이제 더 이상 제후를 멍청한 꼴통 자식이라고 부르지 않고 냉정하게 그에게 시선을 던졌다. 유세진이라는 믿을 만한 인물이 그 황당한 가능성에 동의해서 그런지 동민이 가늘게 뜬 눈으로 제후를 뚫어질 듯 깊이 바라본다.

그 상황 속에서 민제후라는 소년이 테이블 위로 마주 잡은 두 손을 올리며 화사한 미소를 지었다.

"우선 아쉬운 대로… 대한민국이라는 국가는 어때?"

*   *   *

어스름하던 저녁 하늘에 별이 한가득 총총히 뜨고 한밤의 나른함이 도시에 잠길 무렵, 성전특고는 예술관 대강당의 수리 공사가 가까스로 끝나가고 있었다. 게다가 교내 자체 행사인만큼 진행 프로그램 제작에 학생회 간부들이 남아 도왔기 때문인지 이 늦은 시간 아직 교내에 남아 있는 학생들이 적지 않게 있는 모양이었다. 조용하긴 하지만, 그래서 그들로 인해 결코 적막하지는 않은 예술관이었다.

한데 그곳, 그 장소에 한 소녀가 완벽하게 수리된 크리스털 유리 벽을 통해 밤하늘을 올려다보고 있었다.

삼단같이 부드럽고 치렁한 검은 머리결.

도자기 인형처럼 매끄럽고 새하얀 피부 위에 붉은 보석을 박아 넣은 듯 넋을 잃게 만드는 석류 같은 입술.

비록 딱딱한 사립 고교의 교복을 입고 있었지만 그 옷차림은 천상의 선녀가 하강한 듯한 신비로움을 자아내는 데 결코 걸림돌이 되지 못했다. 더군다나 달빛과 별빛을 최대한 받아들여 강당 내로 비산(飛散)시키는 크리스털 유리 벽에 의해 더욱 고조되는 그 신비감이란.

그녀의 뒤에서 마지막 일정 보고를 하러 다가왔던 학생회 간부로 보이는 남학생들은 그 정경에 멍하니 혼을 빼고 서 있었다. 그들의 얼굴은, 현실 세계의 인간 같지 않은 저 차갑고 고아한 자태는 역시 성전특고의 최고 프린세스답다고 생각하며 그녀와 같은 공간에서 숨을 쉰다는 것 자체만으로도 행복감을 느낀다는 황홀한 표정들이다. 그런 환상을 품고 있는 남학생들이 이 학교에 과반수가 넘고, 주변 학교에서는 동화처럼 떠도는 동경이기에 이들이 지금 그 소녀의 속마음을 들여다 볼 수 없는 것이 다행으로 느껴진다. 환상과 동경이 바로 깨어져 버릴 테니까 말이다.

'민제후⋯ 너 잡히면 죽.었.어! 감히 이럴 때 학생회 최고 간부 둘을 가로채 가? 이 한예지가 두 눈을 시퍼렇게 뜨고 있는데? 이익!'

우리의 순진무구한 남학생들의 가슴을 울리는 이 소녀의 서늘한 자태는 바로 이런, 누군가를 향한 복수의 칼날을 가는 것이라는 걸 모른다는 것이 안타깝기 그지없다.

한편, 예지로서는 학생회장으로서 고양이 손이라도 아쉬운 판국에 난데없이 도둑맞은 두 명의 최고 간부, 즉 유세진과 신동민이 사라진 것이 민제후 때문이라고 단정 짓고 있었다. 세진은 자기 발로 오늘 오후 무단 조퇴를 했고, 동민은 집안 사정으로 일찍 귀가했다는 주변인들의 설명은 더 이상 귀에 들어오지도 않았다. 그녀는 이제 무조건 일이 틀어지거나 안 좋은 일만 생기면 모두 다 민제후 탓이었다.

괴변이지만 어쨌든 이 순간 우연하게도 그 짐작이 백 퍼센트 틀린 것이 아니니.

그때, 한예지의 붉은 입술이 사이하게 회선을 그리며 올라갔다.

'히익!'

섬뜩함!

주변에서 그녀를 황홀하게 쳐다보던 평범한 남학생들이 갑자기 스치고 지나간 그 표정에 머리칼이 쭈뼛 서는 느낌을 받으며 하얗게 질렸지만, 곧 고개를 붕붕 가로저으며 현실을 도피한다. '아냐, 그럴 리가 없어, 우리의 천사가 그럴 리가 없어'라고.

그런 그들이 한예지라는 소녀가 지금 '영혼을 위한 민제후 수프' 및

'바퀴벌레 민제후의 101가지 박멸 작전' 등 소름 끼치는 복수전을 계획하는 걸 안다면 어떤 표정을 지을지 심히 궁금해진다.

*   *   *

"으흐~ 엣취!"

그 시각, 제후는 갑자기 몰아닥친 차가운 밤바람에 소름이 돋는 것을 느끼며 온몸을 부르르 떨었다. 이상하게도 섬뜩한 살기와 함께 한기가 드는 것이.

'그동안 몸이 좀 허해진 모양이구만. 허허~ 하긴, 이제 내 나이면 보약 몇 채 해 먹어가며 성인병 예방에도 신경 써야 하긴 하지.'

제후가 그렇게 '아침 운동 때 기(氣) 체조라도 해볼까' 하며 너털웃음을 터뜨릴 때였다. 세진이 돌아앉아 열심히 쳐대던 노트북에서 짧은 기계음이 들리고, 프린터에선 뭔가가 열심히 인쇄되어 나오기 시작했다.

"됐어!"

세진이 손가락으로 딱 소리를 내며 외쳤다. 뭐가 어떻게 돌아가는 상황인지 정신이 하나도 없었다. 하지만 조금 전의 무겁게 가라앉은 분위기가 아니라 흥분된 기운이 가득한 것을 보니 어떤 작은 실마리를 잡은 듯이 보인다. 평소에는 잘 들리지도 않던 작은 기계음들이 오늘따라 매우 요란하게 들려왔다.

"세상에!"

동민은 세진이 피식 웃으며 넘겨준 자료를 넘겨보며 얼굴색을 일곱 색깔 무지개로 변화시켜 가고 있었다. 그리고 연발하는 각종 감탄사. 문제는 긍정적인 표정뿐만이 아닌 말도 안 된다는 반응이 거의 대부분인지라 제후는 어떤 반응을 보여야 하는지 우왕좌왕할 뿐이었다.

'뭐가 어떻게 된 일이야?'

그리고 그 순간, 테이블 한가운데로 오늘 날짜의 신문이 날아와 떨어졌다.

"대규모 세계CEO포럼 개최. 기업 최고 경영자인 CEO들과 대학 교수들이 정책 세미나를 열고 앞으로 세계 경제와 한국이 나아가야 할 방향에 대해 토론하고 촉구하게 될 것이라고. 이게 뭐지?"

"하나의 실마리죠."

중얼거리던 제후의 옆에서 세진의 맑은 미성이 들려왔다.

"제가 그랬죠? 제후 군에겐 천운조차 따라오기 시작했다고. 정말 주변을 자세히 둘러보니 제후 군에게는 지독하게 운이 따르는 것 같습니다. 쿡쿡, 그래서 난 당신이 더 마음에 안 들고 재수없어."

세진의 두 눈에 강한 반발심이 솟구쳐 올랐다. 그러나 곧 그 빛은 승부욕과 흥미로움에 눌려 천천히 사그라드는 것이 보인다.

유세진의 얼굴에 해맑은 미소가 활짝 피었다.

"하지만… 그래도 역시 이번엔 제후 군 쪽에 붙길 잘했다는 생각이 듭니다. 혹시나 했는데, 예상대로 너무 재미있어졌어요."

"잠깐! 너, 어떻게 이걸… 이 정보는 어떻게 구했지?"

세진의 가벼운 목소리에 동민이 황당함 플러스 경악의 표정으로 출력된 서류를 흔들며 다가와 거칠게 따졌다. 그러나 세진은 그런 동민을 바라보며 오히려 이해할 수 없다는 얼굴로 되묻는다.

"뭘 말씀입니까? 혹시 해킹할 줄 모른다는 건 아니시겠죠, 설마? 전 동민 군이 여자라는 말은 믿어도 해킹할 줄 모른다는 말은 절대 안 믿을 테니 아무 말씀 마시죠. 그리고 또 '어떻게'라는 답변에는 제가 정보 수집을 좋아해서 그쪽으로 신동민보다 잔머리가 특별히 더 많이 돌아갈 뿐이라고 해두죠."

동민이가 어이없다는 얼굴로 굳어버렸다. 세진의 대답 이외에 저렇게 냉랭한 얼굴로 말하는 유세진을 처음 보았기 때문이리라. 안경을 벗은 세진의 얼굴에 익숙해지나 싶었더니 일에 몰두하자 그 작은 소년은 인간이 아주 변해 버린 듯한 느낌이다.

그러나 신동민도 만만하지는 않았다. 그가 코웃음을 치며 싸늘하게 웃는다.

"그렇군. 그게 네 본얼굴인가 보지? 흠, 어쨌든 놀라워. 게다가 이건 아직 확정도 안 된 국가 정책의 일부인 듯한데. 「비전21」이라… 엄~청나군."

"후후, 형님들 덕을 좀 봤을 뿐입니다. 그들 덕에 중앙 센터 접근의 키워드를 쉽게 빼낼 수 있었죠. 국가 정보부에 있는 그들의 위치를 유용하게 이용할 수 있었습니다. 그들도 집에서는 느슨하거든요. 게다가 충분히 이용 가능한 가치를 그냥 내버려 둔다면 자원 낭비잖아요? 보세요. 미리 터를 닦아두니 이럴 때 유용하게 쓰이지 않습니까? 물론 그들은 내가 일급 정보를 빼내가는 것을 꿈에서조차 생각하지 못하겠구요."

세진이 검은 머리칼을 한 손으로 쓸어 올리며 어깨를 으쓱했다. 가치가 있다면 누구든 이용할 수 있다는 말을 너무나 아무렇지도 않게 내뱉는 그 모습. 아무 말도 할 수가 없다. 유세진을 바라보자면 그런 가치관이 너무나 당연한 것처럼 느껴진다.

그것에 동민이 짧게 스치는 미소로 말한다. 하지만 예전과는 비교할 수 없을 정도로 짙어진 경계의 눈이다.

"너와는 결코 적으로 마주 서고 싶지 않군."

"그런가요? 전 아주 재미있을 것 같습니다만."

마주 보고 웃는 녀석들의 말투는 전혀 안 웃기다.

"너의 그 재미타령도 이제 지긋지긋하다고."

"아~ 그거 안타까운데요. 음, 그럼 세상을 무슨 의미로 살지?"

과장되게 말하는 모습.

에궁~ 이 아이들을 어쩌면 좋냐? 잘하면 한바탕 붙을 것 같네. 쩝!

"아~ 좋아, 좋아. 그만들 해. 친구들끼리 지금 뭐 하는 짓이야? 착한 어린이들은 일찍 자고 일찍 일어나는 것만이 중요한 게 아니라고. 친구들과 싸우지 않고 사이좋게 지내는 것도 착한 아이들이 이룩해야 할 중요한 사명 중의 하나지. 게다가 우린 스터디 그룹 「초전박살」의 멤버들 아닌가. 자, 이렇게 둘이 손 꼭 붙잡고 화해의 악수를 하는 거야. 손가락 걸어. 하늘땅 별땅 각기별땅! 됐다!"

어라? 왜들 그렇게 요상야리꾸레한 얼굴로 쳐다보는 거샤? 그러지 마앙~ 부끄럽잖아잉~

"쿨럭쿨럭. 그래, 내가 다 잘못했어. 그러니까 제후야, 제발 그 짓 좀 그만둬."

신동민이 나의 '까아~ 몰라몰라' 포즈에 사레가 들렸는지 기침을 하며 감동을 먹었다. 흙빛으로 변한 얼굴이 맘에 걸리긴 하지만, 역시 신세대 애들에게 신세대적으로 다가가는 것이 어필하기 쉽다는 걸 입증하는 순간이다. 그런데 세진이는?

"…잘못했습니다."

유세진이 반듯한 자세로 고개를 숙이는 것이 보였다.

'이쪽도 반성의 자세가 아주 역력한걸? 호오~ 좀 이상하다 싶었지만 동회 녀석이 좋은 걸 가르쳐 준 건 맞나 보군. 서로 화목하게, 친하게 지내고 싶을 때 쓰면 좋다던 신세대들의 무슨 몸으로 하는 랭귀지 어쩌구라고 하더니만. 허허! 나중에 만나면 다른 걸로 더 많이 가르쳐

달라고 해야겠어.'

　제후의 이런 생각을 안다면 결코 사과 따윈 전기 고문을 가하더라도 절대 하지 않았을 두 명의 아이들이었지만, 인간은 보통 다른 사람의 속마음을 알지 못한다는 것이 불행일 뿐이다.

　어쨌든 살얼음으로 몰고 가던 두 사람을 획기적(?)으로 떼어놓은 제후는 승리의 기쁨을 유지한 채 지금까지 거론된 사항들에 대해 정리를 요구했다. 가능성이 얼마나 있든 간에 속수무책이던 처음과 비교한다면 엄청난 돌파구인 셈이다. 흥분이 온몸의 혈관을 타고 날뛰고 있었다.

　"그러니까 지금 말하는 두 가지 키워드는 한국의 미래 경제 개발 계획「비전21」과「세계CEO포럼」이란 소리지? 그런데 우리 성전그룹의 단군 프로젝트와 그 핵심 내용이 일맥상통하는 것이 바로 그 경제 개발 계획이고. 그럼 우리는 정부와 접촉할 필요가 있는 셈이군."

　환생하면서 기억력은 원판의 것을 그대로 이어받았나 보다. 지식 자체는 부족해도 설명 들은 건 그대로 이해 가능한 것이. 하지만 뭐가 잘못된 것일까? 별로 밝지 않은 안색으로 세진의 보충이 이어졌다.

　"네. 하지만 아직 어떤 것도 결정되지 않았습니다.「비전21」도 확정된 것이 아니죠. 그리고 우리 쪽도 최강의 카드를 보여야 그쪽이 움직일 겁니다. 그 키워드가 바로 그「세계CEO포럼」입니다."

　"무슨 뜻이지?"

　"이번에도 역시 쉬운 설명이 필요하겠지?"

　제후의 질문에 동민이 생각에 잠겨 서성거리다 그들 쪽으로 다가오며 대신 대답한다.

　"지금 우리가 바라보고 있는 미래 경제 개발 계획은 한국이 미래 우주 국가로서 세계 어느 나라보다 앞서 나가겠다는 야심찬 기획이지.

하지만 동양의 이 작은 나라의 힘으로는 세계적 전문가들로부터 실현 가능성을 상당히 많이 의심받고 있을 거야. 그래서 아직까지 통과가 되지 않고 비공개로 질질 끌고 오고 있는 상황. 그렇다고 함부로 폐기할 수도 없는 것이 중국과 일본은 이미 이 분야로 많은 투자가 이루어지고 있거든."

제후는 신동민의 설명을 들으며 앉은 자세를 고쳐 잡았다. 상당히 피곤하다고 느끼자 벌써 창밖이 어두워졌다는 데 생각이 미쳤다. 그것에 아이들을 다시금 둘러보자, 아니나다를까 모두들 흐트러진 차림새였다. 하지만 열정적으로 빛나는 그들의 눈을 보자니 피곤함으로 내려앉은 그늘이 하찮아 보인다.

역시 젊음은 좋은 것이여~

"특히 일본 같은 경우는 더욱 무시할 수가 없지. 일본의 「우주 개발 사업단」에선 이미 지난 96년부터 로켓 개발에서부터 시작해 우주 선진국의 자리를 위해 많은 투자를 하고 있어. 로켓만 보더라도 상업적 용도 외에 핵탄두를 실어 나를 수도 있다는 점에서 국가 안보적으로도 매우 큰 사건이야. 그러니 일본에서 엎어지면 코 닿을 곳에 붙어 있는 한국 정부에게 가고시마현 다네가시마 우주 센터에서 처음 발사 성공한 일본 국산 로켓은 의미가 더 클 수밖에."

에? 일본은 벌써 1차적으로 성공했단 말이야?

계속 이어지는 얇은 무테 안경을 걸친 키 큰 소년의 설명에 제후가 두 눈을 크게 떴다.

"일본이 '본격적인 우주 개발 시대'를 선언한 이때, 한국이 어렵다는 이유로 「비전21」을 쉽게 포기하지 못하는 것이 바로 그 때문이지."

얼핏, 한쪽에서 팔짱을 끼고 앉아 무심한 얼굴로 고개 숙여 미소 짓는 유세진의 모습이 보였다. 귓가에 그의 마지막 결론이 들려왔다.

"그렇습니다. 우리가 할 일은 바로 망설이고 있는 그 정책 관계자들에게 성전그룹과 상호 공생할 수 있는 길과 성공 비전을 보여줘야 하는 거죠. 그리고 그 자리는 「세계CEO포럼」이 될 것이고 말입니다."

헤에~ 엄청나군.

하지만 저 아이들 말 그대로라면 아직 확정도 안 된 국가 정책을 겨냥해 도박을 하겠다는 말이다. 거기서 더 나아가 성전그룹에 유리한 개발 정책을 통과할 수 있도록 힘을 쏟아야 한다는 소린데.

'그걸 어떻게 하겠다는 소리야, 지금!'

"말도 안 됩니다!"

그래. 내가 하고 싶은 것도 바로 그 말… 어라? 입도 안 열었는데 말이 저절로 나왔다?

"지금 일 분 일 초가 아쉬운 판국에 어떻게 이런 허무맹랑한 일에 도박을 거시려는 겁니까? 될 리가 없지 않습니까? 그런 말도 안 되는……."

"그만, 김 비서!"

안 된다고만 하면 내 못된 버릇이 발동될지도 모른단 말이야.

일명 청와심법(靑蛙心法)!

제후는 언제 들어와 어디서부터 들었는지 펄펄 뛰는 김 비서를 향해 날카롭게 저지했다. 그러나.

"자, 그럼 바늘구멍만한 돌파구를 찾았으니… 낙타가 통과하는 방법도 알고 있겠지?"

으아, 이런이런. 결국 청와심법이 발동됐군. 얼굴 근육이 지 멋대로 씨익 웃는다.

"쿡! 전 정보와 실마리를 제공했습니다. 여기서부터는 동민 군의 몫입니다."

돌아보는 세진의 시선에 동민이가 무테 안경을 손가락으로 올리며 미간을 찡그린다.

"포럼과 정부 정책 관계자들이 빠져들 수 있을 만한 멋진 프로젝트 기획안을 만들어보십시오. 아무래도 단군 프로젝트는 현 시장에 맞춰 다시 재조정, 수정, 보완해야 할 부분이 많을 겁니다."

"…분석가답군. 그래, 맞아. 거의 3에서 4할 정도 달라지겠지."

"네, 그렇죠. 그러니 모처럼 맘껏 실력 발휘해 보시기 바랍니다."

"시간은?"

"이틀!"

세진이 검지와 중지를 펴 들고 장난치듯 흔들며 생긋 웃었다.

"정확하게는 36시간 20분입니다."

"미쳤군."

"엄살 부리지 마십시오. 서로 다 아는 처지에."

동민의 찢기듯 날카로운 예기가 세진에게 날아든다.

"그럼 기대하겠습니다."

살짝 고개를 끄덕이며 목례를 한다. 그냥 보면 정중한 요청 같지만 그 찌르는 듯한 기도와 비웃는 시선은 분명히 '도전' 이다. 멍석 깔아 놨으니 한번 뛰어봐라라는.

신동민의 눈이 투지로 빛났다.

"쳇!"

동민이가 안경을 신경질적으로 벗으며 뭐라 중얼중얼거리는 것이 보인다.

'음, 세수대야에 커피를 풀어야겠다고? 그건 내가 해줘야겠는걸. 냐 하하하~'

한편, 김 비서는 서로 말을 주고 받는 그 소년들의 모습에 거의 얼이

나가 있었다.

말도 안 되는, 실현 가능성 없는 발언을 마치 아무것도 아닌 것처럼 내뱉고 있으니. 다른 것은 다 그렇다고 넘어가더라도 단군 프로젝트를 단 이틀, 아니, 36시간 만에 다시 재조정해서 포럼에 나가겠다는 말인가? 이것이 무슨 소꿉장난인 줄 아는 거 아냐? 그 프로젝트는 10여 년간 준비된 것이다. 그것을 현재에 맞게끔 완벽하게 보완하는 데 단 이틀의 시간이라? 허! 그런 말도 안 되는 헛소리를.

그러나 그의 황망한 시선에도 이 소년들은 지금 장난이 아닌 것 같았다. 가능할까? 아니, 그 모든 준비가 가능하다 하더라도 국가를 상대로 하는 이런 허무맹랑한 게임 따윈 계란으로 바위 치기라고밖에.

성전특고 명물들이 드디어 그 누구도 시도하지 못할 배짱의 계획을 구체적으로 세우기 시작했다. 하나 가장 큰 걸림돌은 역시 「비전21」의 주도 실세와의 만남에 있었다. 천하(天下)의 모든 행운이 다 쏟아져서 그 모든 일이 다 순조롭게 풀린다 하더라도 그 정책의 실세와의 면담이 가장 큰 열쇠인 것이다. 그렇지만 그 문제에 관해서는 유세진도, 신동민도 뾰족한 방책을 내세우지 못하고 있었다.

"결론은 그 실세가 정책을 통과시키고 성전그룹의 빽이 되어줄 수 있게 설득할 수 있도록 만나야 한다는 것 아냐?"

"그렇죠."

그 가장 어려운 사항을 마치 동네 슈퍼 아저씨 만나러 가는 듯 말하는 제후에 대하여 모두들 어이없어했다. 이제 그러려니 해야 할 텐데.

"그건 그렇다 치고 포럼 날짜는 언제야?"

"그것이 좀 안 좋습니다. 제후 군의 연주 발표회 전날입니다. 그러니까 남은 시간이 이틀이죠."

그렇구나. 아~ 나 아직 연주회 때 뭘 할 것인지 정하지도 못했는데 큰일이네. 거참.

턱을 괴고 심드렁한 대답을 하는 제후에게 결국 동민이 화를 터뜨렸다. 예지의 성격 전이가 이루어진 듯한 히스테리다.

"이 멍청한 자식 같으니라구! 넌 그 머리 속에 무슨 생각을 담고 다니는 거냐? 왜 이렇게 긴장감이 없어! 못 들었어? 그 정책의 주도 실세가 아주 어려운 인물이라는데."

"어려워?"

"깐깐하고, 무엇보다 구부러지기보단 부러지는 성질이라 하더군요. 예전에 다른 문제로 장태현 이사가 로비를 펼친 적이 있나 보던데 깨끗이 거절당했다죠?"

"이름은?"

"김대준. 김대준 의원입니다."

에, 에엑?

"정말?!"

제후가 오랜만에 듣는 낯익은 이름에 벌떡 일어섰다. 사람들이 이상하다는 시선을 잠시 던졌지만 그냥 그뿐이었다. 그 어색한 정적에 제후가 다시 털썩 주저앉았다.

"네. 그래서 그 부분에서 걱정이 되는군요. 아무리 완벽하게 준비를 한다 하더라도 실세의 움직임을 예측할 수 없으니. 만나주지도 않을 겁니다. 특히 개인 면담은 절대 응하지 않는다 하더군요."

"만날 수조차 없다면 현실적으로 다 틀어지는 것 아닌가? 어쩌지?"

"어쩌긴."

당연한 말을 하고 있다는 반응에 시선이 민제후에게로 몰렸다.

여러 생각이 교차하는 듯 한동안 말이 없이 골똘히 상념에 잠겨 있던 제후는 비스듬하게 의자에 기댄 자세로 테이블 위로 손가락을 피아노 치듯 빠르게 두들기고 있었다.

　탁탁탁. 탁!

　어느 순간, 생각이 끝나자 테이블 위를 불안스럽게 톡톡 두드리던 제후의 손가락이 딱 멈췄다. 시선이 집중된 한가운데에 작지만 커 보이는 한 소년이 있었다.

　그리고 마침내 민 회장이 턱을 기댄 자세에서 씨익 웃었다.

　"정면 돌파를 하자구!"

제6장 신新제국의 시작

 평범해 보이는 일상이 지나가고 있었다. 해가 뜨면 아침이 되고, 아침이 지나 오후가 되면 다시 해가 진다. 그리고 자연의 순리에 따라 매일이 같지만 또 다른, 밤이라는 시간을 맞이하는 평범한 흐름.

 도시의 활기가 아침의 상쾌함으로 깨어나고 출근길 러시아워로 서울은 진통을 겪는다. 버스 정류장과 지하철 역에 가득 밀려갔다 밀려오는 인파(人波). 그 속엔 출근길 짜증에 투덜대는 우리의 아버지들도 있을 것이고, 버스를 타려고 뛰어오다 넘어져 부러진 구두굽을 잡고 울상 짓는 아가씨도 있을지 모른다. 또는 애매한 시간에 지각을 걱정하며 발을 구르는 학생들이 있을지도.

 사람 사는 곳이 다 거기서 거기라고 했던가? 누군가 이런 모습들이 진정 살아가는 것이고, 사람 사는 냄새가 나는 풍경이라고 말한다면 고개를 끄덕이게 될 듯. 하지만 똑같은 사람이 살고 있는 곳이나 이런 일상의 평범과는 거리가 먼 인간들도 있기 마련인 것이 또한 '삶'일지도.

아삭!

아침의 그런 일상을 내려다보던 한 소년이 주머니에서 공중을 향해 던지듯 꺼내 든 사과를 잡아 상쾌한 소리를 내며 베어 물었다.

야구 모자를 쓴 소년.

베이지 색 면바지에 캐주얼 점퍼 차림.

엄밀히 따지면 별로 눈길을 끌 만한 요소는 찾을 수 없다. 그 소년의 모습은 어디에서나 쉽게 찾아볼 수 있는 차림새. 그러나 이상하게 그 모습이 시선을 끄는 건 그에게서 '특별한' 뭔가가 느껴지기 때문일지다. 하지만 소년의 얼굴은 야구 모자 때문에 잘 보이지 않는다.

그런데 그때, 그 소년이 사과를 먹다 고개를 비스듬히 들어 기다리던 한 방향으로 시선을 옮겼다.

아름다운 건축물.

하얀 대리석의 둥근 기둥들이 일정한 간격으로 떠받치고 있는 건물이 보이고, 그 밑으로 대리석 계단이 층층이 보도까지 닿아 있다. 그리고 그 하얀 돌계단의 양 옆에는 포효하는 웅장한 사자 석상이 입구를 지키듯 높이 세워져 있었다. 모자를 깊게 눌러쓴 소년이 위치한 자리가 바로 그 사자 석상 위. 그곳 경비 책임자가 보았으면 노발대발하며 끌어내렸을 테지만 아직 경비원이 그런 행각을 발각하지 못하였기에 느긋하게 석상에 기대어 사과를 먹으며 누군가를 기다리는 소년이었다.

"음, 예상보다 늦네. 큰일인걸."

그러나 모습은 전혀 큰일이지 않다. 얼굴을 가린 모자 밑으로 빙글빙글 웃으며 중얼거리는 그런 말에서 어떻게 긴장감을 발견해 낼 수 있단 말인가. 게다가 큰일이라는 인간이 예전엔 '나 예쁘지? 맛있겠지? 먹어봐, 캬하하~' 노래 부르며 아우성을 쳤을 것 같은 사과의 뼈

다귀를 화단에 던지고 주머니에서 또 다른 사과를 꺼내 들까? 또 무엇보다 그것을 우적우적 씹어가며 사과는 역시 국광보다 후지나 쓰가루가 훨 더 낫다는 등의 여유있는 품평회를 보자니… 전혀 안 큰일 같다.

"야, 이 자식아! 너, 뭐야? 감히 여기가 어딘 줄 알고. 너, 안 내려와? 내려와, 자식아!"

그리고 마침내 격분한 경비원한테 들키고 마는 순간이었다.

"어이, 경비 아자씨! 왔어요? 너무 늦었잖아영~"

누군가 늦는다는 사람이 자신을 내쫓을 경비원이었을까? 설마…….

역시 긴장감 따위는 개미 코딱지만큼도 없는 인간이었다. 야구 모자 밑으로 보이는 방실방실 웃는 입 모양과 대책없는 성격을 보자니 어디선가 비슷한 인물이 생각날 듯도 한데.

그때였다.

"무슨 일입니까?"

중후한 목소리가 야구 모자 소년과 경비원의 뒤에서 들려왔다. 그러자 소년의 입가에 드리워지는 의미 깊은 짙은 미소.

'이제 진짜 메인을 만나러 갈 시간이군!'

소년의 눈이 엄격해 보이는 중년의 남자가 다가오는 것을 보고 눈을 빛냈다.

"자, 저희 조건은 여기까지입니다. 어떻게 생각하십니까?"

사무실 중앙에 있는 품위있는 가죽 소파에 앉아 무표정한 얼굴로 말하는 젊은이의 모습이 상당히 눈에 익다. 빈틈없는 비지니스 수트, 무스로 넘겨 깔끔한 헤어스타일, 사무적인 어조와 냉정한 눈동자.

한 노인이 아침부터 찾아온 그 손님으로 인해 씁쓸한 기분을 가누지 못하고 있었다.

"자네, 이름이 '유진한'이라고 했나?"

"네. 그렇습니다, 의원님."

김대준 의원은 그 말투에 더욱 입맛이 써지는 느낌이었다. 확실히 단정하고 손색이 없는 자세와 깍듯한 예의였다. 그러나 지금 이 청년이 자신에게 제시한 반협박성의 조건들을 생각하자면 조롱당하는 느낌조차 들기에 어이가 없는 김 의원이었다.

'장태현의 심복이라 하더니, 유능하긴 하나 어째 품이 넉넉해 보이질 않는군.'

편견이라고 할지 모르지만 김 의원은 자꾸 그런 생각이 드는 걸 어찌할 수 없었다.

눈앞의 청년이나 장태현이 능력이 있다는 것은 충분히 숙지하고 있다. 하지만 일을 처리함에 있어서 편협하고 철저하게 본인의 이익을 추구하는 느낌이 강한 젊은이들이다. 물론 사업가로서 이익을 추구하는 것은 너무나 당연한 일일 것이나 아무리 그래도 김 의원으로선 장태현의 방법에 절대 찬성하고 싶지 않다. 보따리 장사가 아닌 다음에야 어찌 이리도 철저하게 계산적이고 이해타산적일 수가 있을까? 정말큰 사업가라면 자기의 이상과 신념을 위해서 모든 것을 걸 만한 배짱도 있을 법한데. 그런 김 의원의 생각에 비추어 본다면 그런 면에서 장태현이라는 인물은 약삭빠른 작은 장사치이고 소인배일 뿐이다.

'그릇이 작은 인물이지, 눈앞의 이익에 정신 못 차리는.'

게다가 이들이 지금 자신에게 요구하는 것은 거의 협박에 가깝다고도 할 수 있었다. 불쾌한 기분을 넘어서자 김 의원은 언뜻 얼마 전 성전 총수 사택에서 만났던 한 소년이 떠올랐다. 아직 어리지만 그 아이라면 어땠을까?

머리에 흰 서리가 희끗하게 내린 근엄한 노인은 잠시 그런 생각에 잠겼다가 고개를 들었다.

"그래, 그럼 진한 군이라고 부르지. 자네는 내가 장 이사의 손을 잡을 것이라고 생각하는가?"

노인이 세월의 연륜으로 만면에 웃음을 띠고 소파에 기대었다. 수십 년 간 온갖 음모와 시기, 계략의 정치판에서 몸을 세운 자의 관조의 눈이다. 여기에서 화를 내거나 초조한 기색을 보여서 얻을 이득은 없었다. 장태현 이사가 김 의원에게 무엇을 노리고 접근하는지 알 수가 없으니 더 그랬고, 차마 무시하기 힘든 조건들과 함께 그들과 손을 잡지 않으면 장차 재미없다는 식의 의도가 깔린 손짓들이 더욱 그러했다. 김대준 의원의 눈 깊은 곳에서 섬뜩한 예리함이 숨어 반짝였다.

"글쎄요… 그거야 의원님 마음에 달린 것 아니겠습니까?"

유진한이 여전히 사무적인 표정과 음성을 유지하며 무감동한 모습으로 말한다.

"허허허, 그건 그렇지. 이 늙은이가 괜히 쓸데없는 소리를 한 것 같구만. 그나저나 장 이사가 「비전21」에 그렇게 관심을 갖는 이유를 모르겠군. 그 정책은 아직 검토 중이고, 아직 오랜 시간 어떠한 변동이나 실천이 보여질 가능성은 전무한데 말이야."

김 의원은 한순간 눈 속에 튀어 올랐던 불꽃을 능숙하게 감추며 유진한의 모습을 살폈다.

젊은이가 부족한 경험에도 불구하고 아주 확실하게 감정을 감출 줄 아는 건 칭찬해 주고 싶을 정도다. 대리인 자격으로 의사 타진을 위해 왔을 뿐이니 사적인 감정은 배제한다는 것인가?

"전 그런 건 잘 모릅니다, 의원님. 다만 이제 의원님의 대답을 듣고 돌아가고자 하는데요."

김대준 의원의 심중을 읽고자 잠시 여유를 두던 유진한이 다시 예의 사무적인 미소를 살풋 지으며 대답한다. 충실한 부하 직원, 아니, 충직한 개가 되고자 하는가?

'치밀한 놈이군.'

어떠한 정보도 주지 않겠다는 제스처인지 유진한은 더 이상 자신이 설명한 거래 이외의 것들에 대해서는 입을 열지 않았다.

김 의원은 수십 가지의 감정과 생각이 교차하는 것을 느꼈다. 확실히 장태현이 자신에게 제시한 조건은 상당하다 할 정도로 구미가 당겨지는 것들이었다. 정치나 사업이나 모두 마찬가지다. 조력자는 많을수록 좋았다. 그 조력자가 막대한 경제력을 갖고 있다면 더 말할 것도 없었다. 막강한 경제력과 힘이 뒷받침된다면 얼마나 많은 보탬이 되고 오랜 시간 동안 공을 들인 일들이 그 빛을 보겠는가. 그것은 이 나라 국민들의 생활을 안정시키고 나라를 부강하게 하고자 하는 그의 궁극적인 목적에도 부합하는 것이다.

나라와 국민을 위해.

정치인이라면 누구나 부르짖는 말이고 당연히 해야 할 일이지만, 또 가장 어려운 일임을 김 의원은 그 누구보다도 잘 안다. '착하게 살자'라는 것은 누구나 알고 있지만 실천하기 쉽지 않음도 그와 같은 맥락으로 이해할 수 있을 것이다. 복잡할 것이 없었다. 진리는 매우 단순하다. 하지만 실천은 어려운 것.

'하나 아무리 열 가지 국민을 위한 일을 할 수 있다 해도 한 가지를 내주어야 한다는 것을 국민들은, 아니, 나 자신은 과연 받아들일 수 있을 것인가?'

결코 쉽게 무시할 수 없는 조건들로 김 의원은 깊은 상념에 잠겨들었다.

장태현이 원하는 것은 한국의 미래경제개발계획 중의 하나로 검토

되고 있는 「비전21」!

　그렇지 않아도 실현 가능성이 희박하다 여겨져 관계자들에게조차 불신 속에 잊혀질 위기에 놓인 미래 정책이다. 그러나 김 의원이 그 정책이 실현될 경우 먼 미래에 세계 속에 우뚝 설 강건한 대한민국을 상상하며 차마 폐기를 결정하지 못했던 것이니… 장태현이 원한다면 완전히 없었던 일로 뒤집어 버리는 것이야 어렵지 않았다. 하지만 「비전21」은 김 의원의 꿈이자 이상이었다. 그렇기에 눈앞의 이익에 선뜻 손이 나가질 않았다. 더군다나 지금 자신이 그들의 뜻대로 「비전21」을 포기하고 장태현의 손을 잡아 자동차 완전 자동화 조립 공장 설립을 밀어주게 된다면 장태현을 작은 장사치로 낮게 보던 자신도 똑같은 수준으로 떨어지게 되지 않는가?

　즉, 그가 가장 걸리는 것 중의 하나는, 새로운 공장 설립에 대해 힘을 빌려달라는 것은 이해할 수 있으나 전혀 상관도 없어 보이는, 잊혀져 가는 「비전21」의 전면 백지화를 요구하는 점이다.

　이상했다. 그 위인이 아무 이유 없이 거래 조건으로 그런 것을 걸었을 리는 없다. 그런 그의 말에 신경이 거슬려 그렇다는 말로 얼버무리긴 했지만.

　'무엇이 그렇게 신경을 거스른단 말인가? 지금 장태현 이사라면 성전그룹에서 무서울 것이 없어 보이건만.'

　성전그룹의 내부 사정을 잘 모르는 김 의원은 상념 속에 턱을 쓰다듬으며 고개를 들었다.

　"미안하군. 내가 곧 바빠 스케줄이 잡혀 있어서. 결정이 내려지면 내 먼저 연락을 주겠네."

　"하긴, 쉽게 정하실 문제는 아닐 수 있지요. 알겠습니다. 그럼 저는 오늘 이만 물러가겠습니다. 검토해 보시고 연락 주십시오."

"그러지."

김 의원은 그렇게 청년을 내보내고 나서 책상으로 돌아가 인터폰을 눌러 비서관을 불러들였다.

"부르셨습니까, 의원님?"

"음, 그래, 이 실장. 아무래도 신대한당의 유 총재와 최고정당의 최 의원 등과 만나봐야겠군. 준비 좀 해주게."

"하지만 사전 약속도 안 되어 있는 상황인데⋯⋯."

"내가 급하게 의논할 일이 있다고 하면 될 걸세. 수고 좀 하게나."

"알겠습니다."

당황해하는 비서관의 모습이 보였으나 김 의원은 애써 안색을 펴며 말했다. 아랫사람이라고 함부로 한 적이 없었으나 지금의 김 의원은 그렇지만도 않을 것 같았다. 가슴이 답답하고 속이 끓어올랐다.

'허~ 내가 이런 적이 있었던가?'

장태현이라는 건방진 애송이한테 놀아나는 기분.

거절하지 못하도록, 빠져나가지 못하도록 맛 좋은 먹이를 들고 희롱하는 장태현의 비열한 눈매가 보이는 듯하다. 현재 김 의원이 몸을 낮춰 고개를 숙이고 있으니 그런 이류배 녀석까지 만만하게 보는 것 같아 떫은 기분을 주체할 수가 없다. 문제는 김 의원이 그런 녀석이 던지는 먹이를 실제로 완전 무시할 수 없다는 것에 있었다.

'그래. 지금은 내가 이러하나 언젠가는⋯ 언젠가는⋯⋯.'

노인은 정갈한 자세로 문을 열고 나와 지금쯤 준비되고 있을 차로 향했다. 쓸데없이 사람이 부르러 오길 기다리는 건 어리석은 시간 낭비 같았으니까. 그런데.

"아~ 이거 왜 이러세요. 거 정말 섭하네."

'이 목소리는⋯⋯!'

김대준 의원은 그의 생각대로 대기 중인 검은 승용차로 시선을 꽂고 움직일 줄 몰랐다. 비서들의 빠른 준비성에 놀란 것이라고 말하고 싶지만 휘둥그렇게 뜬 노인의 눈을 보자니 다른 이유가 있는 듯.

'저 아이는… 그때 그 소년이 아닌가!'

김 의원은 그 검은 승용차 앞에서 그의 비서관인 이 실장과 티격태격하는 한 소년을 어이없이 바라보았다. 무슨 말을 듣고 있는지 이 실장이 울고 있는지 웃고 있는지 이상야릇한 표정으로 얼굴을 구기고 서 있는 것이 보였다. 야구 모자를 깊게 눌러쓰고 있어 얼굴도 잘 보이지 않고 그 탐스럽게 눈길을 끌던 샴페인 빛깔의 금빛 머리칼도 보이진 않지만… 아까 얼핏 들은 목소리와 지금 이 실장의 얼굴을 보건대 저 소년은 그때 그 '민제후'라는 아이가 분명했다. 황당하긴 하지만 정말 유쾌했던 아이.

"녀석……."

김 의원은 그때 이상하게도 불편했던 가슴이 뻥 뚫리며 자신의 입가에 미소가 피어 오르는 것을 느낄 수 있었다. 그것에 그는 더욱 오랜만에 환한 미소를 지으며 생각했다.

민제후.

보기만 해도 다른 사람들에게 강력한 영향력을 미치는, 정말 신비한 아이라고.

"무슨 일입니까?"

중우한 목소리가 야구 모자 소년과 경비원의 뒤에서 들려왔다.

돌아보니 그들 쪽으로 다가오는 남자는 40대의 점잖아 보이는 신사. 그의 자세한 지위는 알 수 없었지만 경비원의 대답에 의해 제후는 대강의 파악이 가능했다.

"아, 나오셨습니까, 이 실장님. 저 다름이 아니오라… 저 망할 놈의 꼬마 녀석이 어떻게 들어왔는지 저 위에 올라가서 내려올 생각을 안 하지 뭡니까. 그래서 저도 모르게 그만 큰 소리를……."

'이 실장? 그럼 저 남자가 김대준 의원의 수석 비서관이란 말이군.'

제후는 그 말에 더욱 흡족한 미소를 띠었다. 예상은 했었지만 이런 진행은 너무나 맘에 든다. 순풍에 돛 단 듯이 술술 풀려간다는 것이 바로 지금을 이르는 말 아닌가. 음하하하~!

"아항~! 그런 말이었어요? 그럼 진작에 말을 하지 왜 욕부터 하구 그래요?"

"뭐? 이놈의 자식! 내가 아까부터 계속 내려오라고 했잖냐!"

제후가 내려오라는 소리는 못 들었고 경비원이 욕을 마구 해대기에 내려가면 맞을 것 같아서 안 내려갔다고 말하자 우리의 경비원 김씨는 억울하다는 얼굴로 표정을 있는 대로 구기며 자신의 결백을 주장하기 시작했다.

하지만 민제후, 적응력이 빠른 건 알고 있었지만 속은 다 큰 어른이 십대 소년의 생활에 아무 무리 없이 적응해 가더니 이젠 옵션 버전으로 깜찍한 표정 및 해맑고 귀여운 미소년의 아방 표정까지 흡수해 버린 듯. 물론 이것은 제후가 워낙에 둔하고 무지해서 신동희 양이 '요즘 고등학생 오빠들 중에 이거 못하는 사람은 없어'라는 한마디에 넘어가 연성한 신공이었다. 다 큰 어른 주제에 7살 꼬맹이에게 속아 넘어가는 둔팅이 성격을 원망해야 할 것이니.

하나 지금 같은 때 그 효과는 완.벽. 그 자체였다. 타이밍도 굿!

"언제요?"

"아까!"

아방함에 유세진의 천진난만함을 플러스해 주니 상대의 얼굴에 화기(火氣)가 끓어오른다.

"정말 그랬던가? 음……."

"씩… 씩… 아까 내가 '너는 누구니? 여기가 어딘 줄 알고 그런 곳에 올라가 있니? 어서 내려오렴' 이라고 말했잖아!'"

어라? 저 양반이 이젠 조금씩 말의 어미를 바꿔 버리네? 아주 국어책을 읽으슈.

와아~ 사람 바뀌는 거 정말 한순간이다 싶다. 지금 이 실장인지 뭔지 하는 아저씨 앞이라 이거지? 내가 딴 건 몰라도 기억력 하나는 짱짱하다고. 분명히 '야, 이 자식아! 너 뭐야? 감히 여기가 어딘 줄 알고. 너, 안 내려와? 내려와, 이 자식아!' 라고 했다. 느낌표 하나, 따옴표 하나도 안 틀리게 기억한다 이 말씀이야. 왜 이래, 이거?

제후가 이런 생각에 경비원 김씨 아저씨 얼굴을 피식 웃으며 살피다가 다시 한쪽 손을 턱 밑에 대고 고개를 갸우뚱하며 깊이 생각하는 자세를 취했다. 당연히 이런 팔 모양에는 다른 나머지 한쪽 팔이 턱을 받치고 있는 팔꿈치를 받쳐 주는 자세를 취해주어야 한다. 그럼 얼마나 깜찍해 보이겠는가?

"아! 생각났다!"

"그치, 그치, 그치! 생각났지? 내가 맞다고 그랬잖아!"

경비원 김씨가 손뼉을 치며 순순히 인정하는 제후에게서 이상함은 못 느끼고 단순하게 흥분의 도가니로 빠져든다. 민제후의 얼굴에 사악한 표정이 입가에 걸린다. 두 손을 활짝 펴고.

"기억이 나지 않습니다."

그 말에 경비원 아저씨가 손가락으로 제후를 가리키며 흥분했던 포즈로 굳어 하얗게 돌이 되었다. 20세기 최고의 명대사 한마디에 숨어 있는 위력이었다. 이 세상 살아가면서 온전히 자신의 몸을 보전하려면

꼭 외우고 있어야 하는 이 한마디. 자매품으로 '그런 적 없습니다',
'전 깃털입니다', '소설을 쓰시는군요'가 있음을 기억하자.

"거기 학생, 무슨 일인지는 잘 모르겠지만 위험하니 이제 내려오
지."

'아, 그렇지! 내가 그만 이곳에 온 이유를 깜빡 잊을 뻔했네.'

제후는 자신을 올려다보는 김대준 의원의 수석 비서관인 이 실장을
잠시 바라보다 피식 웃으며 쓰고 있는 야구 모자의 챙을 손가락으로
잡고 뛰어내렸다. 아주 어리게 보일 정도로 작은 키가 아님에도 사자
석상에서 산뜻하게 뛰어내리는 모습이 너무나 가볍다. 이 실장이 그런
제후의 모습에 이채로운 빛을 띠며 감탄한다.

'아차! 아무리 그래도 잠시 나랑 재미있게 놀아준 경비원 김씨에게
인사라도 해야겠다.'

"어우~ 이것 봐. 여기 이 신사 분처럼 좋게 말로 하면 될 것을. 목
소리만 키운다고 문제가 해결되는 건 아니라고. 꼭 누.구.를. 콕 집어
말하는 건 아니지만."

지나가는 말로 조용히 중얼거리되 주변 사람이 충분히 들을 수 있는
정도의 크기를 유지해서 말할 것! 하아~ 이것도 참 고난이도의 기술
이란 말이야. 나하하하하~!

제후는 경비원이 차마 말은 못하고 울그락불그락해지는 것을 힐끔
바라보고 안 보이게 혀를 내민다. 지난 이틀 동안의 긴장감과 피로가
이 일로 싹 풀리는 느낌이었다.

전문적인 업무는 장 회장의 비서인 김성민과 한지훈 실장이 맡아 처
리했고, 유세진과 신동민은 포럼에 관한 구체적 방향에 대해 설정해 주
며 단군 프로젝트를 새롭게 수정하는 데 전심전력을 기울였다. 그렇게
그들과 기획팀들이 대부분을 일했다고 제후만 놀고 있었던 것은 아니

었다. 아직은 공식적으로 인정받은 회장은 아니었으나 중요한 사항인 만큼 제후도 돌아가는 진행 상황에 대한 체크를 해야 했고, 아무리 많은 설명을 릴레이처럼 듣는 한이 있어도 이해해야 했다.

그리고 무엇보다 가장 중요한 그의 임무는 김대준 의원을 만나 「비전21」과 「신(新)단군 프로젝트」가 서로 간에 상호 공생하며 성공할 수 있다는 확신을 심어주어 현재로선 폐기 가능성이 가장 농후한 미래경제개발정책 「비전21」을 통과시킬 수 있도록 힘을 실어줘야 한다는 데 있었다.

하지만 유세진이 알려준 또 다른 정보에 의하면 장태현 이사가 은밀히 김대준 의원과 접촉을 시도하고 있다 했다. 그것은 좀 전에 장태현의 심복인 유진한이 빠져나가는 것을 보았기에 더 이상 의심의 여지는 없었다. 지금까지 그 때문에 여기에서 죽치고 기다리고 있었던 것이니.

제후는 지난 이틀 간 해외에 나가 있었던 김 의원에 대해 엄청 씹었던 것을 기억해 내고 떨떠름한 기분을 느꼈다. 하필이면 그 많은 날들 중 그 이틀 동안 나가 있을 건 뭔가!

'에구~ 그래도 어제 늦게라도 귀국한 것이 다행이지 안 그랬음 어쩔 뻔했어.'

그래도 지금쯤 국제회의장에서는 「세계CEO포럼」이 열리고 있을 텐데.

제후는 죽이 되든 밥이 되든 김대준 의원과의 협상 결과를 빨리 알려줘야 한다는 생각이 들자 마음을 단단히 먹었다. 아무리 무신경, 무대포, 낙천주의자라고는 하나 이번 일은 쬐.끔. 긴장이 되었다. 물론 아주 쬐~애~끔뿐이었다.

"그런데 학생, 이곳엔 무슨 일로 왔지? 아니, 먼저 어떻게 들어

왔나?"

이 실장의 목소리가 제후를 다시 현실로 끌어왔다.

신중한 태도를 보자니 김대준 의원이 상당히 신임하는 인물로 보인다. 그 영감님이 딱 좋아할 만한 스타일이군.

"제 물건을 돌려받으러 왔는데요."

"뭐? 그게 무슨 소린가?"

"아! '물건'이라고 하기엔 좀 뭐하나? 어쨌든 맡겨놓은 제 것을 찾으러 왔습니다."

'음, 이해가 잘 안 가는 모양이군. 하긴 약속도 없이 찾아왔으니 놀라는 것이 당연할 테죠?'

제후는 어리벙벙한 이 실장을 위해 방긋 웃으며 친절하게 다시 한번 설명을 곁들여 주었다.

"김대준 의원께 맡겨놓은 제것을 찾으러 왔다고 전해주시겠어요?"

음~ 참새 소리가 들리는구나. 아직 오전 중이라 아침 참새 소리가 상쾌하니 듣기 좋은데? 산들 바람에 흔들리는 꽃나무 가지의 파란 새싹들도 보기가 좋고. 이제 두어 달만 있으면 진짜 더워질 듯하구만. 5월은 참으로 좋은 달이지. 빨리 5월이 돼야 할 텐데.

"어라? 왜 아직도 그러고 서 있어요? 어서 가보시라니까요."

제후는 잠시 고개를 들어 푸른 하늘과 아름다운 자연을 감상한 후, 아직 제후의 말을 접수하지 못하고 굳어 있는 비서관을 향해서 질책했다. 저렇게 눈치가 없어서야 어떻게 그 영감님을 보필할 수 있을까라며 혼자서 안 해도 될 걱정에 혀를 차는 소년.

그러나 이 실장은 매우매우 상식적인 인간이다. 누군가 김대준 의원을 만나고 싶다면 정식 루트를 통해 자세한 시간과 장소를 정해 면담을 요청해야 만날 수 있고, 게다가 의원님이 개인적으로 만남을 갖는 분들은 전부 정재계의 핵심 인사들뿐이라는 사실을 너무나 잘, 아주 잘 알고 있는 이 실장이기에 제후의 말에 잠시 혼란을 느꼈던 것이다. 도대체 저 소년은 뭘 믿고 저렇게 오만방자하니 당당한 것일까? 하지만 그는 오래지 않아 결론을 내릴 수 있었다.

"학생, 무슨 일 때문인지는 모르나 김 의원님은 매우 바쁘신 분이야. 그러니 장난은 그만 치고 돌아가게. 어서!'

저런 소년이 중요하면 얼마나 중요한 용무를 가지고 왔을까. 더군다나 약속도 잡혀 있지 않은 상태로 무작정 찾아오면 언제나 만날 수 있는 분도 아니고 말이다. 이 실장은 이 황당하고 시끄러운 소년을 조용히 처리하는 것이 좋을 거란 생각이 들어 엄한 표정으로 꾸짖었다. 허나 제후는 코웃음을 치며 버틸 뿐이다.

'아~ 정말 저 젊은이가 다마 돌게 만드네. 나 지금 수면 부족으로 가끔 제정신 아닌데 이러다 옛 성질 나온다, 나와. 그런데 말하다 보니 뭔가 이상… 아차차차! 지금은 내가 더 어리지? 에구구~ 이놈의 정신머리하고는. 늙으면 죽어야지.'

"이봐, 학생. 이렇게 버틴다고 김 의원님은 아무나 만나주지 않는다니까."

"전 김대준 의원님하고 아는 사이라구요."

정말 아는 사이라니까. 그 영감님이 한 번 꼭 찾아오라고 했단 말이오.

그러나 이 실장, 보기보다 강단있게 제후를 밀어붙인다.

"쓸데없는 소리 말고 어서 집에 가게! 아무려면 내가 김 의원님과 친분이 있는 사람을 못 알아볼 줄 아나? 경비 책임자 분은 이 학생을 입구까지 안내해 주세요."

"아~ 정말 그게 아니라니깐. 으억!"

"왜, 왜 그러나? 어디 아픈가?"

제후가 갑자기 비명을 지르며 몸을 부르르 떨자 이 실장이 불길한 예감에 얼굴색이 확 변했다. 자칫 잘못하면 이 사건이 터무니없이 부풀려져 이상한 루머로 신문에 날지 모른다는 생각이 스쳐 갔다. 그럼 자신이 모시는 분 신상에 좋을 건 하나도 없을 터인데.

'젠장! 잘못 걸렸군!'

이 실장이 누군가의 계략에 걸려든 것이라 생각하고 이를 악물며 눈을 부릅떴다. 이 바닥이 서로 먹고 먹히는 더러운 정치판이라는 것을 잘 알고 있었으면서도 이렇게 허무하게 당하고 말다니. 분노가 치밀어 올랐다.

그런데 그때 들려온 목소리.

"나하하하~ 죄송합니다. 핸드폰을 진동으로 해놨더니."

휘청~

'어라? 다들 얼굴빛이 옹아 색이로세. 무슨 일이 있었나?'

제후는 자신을 어이없어하는 표정 플러스 황당, 당황, 안도, 분노, 자괴심까지 복잡한 감정의 소용돌이에 휘말려 있는 두 명의 어른들을 뒤로하고 정중하게 양해를 구한 다음에 핸드폰의 폴더를 열어 귀에 가져갔다. 최신형 컬러 폴더라고 하더니만 성능이 장난 아니게 좋았다. 벨소리도 아름다운 화음이 멋지다던데 나중엔 진동이 아니라 소리로 전환시켜서 들어봐야겠다고 생각된다.

"여보세요?"

《도련님이십니까? 저 김 비서입니다.》

'이런.'

제후가 국제회의장에 있어야 할 김 비서가 전화를 하자 눈썹을 치켜 올렸다.

중요한 일인가? 그렇다면 전화를 받기 위해 자리를 잠시 피해야 할 듯. 또 자신의 앞에 서 있는 두 명의 어른들의 상태를 보자니 잠시 혼자만의 시간을 갖게 해주는 것도 좋을 듯싶은데.

'잠시 전화 좀 하고 올 테니 기다려 달란 소리가 뭐였더라?'

제후가 그런 생각을 하고 있을 그때, 이 실장은 간신히 제정신을 차려가는 도중이었다. 지금까지 자신이 뭘 하고 있었던 건지 어안이 벙벙했다. 남자 아이 하나 때문에 이렇게 쩔쩔매다니. 뭔진 모르지만 정신없이 몰아쳐 가던 뭔가에 휩쓸려 평소의 페이스를 잃어버린 느낌이었다. 옆에 있는 경비원도 그와 별다를 바 없는 상태.

한 가지 최종 결론이 절실하게 그의 뇌리에 꽂혔다.

빨리 저 망할 녀석을 이곳에서 내쫓아야 한다는 것!

그리고 절대 김 의원님과 대면하게 해서도 안 된다는 것!

젊은 자신도 이렇게 정신이 없는데 연세가 많은 김대준 의원님이 저 황당무계한 인간과 만나면 심장 쇼크를 일으키실지도 몰랐다.

이 실장은 사명감에 불타오르기 시작했다. 마침내 그가 독한 마음을 먹고 입을 열었는데 그 순간.

"이봐, 너! 좋은 말로 할 때 빨리."

"잠시만요!"

제후가 방긋 웃으며 돌아서 허리를 살풋이 굽히고, 한쪽 눈을 찡긋 감으며, 오므린 입가에 검지손가락을 살며시 대었다. 그리고 한다는 소리가.

"저 잠시 꽃 따러 갔다 올게요~"

찌쩌쩡—!

순식간에 일어난 일이었다. 휘둥그렇게 뜬 두 눈으로 얼음으로 굳어

버린 이 실장과 경비원 김씨가 굳어버린 것은. 심각한 패닉 상태에 빠져 버린 그들. 얼마만큼의 시간이 지나야 다시 온전히 정신을 차릴 수 있을까? 초전박살의 다른 부원들이 이 장면을 봤다면 세상은 다 그런 거라며 어깨라도 두드려 줬을 텐데 안타깝기 그지없다.

"말해."

그러나 제후는 자기가 할 말만 하고서 그들에게서 좀 떨어진 화단을 돌아 안 보이게 되자 핸드폰에 대고 말했다.

분명히 특별한 볼일이 있다는 말을 미안하다는 표현과 함께 전하는 신세대 용어라고 동희에게 배웠었기에 가슴이 뿌듯했다. 점점 십대 아이들 생활에 자연스럽게 동화돼 가는 것 같아 기분이 좋았다. 다음에 만나게 되면 더 많은 걸 배워야겠다고 다짐하는 제후였다.

여러 생각이 교차하는 가운데 한 손에 들어오는 핸드폰에서 김 비서의 목소리가 흘러나오기 시작했다.

《가신 일은 잘되셨습니까?》

"아직. 지금 막 만나기 직전이야. 그보다 무슨 일이지?"

제후는 조금 전과는 완전히 다른 분위기가 되어 차갑게 응수했다. 화단의 아름드리 나무에 등을 기대고 고개를 숙였다.

《아닙니다. 중간보고 드리겠습니다. 「세계CEO포럼」에 성전그룹의 많은 사장단들이 참석했다는 걸 알려드립니다.》

"그들이? 음. 그래, 이번 포럼은 지식경영방안에 관한 특별 강연도 상당히 기대되고 있으니까 그럴 수도 있겠지. 그런데 누구누구?"

제후는 세진이 이번 포럼은 국내뿐만이 아니라 국제적으로도 상당히 주목받는 행사라고 알려줬던 걸 기억해 내고 말했다. 최고의 전문가들과 교수들, 그리고 성전그룹 내의 사장단들도 참가할 거라고. 그래서 「세계CEO포럼」이 「비전21」과 「신(新)단군 프로젝트」에 대해 성공 가능성과 비전을 이해받기 위해 선택된 키워드라는걸.

하지만 그전에 김 의원을 만나 「비전21」을 미래 정책으로 채택시켜야 하고, 성전그룹을 뒷받침해 주겠다는 약속을 받아내야 한다. 그래야 외부의 투자자들을 끌어들이는 것을 비롯해 성전 내부의 불만 세력을 단번에 후원 세력으로 돌려놓을 수 있었다.

다시 한 번 자각하자 제후는 더욱 어깨가 무거워지는 느낌이었다. 무거운 안색 속에 김 비서의 단정한 음성이 계속해서 들려온다.

《주요 사업체의 인사들은 대부분입니다. 특별히 확인된 인사로는 성전전자의 김윤수 반도체 부문 총괄사장을 비롯해서 강정규 메모리 부문 사장, 임구성 비메모리 부문 사장이 있었고, 성전전자 디지털 미디어 부문 총괄사장인 박대영 사장도 측근들과 진지하게 강연을 듣는 모습을 발견할 수 있었습니다. 그 밖에 성전물산 허승엽 사장과 성전코닝 전하규 사장, 성전증권 류태원 사장 등이 토론자로 참석 중입니다.》

"대단하군."

다들 열심히 공부하는 자세가 훌륭하다. 장문수 전(前) 회장이 얼마나 회사를 잘 이끌어왔는지 보여주는 한 단면 같다.

《그런데…….》

"그런데?"

뭔데 이렇게 뜸을 들이는 거야? 지금 한시가 급하구만.

"빨리 말해, 김 비서. 나 지금 엄청난 수면 부족 상태인 거 잘 알지? 인내심, 참을성 따위는 집에 있는 복 3형제에게 던져 주고 왔다구."

제후가 생글생글 웃으며 재촉하자 김 비서가 빠른 속도로 털어놓기 시작했다. 빠릿빠릿한 목소리가 그동안 제후가 어떻게 행동해 왔는지 군기가 바짝 든 모양새다.

《장태현 이사가 움직였습니다.》

'뭐?'

민제후의 눈동자가 야구 모자의 챙 밑으로 한순간 얼음처럼 반짝였다.

《사장단들 사이를 헤집고 다니며 인사를 하는 것이 장태현 이사도 이번 포럼에 참석할 모양입니다. 이미 시작된 몇 개의 강연을 들었습니다. 어떤 구체적인 사항까지 눈치 채고 온 것 같지는 않으나 곧 있을 토론에서 그가 딴지라도 걸고 들어온다면 상당히 껄끄러울 것 같은데요.》

"오~ '딴지' 라… 김 비서도 많이 변한 것 같애."

정말 많이도 변했다. 예전엔 온몸이 마징가 Z처럼 딱딱하기 그지없었는데.

그런데 곧 한동안의 침묵 이후 낮게 내리깔린 김 비서의 스산한 목소리가 들려왔다.

《그게 누구 탓이라고 생각하시는 겁니까, 지금?》

음, 왠지 상당히 맴이 아프다.

"그보다, 아이들은?"

이럴 땐 그저 말을 돌리는 게 최고지.

《아직입니다. 동민 군과 기획팀이 이틀밤째 새고 있으나 아직까지 저택에선 아무 소식이 없습니다. 하긴, 지금 이 시간까지 단군 프로젝트가 완벽하게 수정·보완이 되었다면 그게 더 기적이겠죠. 그리고 세진 군은 아주 좋아 보이는군요. 현재 저희 팀과 함께 국제회의장에 나와 있습니다.》

핸드폰에서 들려오는 김 비서의 목소리를 듣자니 진짜 별로 순조롭지 못한 듯하다. 그리고… 세진이 녀석이야 자기 관리가 철저한 녀석이니 잘하고 있을 것이다. 유세진의 망가진 모습은 상상도 잘 안 된다.

게다가 그 녀석은 정보 분석가를 자처하며 자신은 책략가 놀이를 하는 정도라고 말하지 않았던가. 즉, 잘 거 다 자고, 먹을 거 다 먹고, 아주 잘~ 쉬었지. 이틀 동안 신동민은 거의 폐인이 다 돼가고, 체력엔 자신만만하던 나조차 서류만 보면 현기증에 헛구역질까지 날 정도로 강행군을 해왔는데.

'생각해 보니 새삼스럽게 열받네 거.'

도움받는 입장이지만 역시 은근히 열받는다.

《하지만 문제는 역시 신동민 군과 도련님의 성공에 달려 있습니다. 명심하십시오. 저희들이 아무리 완벽하게 발표 준비를 한다 하더라도 구체적인 실행기획안이 나오지 않는 이상…….》

"알았어. 그럼 이만 끊지."

제후는 듣고자 한 일들을 전해 듣자 통화를 대강 마무리했다. 김 비서는 별로 성공 가능성을 기대하지 않고 있기에 침착하기만 하다. 오히려 그것이 잘된 것인지도.

'그런데 장태현이 움직였다라.'

폴더를 닫은 핸드폰을 손장난 치듯 흔들며 안테나에 턱을 기댔다.

"쿡! 우습군. 예전에 성전밀레니엄센터 중앙회의장에서 보았던 그 장태현이가 말인가?"

장태현 이사. 내 외종숙. 한 5촌쯤 되겠군. 처음 봤을 때가 중앙회의장에서 장문수, 그 망할 영감 앞에서 온갖 아부를 다하다 막상 자기가 노리던 밥그릇을 눈앞에서 뺏기고 바락바락 대들 때였지. 하지만 결국 호통 한 번에 숨을 죽이던 인물 아닌가.

"픽! 웃기는군."

다른 건 몰라도 그런 위인한테는 절대 숙이지 않을 거다. 비열한 자식. 성전의 그늘 속에 가려진 수십 가지의 불법 비리 의혹 속에 항상 자리 잡고 있는 인간. 하지만 청소해 버리기에는 아직 나 자신의 기반이 다져져 있지도 않고 충분한 증거도 없다. 뭐, 아직 회사 일에 적극적으로 나서고 싶지 않기 때문이기도 하지만.

어쨌든 현재 그보다 더 걱정이 되는 것은 신동민의 일이었다. 비록 장태현이 하이에나처럼 뭔가 냄새를 맡고 국제회의장으로 달려나왔다고 하나 신동민이 지금 사투를 벌이고 있는 「신(新)단군 프로젝트」에 비하면 정말 아무것도 아니었다.

이틀의 시간이라고 했었는데 이미 그 이틀이 지나갔다. 그러나 진짜 중요한 메인인 새로운 프로젝트는 아직 완성되지도 않았다. 그리고 오늘 오전, 성전(聖殿)은 미래 경제 주제 토론에 이어 신경영과 미래 사업에 대해 발표하기로 되어 있는데.

"앞으로 남은 시간은 약 1시간."

초조하다. 지금 성전 저택에 있는 신동민과 기획팀들도 마찬가지겠지? 아니, 그들은 아마 더할 테다. 1분 1초에 피가 마르고 있을 것이다.

제후는 거의 반미치광이가 돼서 혼이 나간 채 일에 몰두하던 신동민이라는 소년의 모습이 떠올랐다. 천재라는 이름은 머리가 좋다는 것보다 몰입도에 있는 것 같았다. 어두운 방 안의 컴퓨터 앞에서 눈만 시퍼렇게 빛내는 녀석의 모습은 정말 엄청나게 박력적이었다. 그때 그냥 가벼운 마음으로 그 방에 들어갔다가 소스라치게 놀랐었던 걸 생각하면.

"믿는다, 신동민! 한 시간이면 널널하지. 안 그러냐?"

냐하하하! 그럼그럼. 나도 분발할 테니까. 제발 성공하길. 처음부터 아예 포기하고 때려치웠으면 모를까 한번 시작했으면 멋지게 한판 떠야 되지 않겠어!

"아자, 아자! 가자!"

무작정 밀고 들어왔지만 그것도 다 생각이 있어서 그랬단 말씀이야! 기다리시게!

민제후가 약간 떨어진 곳에 황당함으로 피곤한 머리를 문지르는 어른들을 향해서 뛰어가며 소리쳤다. 마음의 소리가 우주 같은 온몸 구석구석으로 울려 퍼졌다.

*　　　*　　　*

《알았어. 그럼 이만 끊지.》

뚜뚜뚜.

김 비서는 거의 일방적으로 끊어진 전화기를 내려다보며 한숨을 내쉬었다.

이번 일은 정말 가능성이 없어 보였다. 물론 막막한 상황에서 실현성없고 도박성이 짙긴 하지만, 그 한 가지 방법을 찾아낸 아이들에게 충분히 놀라고 있고 감탄 중이다. 하나 그뿐이다. 현실이 그렇지 않은가? 아직 「신(新)단군 프로젝트」는 완성되지도 않았다. 이들은 역시 무리였던 것이다.

"앞으로 정확히 57분."

김 비서는 시계를 보며 중얼거렸다. 이제 57분 뒤면 성전그룹의 신경영과 새로운 미래 사업 투자에 대한 세미나가 시작된다. 발표자는 한지훈 실장이 맡기로 되어 있다. 그러나 우리가 뭘 해야 한단 말인가? 발표할 프로젝트는 아직 전달되지 않았고 그 프로젝트 실현을 가능하게 할 유일한 정책은 미결인데.

김 비서는 배정받은 대기실에서 서성이다 한쪽에서 노트북에 열중하는 유세진이라는 소년에게 시선을 던지며 의아한 표정을 띠었다. 상큼해 보이는 모습으로 분주하나 산만하지 않게 골똘히 생각에 잠겨 있는 모습이 이채롭다. 아침 일찍 회사 직원 몇몇에게 신중한 태도로 뭔가 이것저것 준비시키는 것을 보기도 했었는데.

'아~ 이런! 내가 무슨 생각을. 아무리 똑똑하고 비범하다 하더라도 아직 어린아이들이잖나.'

"후우~"

김 비서가 한숨을 쉬며 창밖의 넓은 세상으로 고개를 돌렸다. 지상을 둥글게 감싸 안은 하늘이 끝없이 넓게 펼쳐져 보였다. 그러나 그의 기분은 곧 저 하늘이 무너질 거라고 말한다. 바로 약속된 시간, 57분 뒤에.

*　　　　*　　　　*

"아~ 이거 왜 이러세요. 거 정말 섭하네."

그때 제후는 꽉 막혀 가지고 움직일 생각을 안 하는 이 실장이라는 비서관을 앞에 두고 애를 먹고 있었다. 잠시 통화를 하고 돌아왔더니 정문에 시커먼 자동차를 대기시켜 놓고 의원님은 지금 바쁘게 다른 곳에 가서야 하니 돌아가라는 것이다. 그리고 정 그렇게 꼭 의원님을 만나야 한다면 나중에 정식으로 면담을 요청하고 다시 찾아오라고. 그러나 시간도 없고 일부러 막무가네 무대포로 찾아온 민제후에게는 씨알도 안 먹히는 소리일밖에.

"그럼 안 되죠. 그렇게 알아듣게 설명을 했으면 이제 그만 협조해 줄 때도 됐지 않았나요? 그게 싫으면 잠시 말만이라도 전해달라구요. '민제후'가 찾아왔다고."

"우리 의원님은 바쁘시네. 어린애들 불만을 일일이 들어주시는 분이 아니라니까, 학생."

에구구~ 정말 못 말리겠군. 충성심도 융통성이 있어야 하는 거라
구, 이 양반아.

"이 실장님! 잘 들어두십시오. 김대준 의원님에게 지금 바로 가서
이렇게 전해주세요. '이 나라의 미래가 걸린 일'이라구요. 어서요!"

제후가 의지의 눈으로 싸늘하게 노려보며 한마디 한마디 강조해서
천천히 말했다. 복 3형제에게 던지고 나온 인내심이 아쉬운 순간이었
다. 초조함에 날카로운 예기가 줄기줄기 뿜어져 나온다.

그러자 그 기세에 흠칫 놀라는 이 실장. 그러나 곧 자신의 반사 행동
에 얼굴을 붉히며 표정을 엉망으로 구겼다. 어린애에게 순간적이나마
주눅이 들었다는 것이 부끄럽고 불쾌해진 모양이다.

"이렇게 말해도 안 되는 겁니까? 훗, 김 의원님은 소문과는 영 딴판
인 분이신가 보죠? 제가 어리다고 상대할 가치가 없다고 생각하십니
까? 아니면 이런 차림으로는 그런 대단하신 분과 만날 자격이 없다는
건가요? 김 의원님은 누군가의 가치를 겉모양에서 판단하시는 혜안(慧
眼)이 부족한 인물이신가 보군요. 사람에 대한 가치… 그렇게 함부로
속단하지 마십시오."

나도 모르게 상당히 긴장하고 있는 부분이 있었나 보다. 냉정하게
페이스를 찾아 빈정대며 쏘아대니 가슴이 다 시원하다. 거참, 이 영감
님 얼굴 한번 보기 어렵네.

그때였다.

"허허허~ 그렇지. 사람의 가치 평가는 신중해야 할 것이야."

"영감님!"

앗! 기쁜 나머지 나도 모르게 그만 영감님이라고 불러 버렸다. 할아
버지라고 불러야 하는 건데. 에궁~

그러나 주변에서는 김대준 의원의 갑작스런 출현으로 제후의 말실수 따위는 신경 쓰지 못하고 있었다. 무엇보다도 이 실장과 경비원은 자신들이 내쫓으려고 애를 쓴 소년이 정말 김 의원과 친분이 있는 것처럼 보여 어쩔 줄 모르는 분위기다. 경비원은 이미 눈치있게 근무지로 허둥지둥 돌아가고 있었다.

"생각보다 너무 많이 늦어버렸네요. 원래대로라면 벌써 한참 전에 할아버지를 만나야 했는데 말이죠. 저 상당히 오래 여기서 기다렸다구요, 할아버지."

제후가 김 의원 쪽으로 통통 튀며 다가가 점퍼 주머니에 두 손을 집어넣고 말했다. 어쨌든 우선 우리 나라 정치계의 숨은 실력자 김대준 의원의 얼굴을 대하게 되었다는 것에 입가에 미소가 피어 올랐다. 이제 나머지는 제후가 성전(聖殿)의 모든 최강의 카드를 뒤집어 보이는 것과 김대준 의원의 미래 감각에 의한 선택만이 남은 것이다.

그러나 엄청난 선택이 기다리고 있다는 것을 모르는 노인은 제후의 말에 의아하다는 얼굴로 푸근한 동네 할아버지같이 너털웃음을 지었다.

"그래? 나를? 어째서일까? 음, 자네는 아직 학생일 테니 전에 말하던 그 '연줄'을 사용하러 온 것은 아닐 테고."

"아뇨!"

그 단호한 대답에 김 의원과 이 실장이 모두 약간 놀랍다는 표정으로 제후를 돌아보았다. 그 자리에는 생글생글 웃고 있는 한 소년이 그 자리에 단단하게 서 있었다.

"맞아요. 그 '연줄' 사용하려는 거. 약속했던 제 것을 돌려받으러 온 거거든요."

"돌려받을 것?"

"네. 잊으신 건 아니시죠? 저 할아버지께 돌려받을 것이 있어서 왔습니다."

당당하게 말하는 야구 모자 소년의 모습이 이 실장에게는 오만방자해 보였나 보다. 이 실장이 기가 막히다는 태도로 언성을 높였다.

"이 녀석이! 지금 너, 이분이 누구신 줄 알고! 설마 하니 우리 의원님께서 너 같은 어린아이의 물건을 가지고 계실까?"

"제가 맡겨놓은 시간 10분!"

제후가 그 말을 빠르게 끊었다. 김 의원도 이 실장 쪽으로 한 손을 들어 보좌관의 개입을 차단시키고 있었다. 어느새 김 의원의 눈은 제후의 '아니'라는 말과 함께 공포감을 줄 정도로 오싹하게 변해 있다. 무시무시한 정치 거물이라는 것을 비로소 실감하게 해주는 모습이다.

힘을 숨기고 때를 기다리는 거인.

이 노인이 정말 과연 인자한 동네 할아버지 같던 그 김대준 의원이 맞는지 놀라웠다. 민제후의 눈동자가 깊게 눌러쓴 야구 모자 챙 밑으로 반짝인다.

"찾으러 왔습니다."

어느 사이엔가 김 의원 앞에 자리한 인물은 더 이상 장난기 많은 치기 어린 소년이 아니었다.

만년빙(萬年氷)의 깊고 깊은 한기(寒氣)처럼 흔들림없는 냉정함과 굳은 신념, 그리고 불가사의할 정도로 신뢰와 믿음을 심어주는 자신감과 당당함, 게다가 그 끝을 들여다볼 수도 가늠해 볼 수도 없는 우주(宇宙)를 대하는 듯한 느낌의 인물. 이런 이가 겨우 십대 소년이란 것이 믿어지지 않는다.

"그래, 정말 사람의 가치는 함부로 평가해선 안 되는군."

김 의원이 제후를 강렬하게 쏘아보며 중얼거렸다. 과연 저 소년이 자신에게 호의적인지 적의를 가지고 있는지 가늠해 보는 신중함이다.

"후후. 그래, 어쩐지 조만간 올 것 같았지."

"그랬나요? 할아버지와 제가 뭔가 통하는 것이 있는 모양이군요. 그럼 이야기하기 훨씬 편하겠네요. 아, 제가 정장을 갖춰 입지 않았다고 설마 불쾌하신 건 아니죠?"

"공식석상도 아닌데 굳이 얽매일 필요는 없겠지."

"헤헤~ 그러실 줄 알았습니다."

김 의원이 제후의 밝은 미소에 그제야 조금 긴장을 푸는 듯이 보였다.

"그럼 정식으로 다시 인사를 드리죠."

제후가 머리와 얼굴을 가리던 야구 모자를 벗어 들었다. 햇살 아래 민제후의 화사한 금갈색 머리칼이 풍성하게 흩어졌다. 자신의 두세 배 이상의 세월을 살아온 정계 거물 앞에서 당당하게 몸을 세우는 소년. 그러나 절대 함부로 고개를 숙이진 않는다. 연장자에 대한 정중한 예의만이 존재할 뿐, 그 소년은 김 의원과 동등한 위치에서 마주 보고 있었다.

그 소년의 입꼬리가 가볍게 올라가며 한 번도 외부에 밝히지 않았던 자신을 밝혔다.

"안녕하십니까? 성전그룹의 신임 총수 '민제후'라고 합니다."

시간이 멈춘 듯, 순간적으로 얼어붙은 공기 속에 한국 최대의 그룹 총수와 한국 정계의 숨은 실세와의 만남이 이루어지고 있었다. 악수를 위해 손을 내미는 민제후라는 소년의 눈에는 단호한 결심이 잔잔한 미소와 함께 묻어났다.

"만나뵙게 되어 영광입니다, 김대준 의원님."

＊　　　　＊　　　　＊

《잠시 안내 방송이 있겠습니다. 곧 이어 11:00시, 국제회의장 난화관 매화실에서 한국 기업들의 신경영과 미래 사업 투자를 주제로 하는 세미나가 개최되겠습니다. 순조로운 진행을 위해 관계자와 발표자 분들은 속히 이동해 주시길 바랍니다. 다시 한 번 말씀드리겠습니다……》

대기실 창가 앞에서 초조하게 창밖을 내다보던 김 비서는 마침내 울려오는 안내 방송에 침음성을 흘렸다. 어느새 57분의 시간이 거의 다 돼가고 있었다. 그러나 아직까지 저택에서는 아무 소식이 없다. 그래도 혹시나 하며 기다렸건만.

"어쩔 수 없군. 불참을 통보해야 하는 건가."

김 비서가 혼잣말로 중얼거렸다.

아무것도 준비되어 있지 않은 상태로 뭘 어찌한단 말인가? 국내외 유명 인사들 앞에서 성전의 이름을 걸고 나가 망신당할 순 없었다. 프로그램 순서에 성전그룹이 명시되어 있지만 무작정 앞에 나갔다가 실현 가능성 없는 꿈 이야기만 늘어놓다 망신당하고 내려오는 것보단 갑작스런 불참의 비난을 받는 것이 훨씬 나았다.

그리고 설사 지금 「신(新)단군 프로젝트」가 완성되어 그의 손에 쥐어져 있다 하더라도 제후 도련님에게서도 아무 연락이 없지 않은가. 그렇다면 이미 거기에서 게임 오버인 것이다. 신동민이라는 소년이 십여 명의 최정에 기획팀과 함께 만든 「신(新)단군 프로젝트」라는 것은 「비전21」이라는 한국 미래 경제 개발 정책이 통과되고, 성전그룹이 정부지원을 100퍼센트, 아니, 200퍼센트 받는다는 베이직에서 시작되기 때문이었다.

'그러나 제후 도련님이 그 일을 해낼 수 있다고, 난 감히 생각되지 않는군.'

역시 무리수였던 것이다. 좀 더 일찍 깨달았어야 했는데. 그런데 왜 이틀 전에는 어쩌면 성공할 수 있을지도 모른다는 작은 희망이 느껴졌는지 알 수가 없다. 상식적으로 하나부터 열까지 말이 되는 게 하나도 없다.

김 비서는 오른 손바닥으로 눈을 가리고 생각에 잠겼다. 히스테릭한 웃음이 터져 나올 것만 같았다. 하지만 아직은 그래선 안 된다. 지금이라도 모든 걸 정리하고 다시 처음부터 대책을 강구해야 하는 것이 그의 임무니까.

"아뇨. 그럴 순 없죠, 김 비서님. 우린 원래 계획대로 밀고 나갑니다."

'응?'

김 비서는 갑작스레 들려온 여린 목소리에 고개를 번쩍 들어 상대를 바라봤다. 마치 그의 생각을 속속들이 읽고 말하는 것 같은, 이렇게 기묘한 기분이 들게 하는 인물은.

"세진 군!"

김 비서는 기척도 없이 생글생글 웃으며 나타난 유세진을 바라보고 깜짝 놀랐다. 분명 혼자 있다고 생각했었는데 어느 사이에 이렇게 가까이 다가왔는지.

"흥! 그럼 앞으로 어떻게 하겠다는 거지? 지금 우리 손에는 아무것도 들린 게 없잖나? 발표자가 앞에 나가서 뭘 어떻게 해야 하는데? 날씨 이야기나 하면서 끝말잇기라도 해야 할까? 게다가 제후 도련님한테서도 아무 연락도 없네. 처음부터 모든 것이 허황됐던 거라구! 알겠나? 이제 더 이상 터무니없는 망상에 젖어 일을 망칠 수 없어!"

김 비서가 그만 울컥하는 기분으로 냉랭하게 쏘아댔다. 어린아이들에 이끌려 쓸데없는 일에 감상적으로 매달리는 건 더 이상 사절이다. 속수무책으로 웃음거리가 될 수는 없었다.

그러나 세진은 그런 김 비서를 그의 트레이드마크인 천진난만 미소로 방긋 웃으며 쳐다볼 뿐이다.

"후후, 초조하신가 보네요. 괜찮습니다. 마음을 편히 가지세요."

괜찮긴 뭐가 괜찮아! 마음 따위를 편하게 가져서 이번 세미나를 성공적으로 마치면 백 번은 더 가질 수 있다. 하지만 그런 것도 아니지 않은가!

"아! 이러면 김 비서님의 불안감이 좀 씻기겠네요. 그리고 제 생각대로라면 지금쯤."

김 비서의 퍼지지 않는 표정에 세진이 미간을 찡그리며 잠시 생각하다가 손바닥을 탁 치며 핸드폰을 꺼내 들었다. 단축 번호를 누르는 유세진의 입가에 유쾌한 미소가 스며들었다.

"거의 다 되었을 겁니다."

김 비서는 의아한 얼굴로 그를 향해서 핸드폰을 들이대는 세진을 바라보았다. 그것은 전화를 받으라고 건네주는 것이 아닌, 어떤 TV 광고에서 남녀가 교신을 위해 전송기처럼 서로를 향해 들이대는 모양마냥 들이대고만 있다니.

그 행동이 무슨 의미인지 모르는 김 비서는 어리둥절하게 다시 핸드폰으로 시선을 옮겼다. 한쪽 귀를 막고 있는 유세진이라는 작은 소년의 이상한 포즈가 눈에 들어왔으나 그는 그것까지 신경 쓸 겨를이 없었다. 그것은 귀를 가까이 대지 않아도 크게 울리는 전화 걸리는 벨 소리가 곧 끊어졌기 때문이었다. 그리고 순간, 대포가 터지듯 터져 나오는 찢어질 듯한 고함 소리!

《썅, 너, 죽고 싶어?! 알았어, 알았어, 알았다니까! 너, 내 손에 진짜 죽고 싶어 환장을 했구나, 이 벼락을 맞아 죽을 악마의 자식아! 넌 그동안 잘 먹고 잘 잤다 이거냐, 씹새야! 한 번만 더 전화하면 이 집안 전화기까지 전부 작살날 줄 알어, 망할 자식! …@#$&#$#%&&~!》

"헉!"

혹시 동민 군?

'설마 그렇게 단정하고 예의 바르던 그 소년이?'

김 비서는 엄청난 욕설을 퍼붓는 그 소리에 흠칫 놀라서 뒤로 물러섰다. 그로서도 처음 듣는 갖가지 천박한 욕지거리가 단 한 번도 중복되지 않고 그 작은 핸드폰에서 터져 나오고 있었다. 신기할 정도다.

그래도 간간이 들려오는 알아듣는 말투에서 걸러 듣자니 세진이 벌써 여러 번 프로젝트 진행 상황을 물어보러 전화했던 모양이다. 물론 김 비서도 전화를 안 해본 것은 아니었으나, 가장 중요한 핵심 부분을 맡아 손을 보고 있는 신동민 군이 문을 걸어 잠그고 나오지 않고 있다기에 자세한 사항은 알 수가 없었던 것이다. 그런데.

"신동민 군은 말입니다, 진짜 모범생이죠. 너무 모범적이고 성실해서 전화가 오면 안 받아도 될 걸 결국엔 꼭 받고 만다니까요. 쿡쿡쿡."

세진이 핸드폰에서 어느 정도 고함 소리가 잦아들자 키득대며 설명해 줬다. 김 비서는 그 모습에 황당하기도 하고 정신이 없어서 어색하게 웃는 표정을 지었다. 이 순간 김 비서의 머리 속엔 이들은 정말 제후 도련님에 비교해 손색이 없는 독특한 친구들이란 생각만이 가득했다.

그때, 핸드폰에서 무감동한 목소리가 울려 퍼졌다.

《5분만 기다려. 전송한다.》

뚜뚜뚜.

전화가 끊어지고 나자 순식간에 대기실은 천둥 같은 정적이 내려앉는다. 마치 폭풍이 휩쓸고 지나간 듯한 느낌. 유세진이 핸드폰의 폴더를 닫아 정장 주머니에 넣으며 피식 웃는 것이 보였다. 오늘따라 그 소년의 머리칼과 눈동자가 더욱 새까맣게 짙어 보인다.

"역시 해낼 줄 알았습니다. 이제 걱정의 절반은 해결되었군요, 김 비서님."

"아직… 김 의원과의 협상 결과를 모르니 마찬가지지. 전부가 아니면 아무것도 없는 게임이 아닌가?"

김 비서가 무감각한 어조로 건조하게 중얼거렸다.

놀랍다. 정말 해낼 줄이야… 정말 단군 프로젝트가 단 이틀 만에 새롭게 완성될 줄 몰랐다. 이 아이들은 대체 어떤 인물들이란 말인가? 말 그대로 미친 척하고 따라온 길이 현실로 눈앞에 그 모습을 드러내기 시작하고 있었다. 이제 김 의원과의 협상만 무사히 넘기게 된다면 정말.

'아니, 아니지. 제후 도련님 혼자 어찌 그런 큰일을 해낼 수 있을라고. 그건 더 믿겨지지 않아!'

"아뇨., 아닙니다."

정말 저 유세진이라는 아이는 생각을 읽는 것이 아닐까?

김 비서는 다시 자기의 마음속 생각과 정확히 맞물려 대답하는 푸르스름한 검은 머리의 소년을 쳐다보며 그런 생각을 하였다. 그가 응시하는 그 소년의 눈동자가 흑요석처럼 빛나고 있었다.

"그도 역시 해낼 겁니다. 아직까진 제후 군의 천운이 극도의 상승세를 타고 있거든요. 게다가."

무슨 말?

"제가 그렇게 만들 겁니다. 그래야 앞으로 진짜 재미있어지지 않겠어요?"

끔벅끔벅.

뭐라 해야 할지 모르겠다. 접수가 잘 안 되는 단어들과 해맑은 웃음소리에 눈을 깜박여 봤지만 역시 별 효과가 없다.

하지만 다행스럽게도 김 비서는 혼란스런 상념의 시간을 그리 오래 가지지 않아도 좋았다. 그들이 있던 대기실은 마침내 전송되기 시작한 「신(新)단군 프로젝트」로 한지훈 실장과 직원들이 들이닥쳐 활기를 띠기 시작하고 있었던 것이다.

일반적인 준비는 마쳐진 상태였으나 역시 바로 직전에 건네받은 프로젝트를 청중들에게 완벽하게 이해시키고 전달해야 하기에 여러 가지로 갑자기 정신없이 바빠진 건 당연한 일이었다. 그러나 김 비서는 신중을 기하기 위해서 한지훈 실장에게 구체적인 실행기획안은 발표를 보류하라고 지시했다. 아직 김 의원과의 협상 결과가 어떻게 될지 모르기 때문이니.

어쨌든 크게 기대하지 않았던 「신(新)단군 프로젝트」가 드디어 재구성, 수정·보완되어 그들 손에 떨어졌으니, 만약 그들의 수장에게서 끝까지 아무 소식이 없다 하더라도 어쩌면, 잘하면 이번 세미나를 무사히 마칠 수 있을 것도 같았다. 목표가 생겼다.

*　　　*　　　*

"말이 됩니까, 그게?"

한 중년인의 빈정대는 말투가 회의장에 울려 퍼진다.

이곳은 국제회의장의 여러 개의 별관 중 '난화관'이라는 이름의 특별관. 지금 여기에선 한국 기업의 신경영과 미래 사업 투자에 관한 주제로 세미나가 한창이었다. 수백 명을 수용하는 적지 않은 규모의 이 회의실은 '매화실'이라는 이름을 가진 아름다운 공간으로, 지금 이 시각 세계 각국에서 모여든 관계자들로 인해 북새통을 이루고 있었다.

매화실(梅花室).

동양적 정취가 물씬 풍겨난다. 전체적인 분위기는 절개있고 청렴한 선비를 연상시키는 단정함이었고, 세부적인 인테리어와 소품들은 한지와 문방사우(文房四友)에서 차용한 이미지들이었기에 얼핏 보면 빈 공간이 많아 보였다. 그러나 그것은 결코 공허하지 않고 청아한 동양화같이 여유를 주는 여백이다. 게다가 '매화실'이라는 이름처럼 실제로도 어디선가 은은한 매화 향이 떠돌며 그 여백을 채우고 그 공간에 머무는 이들의 정신을 상쾌하고 맑게 해주니 회의나 토론에 몰두해야 하는 청강생들에게 더할 나위 없이 좋았다.

그렇다고 그곳이 분위기만 강조한 공간이란 소리는 아니었다. 첨단 설비를 도입하여 어떤 대규모 행사도 능히 감당해 낼 수 있는 훌륭한 회의장이었다. 수십 개의 국적을 가진 사람들이 참석하고 있으나 완벽에 가깝게 이루어지는 동시 통역 등. 그것으로 인해 대체적으로 진지하고 차분한 분위기 속에 각각의 발표자들이 발표를 끝내가고 있었다.

그런데 거의 행사 막바지에 이르러 들려오는 저 반감이 서린 음성은 무엇이란 말인가?

꽤 오랫동안 어지럽게 이어지던 많은 사람들의 질문과 답변의 끝에 빈정대는 어떤 무게없는 목소리가 회의장을 갈랐다. 그 소리에 지금까지 「신(新)단군 프로젝트」에 상당한 흥미를 보이며 세미나에 집중하던 수많은 청강인들이 목소리의 주인 쪽으로 시선을 돌렸다.

'장태현 이사.'

김 비서는 발표자를 방해하는 인물을 발견하고 이를 악물었다.

어쩐지 비교적 침착하게 시종일관 담담하게 앉아 있더라니 거의 끝나갈 무렵 장태현이라는 인간이 단번에 찬물을 끼얹고 있었다. 여태까지는 자신의 측근들을 내세워 방해에 가까운 질문을 퍼붓더니 마침내 결정타를 날리겠다는 것인가? 뜻밖에 장 이사 그 자신이 직접 나서기까지 하는 것이었다. 그 덕분에 호의적인 반응을 보이던 청중들은 의구심이 가득한 눈으로 돌변하기 시작했다.

장태현은 어림도 없다는 눈으로 김 비서와 발표자인 한 실장을 향해 비웃음을 던진 후, 천천히 걱정된다는 식의 가식적인 목소리를 내기 시작했다.

"제가 알기론 성전그룹은 이번 4분기 상당한 회사채 만기가 돌아온다고 하던데, 대략적인 금액은 약 2조 6957억 원 정도… 라고 알고 있습니다. 그렇죠?"

그 소리가 동시 통역이 이루어지자 넓은 세미나실 여기저기에서 뒤늦은 경악의 감탄사가 낮게 터져 나온다. 비서 김성민은 입술을 꽉 깨물었다. 입술에서 비릿한 피 맛이 느껴졌다.

"전체 회사채 만기의 41.8%. 4분기 대규모 채권 만기 도래 부담이 점차 가시화되고 실정입니다. 그런데 아무리 자금 동원력이 뛰어나다는 성전그룹이라 하더라도 이런 상태에서 과연 그런 대규모 프로젝트와 혁신 경영을 쉽게 시작할 수 있을까요? 개인적으로 전 무리라고 생각되는데요."

대형 스크린이 효율적으로 지원되기 때문에 질문자가 굳이 자리에서 일어날 필요가 없어 장태현 이사는 여유롭게 앉은 자세로 칼날을 숨기고 접근하고 있었다. 의자 등받이로 천천히 기대며 시도하는 질문이 편안해 보이는 질문자와는 달리 베일 듯 날카롭다.

"아무리 좋은 프로젝트라도 무조건 달려든다고 좋은 건 아니지요. 구체적인 실행 기획안과 성공 가능성을 설명해 주시죠. 아니면……."

그는 성전그룹이라는 이름을 아주 떡을 치려고 작정한 모양이다.

"…아직 거기까진 생각해 보지 않은 겁니까, 설마?"

'젠장!'

"누울 자리를 보고 발을 뻗으라는 말이 있습니다. 아! 또 이런 말도 있죠."

장태현이 그 비열한 얇은 입술에 승리의 기쁨을 머금고 내뱉었다.

"'빛 좋은 개살구'라고."

웅성웅성—

그 말이 떨어지자 갑자기 회의장 분위기가 상당히 정신이 없어졌다.

아무래도 이번 행사에서 가장 기대되고 있던 기업은 바로 성전그룹이었다. 아무래도 한국에서 개최되는 행사이니만큼 한국 최고의 그룹임을 내세우는 성전그룹에 자연히 가장 많은 관심을 몰리는 것은 너무나 당연하다.

이제 거의 신화적인 이름을 남기고 있는 '성전(聖殿)'의 명성.

그래서 세계 각국의 중요 인사들은 이번 포럼에서 그 성전그룹이 어떤 것을 보여줄지 잔뜩 기대를 모았던 것이다. 더군다나 최근에 새로 취임한 신임 총수에 대한 신비감도 그 기대감에 상당 부분 많이 작용했을 것이다.

그런데 그런 성전그룹이 지금 새롭게 제시한 미래 사업 프로젝트에 대해 '빛 좋은 개살구가 아니냐'는 평을 들으며 의심받고 있었다. 더 큰 문제는 그런 평을 내린 인물이 성전그룹 내부 핵심 인사라는 점이다. 덕분에 조금씩 「신(新)단군 프로젝트」에 대해서 흥미롭게 주시하기 시작했던 성전 계열사의 사장단들은 '그럼 그렇지'라는 표정으로 고개를 흔들고 있었다. 성질이 급한 어떤 오너는 드문드문 일어서서 밖으로 나가기도 했다.

위기였다. 구체적인 실행 기획안을 내놓으라고 요구하는 장태현의 얼굴이 승리의 미소로 의기양양하다. 발표자인 한 실장이 김성민에게 눈짓을 보냈지만 김 비서는 눈앞이 캄캄해질 뿐이었다.

역시 도박보다 현실을 받아들였어야 했어!

'이제 진짜 끝이다!'

그때였다.

핸드폰의 진동이 전화가 왔음을 알려왔다. 그것에 이미 무기력하게 모든 힘이 빠져나간 김 비서는 아무 생각 없이 기계적으로 전화를 귀에 가까이 가져다 대었다.

"네."

《김 비서님, 저 세진입니다. 제후 군한테서 연락이 왔습니다. 아마 김 비서님 핸드폰으로도 문자가 갔을 겁니다. 확인해 보셨습니까?》

어디론가 또 사라졌다 생각한 소년의 그 목소리에 김 비서는 정신이 번쩍 들었다.

'도련님이?'

《황당하게도 우리의 작은 회장님께서 김대준 의원과 독대해 모든 조건은 수락받았다고 하더군요. 모두 말입니다. 완벽하게요! 정말 놀랍지 않나요? 쿡쿡쿡.》

"……!"

《저는 반드시 성공하리라고, 그 황당무계한 인간이 해낼 거라고 확신하고 있었지만. 막상 진짜로 해내니… 아하하하하. 민.제.후. 정말

너무 어이없어요.》

유세진의 목소리가 흥분감을 감추지 못하고 상당히 들떠 있었다. 그
차가운 얼음 소년이 말이다. 김 비서도 그 소식에 전화기를 들고 있는
두 손이 벌벌 떨려오고 있었다. 두 눈은 이미 한껏 켜져 휘둥그레졌고,
얼굴은 새파랗다 못해 백지장처럼 하얗게 질렸다. 현실감이 없는 이야
기라 생각했는데.

화려한 꿈이라고 생각했던 그 모든 계획이 진짜로 성공했다는 소식
을 듣자 김 비서는 지금 그들이 해놓은 일이 무엇인지 자각되기 시작
하며 오싹하니 한기가 들었다. 이 아이들은 단 며칠 만에 한국 최고의
기업과 국가를 상대로 지상 최대의 도박에서 승기를 거머쥔 것이다.
그 느낌은… 소름마저 끼쳤다.

《쿡쿡쿡, 이런 기회를 그냥 둘 수 없잖아요? 그렇죠, 김 비서님? 동
민 군에 이어 제후 군까지. 이제 제 차례군요. 전 멋진 쇼를 보여줄 겁
니다. 그래서 저 장태현이라는 아저씨 코를 멋지게 뭉개 버리자구요.
제후 군이 이룩한 성과는 제가 모두 김 비서님의 컴퓨터로 전송했으니
구체적인 실행 스케줄은 서포트해 주세요. 그럼 이만.》

"이것 봐! 무슨……."

그러나 이미 끊어진 전화.

통화가 끊어지자 그의 눈에 새로 들어온 문자 메시지가 보였다. 수
신 메시지에서 문자 사서함을 지정해서 확인 버튼을 누르자 짤막하게
뜨는 메시지.

[낙타가 바늘 구멍을 통과했음. 귀엽고 깜찍한 제후가^0^]

"하. 하하. 하하하. 하하하하……."

정말 어이가 없다. 정말 이해할 수 없고, 알 수 없고, 파악하기는 더욱 불가능한 소년.

김 비서가 아닌 인간 김성민으로서, 그는 단숨에 풀려 버린 소름 끼치는 경외감과 두려움을 느끼고 유쾌한 웃음을 숨죽여 터뜨렸다. 그의 어린 회장님은 정말 엄청난 흡인력을 가진 인물임은 틀림없다. 그런데 그때.

파팡!

파파파팡!

회의장이 장태현의 방해에 엉망이 되려는 찰나였다. 갑자기 엄청난 소리와 함께 회의장 매화실을 비추던 대형 샹들리에와 조명등이 일제히 꺼지고 모든 것이 암흑 속으로 빨려 들어갔다.

정전인가?

그 한순간에 회의장은 갑작스런 돌발 상황으로 모두들 허둥대며 웅성이기 시작했다. 그런데 그 순간 화려한 빛과 함께 나타난 입체 영상!

청중들은 그 암흑 속에서 화려한 레이저와 날아다니는 입체 영상을 볼 수 있었다. 사실감을 높여주는 섬세한 효과음과 장중한 음악들은 청중들이 그 입체 영상에 더욱 쉽게 빠져들도록 유도하고 있었다. 아직 대중적으로 쉽게 접할 수 없는 그것들에 모두들 잠시 넋을 놓고 감상했다.

《여러분들은 지금 성전의 현재를 보고 계십니다.》

그때, 어디선가 낯익은 목소리가 들려왔다. 그 음성에 김 비서는 모든 사태를 깨닫고 얼굴을 굳혔다.

'오늘 아침 분주하게 직원들에게 부탁하고 지시하던 것들이 이런 것이었던가? 그런데 어떻게……?'

《성전의 손길은 이제 거의 모든 분야로 뻗쳐 있다 해도 과언이 아닐 것입니다. 그러나 이제 우리는 성전의 미래에 대해 다시 새로운 청사진을 설계합니다. 철강, 기계, 전자, 정보통신, 반도체 등등… 세계에서도 최고 수준을 자부하며 앞서가는 성전그룹은 이 최고 분야를 발판으로 지금과는 비교도 되지 않을 '성전(聖殿)'을 꿈꾸고, 그것을 현실로 만들 것입니다.》

세진의 목소리에 따라 화려하고 아름다운 영상이 변하고 있었다. 과거 초창기의 성전그룹의 모습을 담은 기록 필름들이 그들 앞에 돌아가고 있었다. 점점 더 기술적으로 뛰어나고 훌륭한 제품을 생산하는 영상으로 바뀌어 가는 모습, 그리고 마침내 그 화면에서 실제로 뭔가가 튀어 올라 날아가는 듯한 여러 입체 캐릭터가 그 모습을 보였다. 현재 최고라고 자부하는 핵심 분야의 산업들이다.

《아직은 비공식적이나 성전그룹은 한국 정부와 손을 잡고 새천년을 향해 나아갈 프로젝트를 설계하기로 했습니다.》

갖가지 설명 이후 입체 영상은 부분부분 효율적으로 홀로그램을 함께 이용해 청중 앞에 끝없는 하늘과 광대한 우주를 그대로 옮겨놓는 데 성공했다. 그리고 그 속에 성전이 지향하는 미래 사업을 시각화해 제시한다. 그것은 대(大)성전그룹의 기술력을 과시하는 자리라고 해도 좋았다.

《성전(聖殿)은 새로운 세기, 세계의 하늘을 지배할 것이고, 새로운 천 년은 우주를 지배할 것입니다. 그와 함께 대한민국이라는 작은 동방의 반도국은…….》

그리고 해설자의 맑은 미성은 경탄에 젖어 있는 청중들에게 선언하듯 말했다.

《우주시대를 맞이하여 신(新)우주선진국이 될 것입니다.》

　　　　　　*　　　　　*　　　　　*

　서울 시내를 달리는 자동차의 물결은 언제 보아도 놀랍다. 저 많은 사람들, 수많은 자동차, 그리고 대한민국이라는 나라의 힘과 정신. 저 모든 것이 단 반 세기 만에 이룩한 것이라는 걸 자각하는 국민은 얼마 없을 것이다. 하지만 사람들이 알고 있던 모르고 있던 이 나라는 발전해 왔고, 앞으로도 끊임없이 발전해 나갈 것이라고 믿어 의심치 않는다.

　'그리고 나는 이 나라를 강하고 아름답게 만들 것이다.'

　"뭘 그렇게 생각하십니까, 의원님?"

　김대준 의원은 때마침 한강 다리 위를 이동하는 승용차 안에서 창밖의 경치를 감상하다 비서관의 질문에 고개를 돌렸다.

　그 노인은 지금 막 신대한당의 유 총재와 최고정당의 최 의원과 이 의원, 하나의당의 김 의원, 박 의원 등과 급하게 만남을 가진 후 돌아오는 길이었다. 그리고 이동하는 차 안에서는 그 회담에서 마침내 합의한 「비전21」을 미래 경제 개발 정책으로 통과시키는 일정에 대한 세부적인 개요를 정리해 듣는 중이었다. 아주 오랫동안 망설이고 끌어왔던 그것이 단 한 명의 인물과 짧은 대면으로 인해 너무나 쉽게 끝을 보고야 만 것이다.

　김 의원은 유쾌하게 생긴 어떤 얼굴을 떠올리고 따뜻한 미소를 지으며 대답했다.

　"누구를 좀 생각했지. 자네도 아직 그 인물이 머리 속을 떠나지 않을 텐데?"

　"아, 네."

　그의 말에 얼굴을 약간 붉히며 고개를 숙이는 이 실장이 보였다.

후후, 하긴 한국 최대 그룹인 성전그룹의 총수가 면담을 요청하는데 문전박대하고 경비원을 시켜 내쫓으려고까지 했으니.

'그런데 그 녀석, 정말 대단한 놈이야.'

김 의원은 다시 시선을 돌리며 흐뭇한 표정으로 고개를 설레설레 흔들었다.

오늘 아침 갑작스레 찾아온 한 소년의 영상이 떠올랐다. 평소엔 순박하고 순진할 뿐만 아니라 장난기 넘치지만 따뜻한 마음을 느끼게 하는 아이. 하지만 뭔가에 집중한 그 소년의 모습은 엄청난 추진력과 결단력, 강한 신념과 자신감으로 가득 찬 그런 인물이었다. 또 존재 그 자체로써 주변에 영향을 주어 변화시키는 힘은 아무나 갖고 있는 것이 아니다.

"성전그룹의 「신(新)단군 프로젝트」로 인해 양쪽 모두 확실한 이득이 있을 거라 생각합니다. 미래에 한국이 세계의 중심 국가로, 우주 선진국으로 거듭나기 위한 탄탄한 주춧돌이 될 것입니다."

민제후라는 소년 총수가 그의 앞에서 설득의 끝에 내렸던 마지막 결론이 생생하다. 여러 개의 단편적인 장면들이 기억의 파편처럼 떠돌며 상기되었다.

"전 의원님께서 앞으로도 계속 이 위치에 머무르실 거라고 생각지 않습니다. 미래에 대선에 출마하실 때 지금 나라를 위해 노력하신 모든 일들이 빛을 발할 거라 생각되는군요."

"자네… 날 매수하려는 건가?"

"설마요."

협상 막바지에 이르른 그 순간이 돼서야 김 의원은 제후가 그 아이답게 밝게 미소 짓는 것을 볼 수 있었다. 냉철함을 벗어던진 그 해맑은 얼굴이 햇살처럼 빛났었다.

"전 그런 복잡한 짓은 안 해요. 아니, 정확하게는 못하는 거죠. 헤헤~ 우리 반에 쨍쨍거리는 잔소리 마녀도 저 때문에 반 평균 깎아먹는다고 얼마나 구박을 하는데요? 근데 말도 안 되죠. 다만……."

"다만?"

"오는 정이 있다면 가는 정이 있다는 사람 사는 진리를 알 뿐이죠. 적어도 의리와 신의를 지키고, 은혜를 원수로 갚는 짓 따윈 안 하는 단순한 사고방식의 인간일 뿐입니다."

"거절한다면?"

"그렇다면 불행하게도… 엄청난 국가적 손실이 되겠지요."

김 의원은 다시 현실로 돌아와서 낮게 웃음을 터뜨렸다.

정경유착의 전근대적인 정치 행태를 비난해 왔던 그였다. 그러니 아무리 그 소년이 대성전그룹의 총수이고 생명의 은인이라고 해도 그 이유 때문만으로 미래가 없는 일에 손을 들어줄 리가 없었다. 당연히 성전그룹이 제시한 모든 카드를 검토한 결과였다. 물론 '민제후'라는 인물에 대해 관심이 없었다고는 말하지 못하지만.

「신(新)단군 프로젝트」와 「비전21」은 반드시 시너지 효과를 일으키며 성공할 것이다!

"큰 바람이 불겠군."

맑기만 하다고 무조건 좋은 것은 아니다. 가끔 거센 바람도 불고 큰

비도 내리는 것이 오히려 순리일 것이니.

　김 의원이 점차 구름이 몰려드는 하늘을 보며 푸근한 미소를 머금었다.

⟨외전⟩ 친구와 애인의 차이점

"후우~"

「초전박살」의 부실.

갑자기 들려온 한 소녀의 한숨에 한쪽에서 책을 보던 세진이 눈을 들었다.

백옥이란 말이 무색할 정도의 투명한 피부, 창가에서 불어오는 바람으로 찰랑이는 순수한 검은 머리카락, 장미 꽃잎 같은 붉은 입술. 이런 미소녀는 무얼 해도 용서받을 수 있는 특권을 받는다. 게다가 그에 대해 아무도 돌을 던지지 못한다. 조약돌 던졌다가 근위대한테 짱돌 맞는다. 그런데 그 아름다운 모습에서 그늘진 한숨이라니.

세진이 두터운 뿔테 안경을 올리며 물었다.

"예지 양, 무슨 고민 있습니까?"

"고, 고민은 무슨……."

'흐음.'

당황하여 말을 더듬는 한예지의 모습에 유세진이 보일 듯 말 듯한 사악한 미소를 지으며 지나가는 말투로 말했다.

"그렇군요. 전 또 무슨 고민이 있는 줄 알았습니다. 그나저나 제후 군은 왜 이렇게 안 오지? 아까 매점에서 만난 여자하고 얘기가 길어지나?"

"여자?"

말이 끝나기가 무섭게 번개처럼 날아오는 눈빛.

쿡쿡, 반응이 참 빠르시군요.

"앗! 난 그, 그냥… 어우~ 이놈은 공부는 안 하고 왜 항상 돌아다니구 난리야! 오지랖도 넓어요, 정말!"

"곧 오겠죠."

당황하며 말머리를 돌리는 모습이 너무 어색하다.

얼굴에 불붙었네요, 예지 양.

그 모습을 바라보며 유세진이 뭔가 곰곰이 생각해 보더니 책을 덮고 한예지 쪽으로 몸을 돌렸다.

"사랑하는 것이 인생이다. 기쁨이 있는 곳에, 사람과 사람 사이의 결합이 있는 곳에 또한 기쁨이 있다."

세진이 천진하게 생긋 미소 지었다.

"괴테가 한 말이죠."

"유세진… 무슨 뜻이지?"

"글쎄요? 이것저것 보다가 요즘은 심리학에서 프로이드의 에로스에 대해 다시 고찰해 보고 있습니다. 그래서 생각난 건데… 그냥 심심한데 재미있는 얘기 하나 해드릴게요."

의아해하면서도 궁금해하는 예지를 바라보며 세진이 짧은 이야기를 하기 시작했다. 유세진의 얼굴을 가린 안경이 왠지 섬뜩하게 번뜩였다는 것은 착각이라 생각하자.

"제목은 '친구와 애인의 차이점'."

제1라운드 전화를 걸 때 목적이 있다:보고 싶어

집에 들어온 예지는 식사를 권하는 가정부를 물리치고 곧장 자기 방으로 올라왔다.

요즘은 왠지 민제후만 보면 울컥쿨컥하는 것이 좋은 소리가 안 나온다. 오늘도 그래서 그만 얼굴을 보자마자 볼을 힘껏 잡아당겨 주고 왔다. 자기가 언제부터 여자애들한테 그렇게 인기가 있었다고. 예전엔 나 좋다고 죽자 사자 쫓아다니던 건 까먹었다면 다야? 치~

예지는 갑자기 세진이 낮에 해준 말이 생각났다.

'그런데 전화를 해야 확인을 하지. 동민이한테 제후랑 밖에 나가게 되면 부르라고 시켜놨지만……'

호랑이도 제 말 하면 온다지만 요즘은 전화도 기다리면 온다.

띠리리리― 띠리리리―

'왔다!'

"여보세요."

《어, 예지냐? 나 제후다.》

"어. 왜?"

예지는 짐짓 모르는 척하며 쌀쌀맞게 전화를 받았다.

나오라고 해, 민제후. 그럼 못 이기는 척하면서 나가줄 테니. 호호호.

그러나 전화기에서 들려오는 제후의 목소리.

《여기 신촌인데… 돈 가지구 나와라. 배고파.》

“…….”

*　　　　*　　　　*

《@#$%&*@#!!!》

해석할 수 없는 예지의 빠른 말투에 귀가 따가워진 제후. 전화기에서 고개를 돌리며 옆에 있는 동민과 세진에게 웃으며 말했다.

“얘가 우리의 우정에 감동했나 봐.”

제2라운드 **안 해두 이뻐**

신촌역 앞 맥도널드에서 기다리는 세 명의 남학생.

똑같은 교복 차림이지만 각기 다른 개성을 가진 학생이 셋이나 모여 앉아 있는 모습은 그 복잡한 공간 내에서도 상당히 튀어 보였다.

신동민, 민제후, 유세진.

그래서 그들 자신들은 별 생각이 없었겠지만 제후 일행으로 인해 복잡한 공간이 더 복잡해진 건 말할 것도 없겠다. 예지가 막 도착했을 때에도 그들을 힐끔거리며 꺅꺅거리는 소녀들이 산재해 그녀의 속을 긁어댔다.

“어머, 어머! 저기 저 남자애들 성전특고 애들인가 봐. 야~ 그림 된다~!”

"내가 보기엔 맨 오른쪽에 훤칠한 남자애 있지? 걔가 제일 멋진 것 같애. 이지적이고 샤프하지 않니?"

"난 가운데 있는 밝은색으로 염색한 애. 장난기가 있어 보이지만 카리스마도 있어 보이고… 귀여워~"

"무슨 소리야! 저쪽 끝에 저런 미소년이 있는데. 그런데 좀 차가워 보인다."

한예지, 왠지 다른 여자애들의 그런 말소리에 기분이 나빠졌다.

"아! 예지 양, 여깁니다."

제일 먼저 예지를 발견한 세진이 손을 들고 그녀를 불렀다.

"어. 왔어?"

동민도 인사하며 자리를 한쪽으로 당겨서 비켜줬다. 그러나 제후는 자리에 앉는 예지를 뭔가 기분 나쁘다는 듯이 쳐다봤다. 의아해진 예지는 자신이 뭔가 이상한가 해서 위아래를 살폈으나 잘못된 점을 찾을 수가 없었다. 캐주얼하게, 되도록 예쁘게 신경 써서 골라 입고 나온 건데.

"학생이 그러면 쓰나! 아직 학생이 말이야, 화장을 다 하고 말이야, 집에 계신 부모님이 얼마나 걱정을 하시겠나! 입술은 또 왜 그러냐? 쥐 잡아먹었냐? 그리고."

마지막 결정타.

"처바르면 이쁘냐?"

"……."

제3라운드 내 얘긴 뭐든지 재밌다

세진은 지금 매우 재미있었다. 그 차갑고 도도한 얼음공주 한예지가 어쩔 줄 몰라 하고 있었다. 자신의 말 한마디에 휘둘려지는 그녀의 모습이 재미있기도 하고 귀여웠다. 하긴… 이번처럼 민제후에 관련된 일이 아니었다면 그녀처럼 앞뒤 분명한 사람이 저렇게 시키는 대로 하진 않았겠지.

세진은 다음 반응이 궁금해서 그녀를 향해 손가락으로 3번째 지령을 재촉했다.

"어, 어… 저기, 내가 재밌는 얘기 해줄까?"

예지가 당황해하며 입을 열었다. 동민과 제후가 팥빙수를 먹다가 이상하다는 듯이 쳐다봤다.

"어, 그래. 해봐."

신동민의 신사적인 대꾸에 예지가 용기를 얻어 입을 열었다.

"어느 두 사람이 호텔에 갔는데 그 호텔 방에서 커다란 바퀴벌레가 나타났대. 그래서 여자가 놀라서 '바퀴벌레야! 어떻게 해!' 라고 남자한테 얘기했더니 남자가 뭐라고 했는 줄 알아? 남자가…… '밟어' 라고 했대."

시간이 정지한 듯 고요해진 분위기. 예지가 그 분위기에 당황하며 애들에게 '어때?' 라고 물어보자 제후가 팥빙수 숟가락을 입에 물고 말했다.

"엄청 슬퍼. 토할 것 같애."

또 다른 고요.

제4라운드 **너보다 예쁜 건 없어**

이런저런 일이 있었지만 어쨌든 잘 놀고 그들이 막 헤어지려 할 때였다. 마지막… 마지막을 외치던 한예지, 이왕 망친 이미지 한 번 더 망치자는 각오로 기운을 냈다. 마지막 지령.

밖으로 막 나서던 그들에게 예지가 하늘을 보며 말했다.

"하늘이 참 예쁘다."

쿠르릉! 쏴아아아—

그 순간 때맞춰 쏟아지기 시작하는 빗줄기.

일행의 묘한 눈빛을 받고 있던 예지가 드디어 부들부들 떨며 소리를 질렀다.

"나 안 해! 그래, 민제후, 넌 다른 여자랑 맨날 매점에서 히히덕거려라!"

퍽!

제후가 이유도 모르고 예지의 핸드백에, 정확히 모서리에 뒤통수를 맞고 쓰러졌다. 예지는 이미 저 멀리 뛰어가 사라져 보이지 않았다.

"쓰으읍~ 아구구! 나 죽네. 저 마녀가 내가 매점 아줌마랑 친한 건 어케 알아가지고! 부러우면 말로 하란 말야, 한예지!"

그 둘을 바라보던 동민이 세진 곁에 서서 말을 걸었다.

"쟤들 저러는 거… 너지?"

"전 단지 요즘 내가 뭘 하고 있다고 말한 것하고, 다시 어느 유머 사이튼가 스포츠 신문에선가 본 유머를 이야기했을 뿐입니다."

"네가 말하면 유머로 안 들려."

"유머였습니다."

세진이 빙긋 웃으며 말했다.

"그런데 오늘 예지 양 참 귀여웠습니다. 그렇지 않나요?"

"너도 참… 사악해."

"칭찬으로 듣죠."

그날, 소나기는 매우 거침이 없었다.

〈3권으로 이어집니다〉

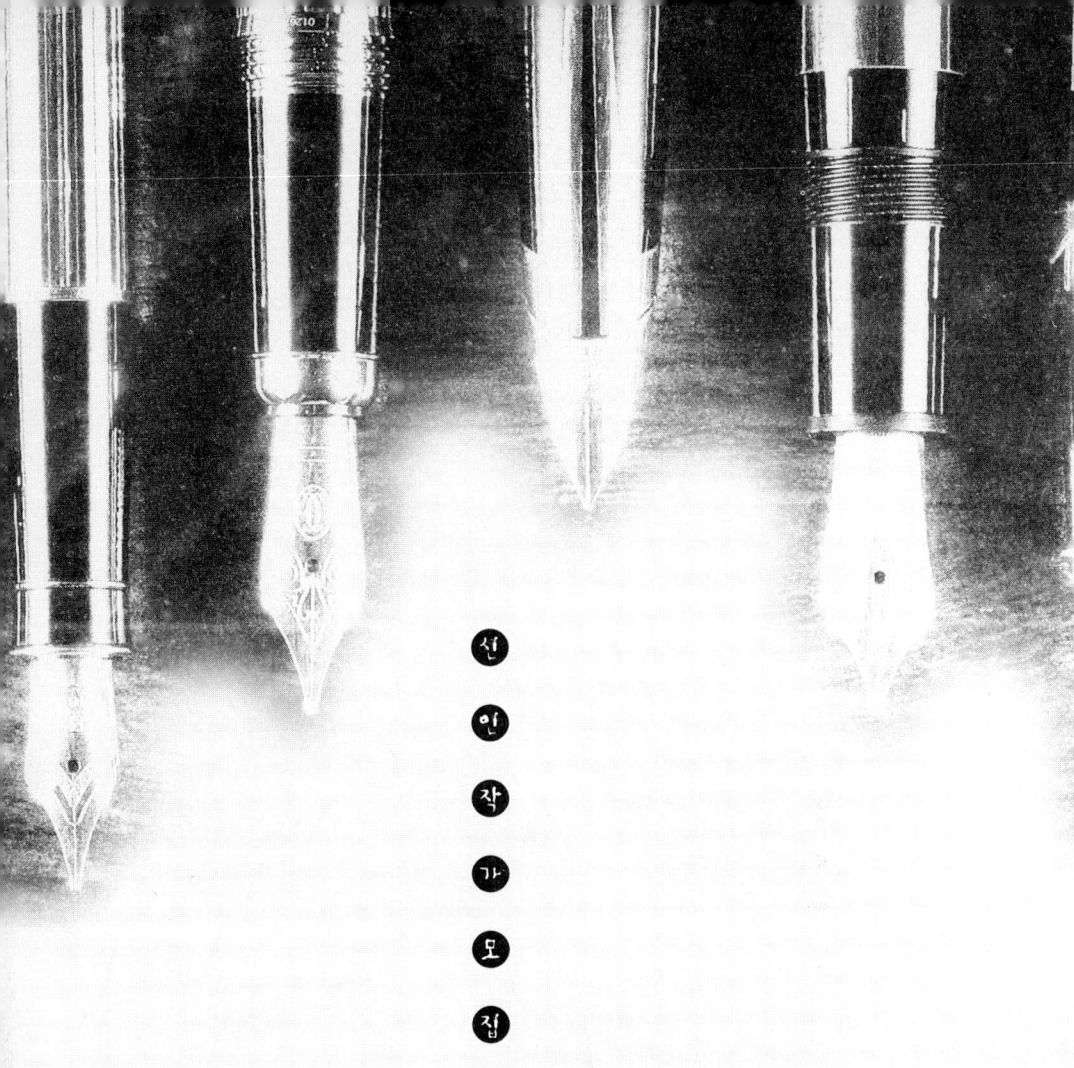

신인작가모집

시작이 반이라고 했습니다.
작가의 길에 대한 보이지 않는 벽을 과감히 깨뜨리십시오!
청어람은 작가 지망생 여러분들의
멋진 방향타가 되어드리겠습니다.

저희 도서출판 청어람에서는
소설 신인 작가분들을 모집합니다.
판타지와 무협을 사랑하시는 분들의 많은 참여를 바랍니다.
소정의 원고(A4용지 150매)를 메일이나 우편으로 보내주시면
검토 후 출판 여부를 알려드리겠습니다.

주소:경기도 부천시 원미구 심곡1동 350-1 남성B/D 3F 우편번호420-011
TEL:032-656-4452 · **FAX**:032-656-4453
http://**www.chungeoram.com**
e-mail:chungeoram@chungeoram.com